王浩林 著

中国文联出版社

图书在版编目（CIP）数据

创业梦 / 王浩林著. —北京: 中国文联出版社, 2023.8
ISBN 978-7-5190-5285-0

Ⅰ. ①创…　Ⅱ. ①王…　Ⅲ. ① 长篇小说—中国—当代　Ⅳ. ① I247.5

中国国家版本馆 CIP 数据核字 (2023) 第 167865 号

著　　者　王浩林
责任编辑　刘　旭　赵永颜
责任校对　秀点校对
装帧设计　吴朝洪

出版发行　中国文联出版社有限公司
社　　址　北京市朝阳区农展馆南里 10 号　　邮编　100125
电　　话　010-85923025（发行部）　010-85923091（总编室）
经　　销　全国新华书店等
印　　刷　北京卓诚恒信彩色印刷有限公司

开　　本　710 毫米 ×1000 毫米　1/16
印　　张　14.75
字　　数　180 千字
版　　次　2023 年 8 月第 1 版第 1 次印刷
定　　价　58.00 元

序

“我对这土地爱得深沉。”当我开始阅读这本书，“爱”字便一直出现在我的脑海中，对国家的爱、对自然的爱、对家乡的爱、对亲人的爱、对乡亲的爱……这份“大爱”在家乡的土地上发光发亮。

如果你有过社会主义革命和改造基本完成后的经历，你可以翻开此书，它将会把举国上下一片沸腾，人们以空前激情投身于伟大的社会主义革命建设事业的场面重现在你面前；如果你在农村长大，或者你有过农村生活经历，又或者你对农村生活有着好奇和向往，你可以翻开此书，它将会充分展现新中国、新农村千千万万普通农民身上的传统美德和优良作风；如果你已经“走出家乡”，带着憧憬与梦想，为着理想和信念而不断拼搏奋斗，你可以翻开此书，它将会唤醒你内心深处对家乡的记忆和依恋；如果你即将“走回家乡”，希望用尽全力带动一方农民致富，回乡建设、报效家乡，你可以翻开此书，它将为你带去鼓励、带去激励、带去希望；如果你正深陷困难，认为自己处于人生的低谷，你可以翻开此书，它将用主人公的经历告诉你，坎坷和弯路是通向成功的必经之路；如果你厌倦了平淡的生活，意图做出些许改变，你可以翻开此书，它将赋予你满满坚韧勇敢的正能量。

我与作者相识已15年，每每提起家乡，他的眼神中总是闪烁光芒，他的脸上总是面带微笑，他的言语总是充满自豪。而正是这份赤子情怀，让他情系家乡、反哺家乡，永葆初心让他不畏艰难、砥砺前行，崇德向善让他尊老爱幼、懂得感恩，脚踏实地让他低调沉稳、严守信用。

“投我以木桃，报之以琼瑶。”乡愁是什么？远行的人们提起家乡，心中的感受各不相同，但对家乡的记忆，却总存在于心中最柔软的地方，是那梦境中常常出现的画面，是那邻里亲人的一眸一笑，是那房屋上空飘荡的袅袅炊烟。在作者的眼中，乡愁像一条水流缓缓的河面，似正待远行的孩子一步一回头，对家乡怀着无限依恋之情；乡愁是一份满怀感恩的情结，是从初中起便立下要回乡建设的远大目标，是心心念念要带动乡亲共同富裕的理念信念，是让古河大队红新公社永远结束无乡镇企业的远大抱负。“吃水不忘挖井人”，改革开放的今天，家乡的闭塞和贫穷与城市的喧嚣和现代好似两个时代。的确如此，即使是在高科技产业现代化建设如此发达的今天，在全面打赢脱贫攻坚战的最后阶段，在2020年全面建成小康社会的收官之年，仍有一些“贫中之贫，困中之困”的偏远农村地区基础设施陈旧、教育医疗资源匮乏、物质条件贫乏，尚未实现脱贫摘帽。但就是这些水土，滋养了一方人，“一粥一饭，当思来之不易”，打赢脱贫攻坚战正需要千千万万像主人公一样的人们为家乡付出更加艰辛的努力，反哺家乡、建设家乡，这是一份饱含深情的大爱。

“筚路蓝缕，以启山林。”建设家乡的路、创办木材加工厂并非一帆风顺，电力严重不足、公路运输不畅、资金压力过大、人员技能不足……种种困难像拦路虎一般摆在了主人公面前，但“我想让大伙把日子过得红红火火”的一份初心让主人公不弃不馁、义无反顾。虽然起初乡镇企业的发展遇到了一些质疑和阻力，困难重重，但事实证明，乡镇企业的多样发展对农村薄弱地区的经济水平起到了大力推动的作用，国家用政策的倾斜、大力的支持助力乡镇企业如雨后春笋般蓬勃发展、遍地生长。“要紧紧依靠人民群众”，群众的力量是无穷的，是啊，在古河生产队，有敦厚淳朴的社员，有一心让人民过上好日子的公社党委与公社革委会成员，有团结一致、共同努力的乡亲故里，是他们用自己的双手，用自己的信念，为红新公社的经济发展做出了巨大的贡献。在这本书中，描绘了万众一心建设家乡的场景，书写了创业和开创先河的不易，让人感受到了改革为人民带来的幸福感和获得感，领会到了学习与教育对农村发展的紧迫性和重要性，看到了人们对生态环境的尊重与保护，经济发展与生态环境保护双赢共生，为了土地上的子孙后代而真正实现可持续发展。

读完此书，感慨万分。我想，与主人公一样，致力于建设家乡的人，正用他们的每一份爱汇集成“大爱”，在这份“大爱”的传承和延续下，必将带动农村，实现城市与农村地区的协调发展，必将团结一心，在建设社会主义现代化国家的新征程中书写新的答卷！

黄创新

2023 年 2 月

目录

第一章
寻梦

一、小亚生产队的春天

汽车在龙虎弯来了一个近乎150度的弧形大转弯，王亚林倏地朦朦胧胧意识到左肩被车厢壁着实撞了一下，旋即整个人弹回来倒向旁边的鲁安，脑袋斜靠在他的左肩上。王亚林不由自主地抓紧他的手叫着:“德，我掉水里了，快拉住我。”

话音刚落，王亚林陡然清醒了许多，许久怔怔地地盯着鲁安，半晌没吭声。

“怎么啦，又做白日梦？看，都把我当德了。等见着德，我看你不似小孩蹦呀跳呀的那才怪呢，当然我是比不上德——抵不了他半个人。对啦，快告诉我都梦见了哪些人，不说出来忘记挺可惜的，是不？”

“是吗？”王亚林随口应和着，由怔怔中跳入兴奋态，“告诉你，我梦见德、丹、你的林珊，还有那个丁坚。”王亚林故意加重了“你的林珊”三字音调。

没料到王亚林这一番话却使两人间的气氛忽地变紧张了。只见鲁安脸上的笑意一下沉淀了，他机械地转过身木然眺望着窗外，再后来身子如一尊塑像一动不动地挺着。

当王亚林从睡梦中完全醒后，发现车内一些人对他们的话语挺欣赏的，而现在王亚林又看出了更多的关注者，并且他们好多人都是转首而视的。“此时无声胜有声”，王亚林忽然觉得这么多的百瓦白炽灯泡罩着他的脸要熔化他，又仿佛那一把把利剑正刺入他的心脏，作为对他破坏刚才热闹氛围的惩罚。活该！谁叫你说话不注意分寸不留神。“二十岁的猛虫，四十岁的孩”此言切矣，王亚林感到压抑沉闷，万分尴尬。干吗自己跟自己过不去，索性也学学鲁安置诸事于不理，让自然净化自己，况且车内其他人都不认得自己，就是认识又怎的，能把王某人如何！

发动机发出低沉的吼叫声，汽车喘着粗气，在主人的使唤下正朝前拼力奋进，显得格外地卖劲，车后漫起弥天灰尘。

这条能容纳两辆客车并排行驶的公路夹于两边高山之间，是通往小亚生产队队部所在地的唯一通道。峰峦叠嶂像一群孩童在夹道欢迎他们这些远客，它们“欢呼跳跃着”向后奔腾，彼此传递着激动人心的喜讯：我们的游子回家探望亲人了。

啊！又是一个年春啦，瞧，群山又呈现出黛绿色，显示了它特有的勃勃生机；还有那映山红和王亚林叫不上名的少数花草树木也都已是欣欣然睁开了眼，似乎在相互匆匆庆贺早春的光临。如今的小亚生产队又该是一派什么景象呢？

小亚生产队在王亚林儿时的记忆里异乎清晰：哪边是水田哪边是

旱地，哪里有沟哪里有山林，队部落在哪儿、当家塘在哪儿，机耕路通向何处，田埂路如何交错延伸……后来的记忆亦很清楚，只是有的却很模糊，经不起时光奔波、岁月流逝的考验。

小亚生产队看似坐落于盆地中，前临山后依山水，交通不便信息闭塞，工商业、建筑业、运输业等根本谈不上，即便是农业——近乎于自给自足的原始农业亦然，因此经济状况是不言而喻的。尽管如此，但在当年只20户出头的小亚生产队，其人口还是在有增无减：分户立家的人口和外地迁入的人口造就了这种格局，而人口增长的主要原因是迁入户占大头，因为在那个年月以前，历经战乱和历史变革、社会运动浩劫的人们迫切渴望一片安宁的生存环境和一方男耕女织的净土，他们中许多人经过努力寻呀找呀，终于安身于这依山傍水的世外桃源。对辛劳者而言，小亚生产队就是他们身体的疗养院和精神乐园。穷就穷，生存是第一要务，是一切的先决条件，于是他们纷至沓来。然而小亚生产队并未因此而真正沸腾起来。

小亚生产队是世外桃源一点不假，只不过不似陶渊明先生笔下的桃源。绵延起伏几华里的长山作为小亚生产队的屏障，保护着小亚生产队的后方安全；大塘位于小亚生产队的后面，是小亚生产队的当家塘，是小亚人的生命之泉；队前的大山脚下是一块面积很大的草地，草坪不甚规则，在这山洼里却能给人心境开阔感，难怪陌生人在此出门冷不丁抬头便在心头涌起一股“仰天大笑出门去”的豪情；一条小河天然淌在草坪身边环绕着小亚生产队，千百年来滋润着这坪中一草一木、队里的老老少少和此地的造物主；再前方便是一座巍然大山，大山高足300米出头，东西走向长约3000米，可挡冬季寒流；队东面是一圆形晒场，形如一足球场，供人们集体劳作晒稻谷、小麦及油菜籽、荞麦等农作物及秸秆；队西面则是一片不成气候不上规模所谓的经果林：林场栽有桃树、梨树、李子树、栗树、枣树、桑葚树等，果

子成熟了可大解众小孩馋。

每逢春的脚步款款来临之际，小亚生产队似乎在神灵的法力相助下于一夜间脱胎换骨了。那长山上的梧桐树、刺槐、柳树、杨树、枫树等体内的生物钟仿佛提前敲响了，树上早就吐出了嫩绿新叶。那柳树已可用“万条垂下绿丝绦”“不知细叶谁裁出”来形容；松树、柏树、四季青等经过春风的亲吻，愈发青翠有力，显示出一派蓬勃朝气，那是生命力旺盛的象征；丛林中的映山红也不甘示弱，向春天、向大地发出涛声般的檄文。一时间红绿相间层次分明，山的肌肤是这样的健美，令人流连忘返。再瞅队前的草坪，枯萎的草心深处钻出了碧青碧青的尖头，“小荷才露尖尖角”，它们喜欢赶潮流、喜欢竞争，“世事我曾努力，成功不必在我”，看来这是它们家族为人处世的哲学思想。还有打碗花、鸡冠花及未名花都竞相献艺，开放得各色尽全，博得大自然青睐。万事万物对自然界的感应是息息相通的，那条干涸的小河从春梦里惊醒了，便日益丰满起来，在艳阳下宛如一条白练飘荡于天幕下，又如一条银龙在蜿蜒的河流中尽情嬉戏。高山峻韧的英姿，草坪如小姑娘花枝招展小巧玲珑的童影，村姑们在河边浆衣洗菜淘米的倩影，倒映在缓缓流动的河水里，和着她们别有风味的山歌情歌，那该是另一幕什么景致呢！

十七八年过去了，现在的小亚生产队依然是当年的小亚生产队吗？可是不管怎样，王亚林对其中的一首山歌和一首情歌却铭刻于心。山歌的歌词是这样的:“青青绿草肥又美，我赶牛羊把草喂；牛呀羊呀快快长，膘肥肉壮把钱兑；买来烟酒孝阿爹，买来梳妆敬俺娘；弟兄姊妹莫怨我，来年购物情相赠。”这支山歌不知从何时何人之口一直传唱至今，似乎牛羊就是人们唯一的经济来源。牛羊—牧者—消费者三者间形成相互依存的辩证关系，这种关系给世世代代的人们以多少安慰和期盼。王亚林好似看到一双双渴望的眼神、一张张憔悴的面容对着正在啃草的牛羊，他们双手有力合十，口里念叨着什么，王亚林心头一阵颤动。除此他们再有其他什么精神寄托？对！有了！歌唱纯洁的爱情便是他们对生活的另一种向往和慰藉，只不过这是一种理想式或空想式的亭台，那即是空中楼阁，因为在王亚林的印象中没有谁步入过这圣洁殿堂，也没有谁建造过这亭台。他耳边骤然回响起那首美妙动人的情歌：“哥住东头妹住西，两地咫尺隔万里；旭日东升哥起床，夕阳西下妹停机；阿哥买花妹纺纱，阿妹织布哥穿衣；妹打柴来哥来捆，哥挑水来妹蒸锅；阿妹此生不嫁人，唯有阿哥把妹娶；阿哥莫负痴情妹，阿妹誓为阿哥妻。”多么恩爱的一对，王亚林不禁羡慕情侣这般爱情，然而现实生活中的婚姻不是父母之命就是媒妁之言的桥梁式婚姻，与这种理想的模式婚姻是多么地格格不入。

二、“五好家庭”之争

王亚林的婚姻是自由式的，可他真的幸福吗？家里种了几分薄地棉花，他穿过妻子九妹玲为他织的衣服吗？——没有。结婚头几年，他们恩爱有加，小两口相敬如宾，当他们的第二个孩子刚满两周岁时，平静生活海洋里掀起了阵阵巨浪。为了摆脱即将面临的生活危机和迎接人生新的挑战，他先后踏上北上南下列车，去寻找属于他应有的生存空间和人生领域，于是此后他很少在家陪伴玲。说真的，头几年玲任劳任怨，在家不但担当起孩子爸妈的重任，还替他孝敬父母，成为全生产队最贤惠儿媳、最称职母亲，他打心眼儿里感激他的贤妻。他在信中曾寄给玲一幅画，画的内容是屠格涅夫的《烟》中一幕，维诺夫跪在泰雅娜面前亲吻她，请求她接受他的忏悔。他在信里说：“……我没有尽到丈夫应尽的职责，我不是一个好儿子好丈夫好父亲，在感情上欠家里三代人太多，尤其是玲玲你——我只能这么说，玲，我太

对不起你了，请谅解，请允许我向你真诚忏悔。”她回信说：“……每得你来信，我都好激动，你宽心做吧，‘功劳簿上有你的一半，也有我的一半’。”就这样他们靠鸿雁传书维系着往昔爱情。去年王亚林把流动资金与固定资产投资外的部分资金分期分批汇给玲，盖起了全生产队第一幢三间两层楼房；同年年底他满载而归的第三天，他家被评上了“五好家庭”。那天红新公社革委会副主任丁坚带着办事员小董把这块牌匾送到他家，金黄的丝边，金黄的正楷“五好家庭”刻在牌匾中央。他不知因何获这个荣誉称号，得就得吧，随着人们生活水平和社会风气慢慢好转，总有人要做第一，不是我就是你或他。三四十岁的王亚林似丢掉以往的不快，进进出出孩子般嘴里吊着得意调子，他心中思量的是“你丁坚为人心怀叵测我有底，莫非借此以某某名义向我敲一笔，抑或隐含某种不可告人动机，我不怕你这只狐狸，来抓咬吧，你当初一口咬趴了鲁安，一口咬了林珊和朱丹，一手撕碎了我们的友谊”。顿时忘却了的一切复燃了，仇恨的火焰在王亚林心口喷薄欲出，烧得太平洋的海水几欲沸腾，烤得南极洲的冰川几欲崩塌。然而他又非常理智，“好汉不打上门客”“伸手不打笑脸人”。这不，丁坚捧了茶杯朝他笑容可掬：“一鸣大老板呀，恭喜发财，啧啧。”看得出丁坚脸上描绘着羡慕的色彩，称呼王亚林是如此地亲热。“真见鬼，以前盛气凌人的气势哪去了？还你爹娘了？真邪门，居然知晓我王亚林的小名，真煞费心神啊！”

面对这只两面三刀的笑面虎，王亚林以守为攻，并不称呼丁坚什么：“有何财何喜可恭？没啥了不起，是党的方针政策好，是社会主义制度好，才有今日之我，不然永远都……”他声音冷冰冰的，脸上飘着一丝难以察觉的笑。是讥笑还是善意的笑，就他而言，如果对方看透这一点，就会立即省悟。他不禁想起“修已知道你，你还不知羞”，他仿佛成了胜利者，不是吗？“成者为王败者为寇”。

见王亚林止住了，丁坚凝视着他："不然什么啊，老弟发表你的高见，让我开开眼界见识，我愿洗耳恭听啊。"

王亚林转移了话题，即便是那一丝的笑都丢了，换了满脸的严峻："发家的多着呢，只是没人晓得，只是不及你，遗憾哪！"他有意读作"yigan yigan"，有人善借景抒情，他就不能借古讽今、借古刺人？

"你老弟还是和过去一样的风趣……"丁坚摘下眼镜拂去镜片上的细小水汽和粉尘。

"休得再提过去！"他打断丁坚的话，"过去的一鸣已不复存在。"

"是啊，新的一鸣已横空出世。"丁坚笑眯眯的，缓慢的语气为王亚林显出一丝成就感。

不管丁坚如何地恭维，王亚林又是一发子弹朝他射去，因为对这号人是决不能给情面的："过去的你已是死灰复燃！"

"是、是。"丁坚又是一口一个"是"。须臾他领悟了，笑容立时消失，面部肥厚的表情肌群被王亚林刺得直抖，变得死灰般。终于他抖索嘴唇："王亚林，想不到你、你真小人，小人得志。小董，我们走。"

玲刚好从食品站买了一串肉和一袋黑木耳赶回家，在门槛和丁坚撞了个满面。她一声尖叫："啊，丁副主任对不住。"她飞快地挂好肉，掏出洁净的手帕给丁坚拭去衣上的油渍和肉屑。尔后她白皙的脸庞对着他灰白的脸——他亦是这样盯着她。好久她才说，"怎么又不愉快，老同学见面为啥总充满着火药味。来，我给你俩和好。"玲一面拦住丁坚一面欲牵着王亚林，"彼此握握手就好着。"

不待玲碰着，王亚林的手迅速插入口袋，转身逃进里屋。透过门帘，他看到丁坚无力地从她手心抽回手："小玲，再见。"迅即和办事员小董离去。玲倚在门边目送他俩："丁副主任，你们……下回再来。"

对妻称呼丁坚，王亚林心头很不是滋味；又看着她对他比对自己还亲热的举动，心底更不好受，好像他是外来人、多余人。"我是在吃

醋嫉妒丁坚吗？老天这是怎么回事啊，你为何这般捉弄我？”王亚林惊恐得双手抓紧头发使劲地绞扯。他自打出生到现在从未有过醋意，虽然他明白醋意的含义，因为在那封闭年月，自由恋爱被公认为伤风败俗行为，自由恋爱者则被冠之以没家教、道德败坏的忤逆者“美称”，于是自由恋爱者凤毛麟角，他们往往先以地下工作者形象展示在众人面前，因此不会被他人察觉，更谈不上嫉妒生醋意。他和玲玲恋爱而且成功了，只读过三年小学的她以美貌与贤淑吸引了他，他以刚毅英俊与果断的办事能力征服了她，他们双双坠入了爱河，越陷越深，终于他们像夏娃亚当彼此都抵御不住禁果的诱惑，彼此都闯入了爱情圣地伊甸园，就这样他们的女儿文文提前来到了人世间……可现实给他上了一课，生动不？他不知道，他只晓得一瞬间于心底否定了自己：不！这不可能啊！

见王亚林阴沉着脸，玲满面的不高兴：“人家亲自登门祝贺，又是咱公社副主任，算是把咱看成12层楼主了，你说是不是给足了咱面子？可你今朝不知唱的哪一曲，搞得让人难堪简直下不了台，多不像话，往后咱怎么做人见人？”

玲这番话让王亚林火气噌噌地朝上蹿：“你要面子是吧，面子能值几文钱？当初他在学校里怎样整人，我都跟你说过多少回，你健忘啊？我们好多挚友不都是他打击的对象，不都成为他向上攀登的人梯？今日撕了他脸面算他捡了大便宜，且看他日后能给敢给我王某人小鞋穿！”

“别的不说，你总是在外见过世面的人，何必同他一般见识。”

这番话王亚林稍稍心舒些：“玲玲，丁坚这厮确实太阴损太缺德，今天就放过他。”

“冤家宜解不宜结，过后你莫要那么任性固执，好不？”

“和他这号人结下宿怨者，都无法释怨，都是他姓丁的咎由自取，你是知晓他人品人格的。”

“之前他已经把你们之间的故事全告诉了我，从这个意义上说他很坦诚也很厚道。”

绕来弯去把王亚林转糊了：“说了半天，他丁坚坦诚厚道，我虚伪奸诈，你啥意思我不懂。”他不禁立即警惕了，那年头残酷的政治斗争教会了他这些。

“没啥，只不过说句心里话。”玲看似亦有许警惕。

“好哇，你居然为他辩护！”他气得咬牙切齿。

“如果你真的固执己见，我接受你的意见。”她平静地说。她说得这般的干脆，倒使他一下没退路了。

她接着说，“今天的荣誉就是丁副主任帮咱的，你问咱爹娘去。”

“那么说他常来？”

“是的。”

“玲玲，倘若你坚持你的观点，我不勉强，但我必须提醒你，他姓丁的必定是怀着某种目的而来的。”

“某种目的？”她先是一怔，然后紧问，“可否说白些？”

他迟疑片刻：“大概是冲着咱宽松的经济和其他目的来的。”

她吐了口气：“大惊小怪的，别的生产队比咱富的人也有，可他为何不给他们弄个什么称号证书？还不是因为你们是同学，还不是他为当年的冲动幼稚铸下的过错而向你忏悔？”

“忏悔？多么美妙的借口。”他心里忍不住冷冷地发出声声长笑。

“你能解释你的笑吗？”她解下围裙。

“有必要吗？没有。你在家里比我更了解更清楚。”他的愤怒走火了。

“你……你胡说……”她一下冲进房。

吃过晚饭，就寝的时间到了。

一个已婚男人在外一待就是几个月半年一年，甚至几年，生活的孤独寂寞都能容易忍受，唯有生理上的那种需求难以忍耐。面对种种严峻考验，无论是钱财还是色相，王亚林都拼力洁身自好，以对得住玲、孩子和父母。长年漂泊在外，他没能尽孝，这重任全由玲担当，带孩子教育孩子他也全抛给了玲，倘若他随波逐流任其发展，能见玲吗？见着她说啥好？她知道了会是怎样地伤心？他没有尽到儿子孝敬赡养老人的职责、没有履行男人守护女人的义务、更没有挑起父亲的重担，他自觉不是一个好儿子、好丈夫、好父亲，他只有也只能用“忍”来折磨自己，才有一丝快意。心头一把刀是痛苦，可他深感这是快乐的痛、苦着的乐。

回家了王亚林想要尽可能多陪着玲，补给她爱抚和柔情，因此当两孩子在隔壁屋里熟睡后，他迫不及待掀开玲的被子欲和她亲热温存。不想她却一翻身随手盖了被：“你该多多休息，不歇好对身体有害，若控制不住睡对头。”她蒙头自顾睡。

他在床沿边立了好一会儿。是啊，玲说的是个理，就是欲望再强也得熬过去，谁让她这样关心体贴自己的男人！更何况说不定此番他要在家停留很久很久。

第二晚，当王亚林刚要上床时，玲从被窝里爬起，他一把紧搂住她：“宝贝，我们的事！”

她猛一下推开他，冷冷地说：“我有事。”

他原以为她要方便，不曾想她到隔壁唤醒文文，把女儿抱到他们床上。

他是真的不情愿：“孩子已 10 岁，日渐懂事了，让她见着有碍于她心理发展，再者我们多难为情，是不？还是抱她过去睡。”

“今晚不干，刚刚我梦到文文出事了，满身污泥脏水。”说着玲搂着文文睡倒，将他搁置一旁，他只好和儿子武武睡一铺。文文是他们在特殊环境下结出的果子。当妈的心疼女儿，他这当爸的难道不疼爱女儿？其实他比家里任何人都疼爱文文，此次回家他带给文文的接礼是武武的两倍多。

第三日这个时间，王亚林轻轻扭亮电灯轻轻掀起被子，玲只穿了一套短小睡衣。玲虽是两个孩子的母亲，虽三十有五，但风韵犹存，丝毫不减当年之势。伴随均匀呼吸，丰满的胸脯有节奏地起伏，两条性感的大腿如两段玉柱直插入他的眼球。天哪！他不禁在心底狂呼着，时隔这么多年，玲是以何妙招保住了她的风姿。他只感到热血直撞脑门，他再也无法抑制自己的情感欲望……

“你干什么？”玲惊醒了，瞪着一双惶恐眼。

“尽丈夫职责。”他含糊应着。

“走开，你快走开。”她挣扎着，声音低低地说。

“为什么？”他很愤怒。

“你喜欢你的宝贝儿子去。”

“昨晚是你把文文抱来睡的。”

“可我没赶你走。”

“……”他几乎一时无言以对，“我爱你，宝贝玲，我是一个不称职的丈夫，我恳请你恕罪。”

“谎言！你走你走。”

“请相信我，玲，我没有做任何对不住你的事。”

玲拼力扭动着。可火山已爆发，热水已沸腾。他顺手熄了灯，把她紧压于身下，任她怎样地挣扎怒鸣，均无济于事。慢慢地，她“平静”下来，他知道她是木然接受的愤然接受的，她只希望草草结束草草收场。他在津津有味之余，心里不免惶恐即将真的面临着家庭生活和夫妻生活的危机。

在王亚林的印象中，他还是第一回对她这样无理，扪心自问他是

不对的，可他确实出于无奈。“愿苍天有眼，莫把责任全部强加于我。”他忍不住喃喃自语。

次日清早王亚林和她吵了一架。她说从未见过像他这样自私卑鄙无聊的男人，要和他分居；他父母不理解他，都站在玲一边；儿子武武则不喊他爸爸，还说他是一个大大的坏蛋，若非文文怯怯地依着他，他在家里几乎成了孤家寡人。他委屈极了，那种在外的寂寞重新袭击着他。

王亚林怀着哀叹之情邀约附近的鲁安踏上访友路途，他要把他的部分不快诉诸鲁安、陶德，让他们品尝分享他的“甜头”，好让他这颗受伤的心得到丝丝慰藉。

“不对，光考虑自己而不想朱丹和林珊她们，丹依旧在等德吗？陶德心里仍然装着朱丹吗？都三十几岁人了，他们理应结合并有了孩子。有几个孩子？是男孩多还是女孩多？德和我一样吗？”这一系列问题霎时都成为王亚林思考猜测的内容。他不见陶德已整整 14 个年头了，怎叫他不思念这儿时的好朋友小伙伴、小学五年初中三年的好学友？还有身旁的鲁安，自己倒忘了问他这些年过得怎样，他还是孑然一身吗？他和林珊的近况如何？真是大笨蛋，对这些患难之交竟未吐出几句贴心语知心话。

……

三、初识鲁安

事实证明，无论两边高山多么峻峭，也无论路旁的景致多么迷人，自然的造化都不能净化王亚林的心灵。阵阵山风灌进车厢，似股股暖流融入他全身化解他的心田。他先前昏昏欲睡的头脑一下清醒许多，精神亦为之振奋。探出车窗，山风扑面而来，他感觉惬意之至，几日之烦恼均抛之九霄云外。发动机唱着欢歌牵引汽车正奔驰于平坦路面，两旁高山如离弦之箭“嗖嗖”射向身后，他似有“泰山压顶”之感。“压就压吧，让我回归大自然也罢。见鬼，这不是‘死’吗？怎能把‘死’联系自己？真的吻上这个字，自己的一切不就于瞬间烟消云散了吗？是云就该下雨、是水就该沸腾、是光就该发热，这就是我多年来的自我总结，因此我不愿平庸，不愿不温不火，我喜欢的不是平静，而是搏击。”他的思想如群山跳跃着，目光向车后迅速扫去，又到黄土地，但见弥天尘雾被山风扯成长条形布匹或扫把朝后铺开掠过。他关严玻璃窗，思想犹如一艘船跃入了记忆长河，而记忆则如同这布匹，成为船上满挂着的白帆，扫把犹如桨橹。他奋力荡起双桨，苦涩辛酸的泪水撞击着船头，溅起股股混浊的污水，阻止这条船行进。透过脏水污泥，他的目光由模糊不清逐渐清晰透明。

王亚林和鲁安两家本在红新公社古河大队不同的两个生产队，两家相距六七里，鲁安家在最西边，他家在最东边。然他们彼此却不相识，并且又都不相识于同一初级中学。他小时候在小亚生产队外公家住，在那里读完小学，又在那儿考取了初中；鲁安则是在古河大队唯一的学校里完成他的小学课程而升到初中的。或许是缘分吧，他信这，因为他们同时毕业于不同的小学，却一同踏进红新初级中学。

在一次偶然中王亚林结识了鲁安，还有丁坚，那是他儿时的伙伴陶德做了他们的“红娘”。然而正是那次的相识相交，改变了他们六人的生活历程。

初三上学期期中考试完毕，为了松弛紧绷的神经，活跃紧张的学习氛围，三〇一班和三〇二班共同举办了一次联谊活动——篮球赛。他们三〇二班团支书李满红因奶奶去世回家了，自然就由班长陶德和三〇一班团支书丁坚碰头。据了解红新初中自创办以来首次开展此项活动。

比赛结束时，喘息未定的陶德把王亚林这位裁判员带到两人跟前。一个是小白脸、个头高挑，面上写些笑意，用四只眼睛瞧人。王亚林认得他是三〇一班的团支书丁坚，刚刚和他一同执行裁判任务。还有丁坚身边那位汗流浃背的同学，这中等偏高的身躯，这结实发达的肌肉，这不白不黑的面孔和这满脸的憨笑，他都感觉好生面熟，好像时时见到这些特征，可又一时无从记起，或许这位同学是一个普普通通的综合体吧。他不免这般揣测他，不觉对他紧盯不放，似乎想进一步研究他，却害怕他跑掉。直看得对方不好意思地转脸看着丁坚和陶德，俄而对他说："认识一下，我叫……"

倒是陶德快人快语替对方做了介绍："他叫鲁安，三〇一班者，古河大队人也。"

"鲁安是古河大队人？我是古河生产队人，也是古河大队人。平素每每回家怎没听说过他，莫非全县有两个古河大队？"王亚林迷惑的目光移至陶德脸上，似在问："这可能吗？是真的吗？"

陶德那双敏锐的眼睛立即看穿了王亚林的心思，他从篮球架上拉下汗衫，笑眯眯地说："鲁安，这位是我们三〇二班的学习委员王亚林，家在红新公社古河大队古河生产队，和你同大队不同生产队。"陶德的证明使王亚林释疑了。接着陶德又对他说，"亚林，你总是嚷嚷回家没人陪，这回我为你寻了一个伴，你咋谢我？——算了不谢，我自定的任务到此完成了。"

王亚林无言以对。学校距家近30华里，交通不便及其他限制条件迫使他每每回家返校只能步行。悠长的山路他踽踽独行，山路上常留下他孤独的脚印，丛林里映着他孤单的身影。有时在生产队还要抢半天的工分方可动身，一抹晚霞为他送行，一朵流云给他做伴，弯弯的山路，浓密的树林，时有豺狼出没，偶闻动静即头皮发麻，根根头发几欲竖起。风吹得树林"沙沙噼噼"作响，似野兽在发威，便浑身起着鸡皮疙瘩，行几步回首四处警视，恰似惊弓之鸟、赛若漏网之鱼。虽然他时时奋力疾步，但还是在掌灯后才到校。总之每回他都提心吊胆，带着十二分惊恐走过那段危险地域，说实话他对自身的安危倒无所谓，更主要是担心家里人。

是啊，来回一趟多不易，因此每月只能回家一次，现在好了，两人可结伴而行，好歹总有个相互照应。王亚林再不寂寞了，也无须过于担心害怕——至少比以前情形要好得多——两人在山路上除了以交谈驱逐寂寞和不安外，还用歌声来抒发彼此情怀：你唱我伴、我歌你咏，不用说乐在其中。还可相互交流学习心得，取长补短，相得益彰。就算真的有野兽横在面前，有鲁安这样棒小伙在，他还愁啥怕啥。

“阿德，感谢你，在心底。”王亚林诚心道谢陶德。

“帮你找个伴就这么回事，谢啥。若真心谢我，就来根‘二十响’。”

王亚林知道“二十响”的意思，到哪儿弄“二十响”，他心里几许难堪，虽然他知道陶德是友善的。

这时丁坚为他解了围：“陶德，莫要为难亚林。我们都是生在新中国长在红旗下，我们相信亚林的心是赤诚的，他会以另一种方式来表达他的感激之情。”

不愧为团支书，句句不离那特有的政治腔味，但王亚林对他还是有一定的初步好感，虽然这是他班干工作职责的需要，或团支书之惯性。

就这样他们几个相识了。

四、关于宝藏的见解与引申

古河生产队的清晨在仲夏的季节里非常可爱。

在公鸡扯开嗓门的第一次叫唤声中，王亚林拽醒了酣睡中的鲁安，他们一人扛着一把锄头闪出大门。鲁安原本在他们生产队有劳动任务，但为了回访，还是丢下那头到这边生产队来，他说：“因为你给我留下了非常深刻的第一印象。”

“真的吗？”王亚林当然高兴。今天是这个月他第一次和生产队其他社员一道参加“修理地球”工作，而且鲁安不可避免地成为生产队的一名“临时工”了。

太阳还未露面，离出工还有将近一小时光景。他俩肩并肩手拉手向前走去，欲上吃水河对岸横山观日出。迎着悠悠晨风，沿吃水河边小路，他们赤脚漫步沙滩，柔软细沙发出“沙沙”的音乐声；他们不时踩上丛丛青草，露珠儿便紧紧缠上脚背，那草面留下四行清晰印记；皮肤表层自然赖着些沙粒，虽然脚心或脚跟偶尔被块状砾石整压过，但他们精神十足心境畅然。

该过吃水河了。河面约三丈宽，水流缓缓，似正待远行的孩子一步一回头，对故乡怀着无限依恋之情。两旁水草随了流水有节奏地一浮一沉或一进一退或做圆周运动。有的地方清澈见底，有的则不能。河水原被两岸青草染绿，然此时却是满河的碧蓝，那是蓝天投下的倩影，或许它是以另一崭新容貌来迎接新的黎明、新的一天。

王亚林记不清在几年前也蹚过一回吃水河，河水哪里深浅他如今却非常陌生，鲁安更是如此。他们只好卸下肩头的锄头当拐杖，让它在前面慢慢试探着，同时他们还相互搀扶着探索前行，害怕一不留神跌在水里而扫了兴。鲁安调侃这很有些“杖藜扶我过桥东”之味，王亚林也笑然“山顶一片光明景”“风景这边独好”“无限风光在险峰”。乖乖，估摸他们所蹚过的最深处水居然至大腿上部，幸好两人都没穿长裤，否则一身湿。

王亚林依稀记得有一小径直通山顶，还好凭当初印象未费多大事即寻到此小径。这时山间飘起层层薄雾，萦绕在他们顶空。从出门到现在已磨蹭了刻把钟时间，为着加速到达山顶，他们脚底生风耳内鼓风，飘飘然地好似脚踩风火轮，连周遭景致都不落于他们眼里，他们不禁都有遨游仙山神界逍遥美感。

几乎是马不停蹄，两人一同即将直抵山巅。王亚林不免有些气喘吁吁，而鲁安大气不出面不更色。王亚林用锄头抵住地面，指着山脚下吃水河边山洼处那片成年人方能抱拢的松树和杉树对鲁安说："喏，安子请看，那好多的成片大树林啊，相传已有百年历史。"

顺着王亚林手指方向，鲁安瞪圆一双大而发亮的眼睛，似哥伦布发现新大陆。须臾他目光聚焦直抵那抹黛青色，神情是那样专注，如小学生正聚精会神聆听老师讲述传奇故事。片刻光景鲁安才惊呼："天哪，造化是如此之伟大！我先前怎么闻所未闻啊？真个惭愧至极。"

王亚林不由得心生阵阵欣喜，言语却很平静："这就是我们生产队。"

"你们生产队有这么多宝藏，估计就是在我们县也少见，真的值得骄傲。"

听着鲁安的赞誉，他像喝了蜜，自豪感不言自溢："李健吾每过山东而不登泰山便有亏欠祖国优秀文化遗产债务之感，可我要说到古河生产队不看日出不看这些活宝亦为憾事——若漫山都是这样该多好啊！"

"好——当然好，可惜美中不足。"稍后鲁安无比感叹。

王亚林陶醉了，鲁安的叹词使他有些吃惊："为什么？你不这样认为？难道你不希望我们红新公社山山都有这样的国宝？难道……"他越说越激动，几欲与鲁安就此观点舌战几场。

然鲁安是那样平静，他笑着对王亚林说："农村人总有一种传统习惯，譬如猪养得越肥大看得越舒心，却不论时间长短，也不管如何配

增饲料，总之他们都乐于这样养猪，你对此事实有何感想？”

王亚林知道鲁安不愿与他正面交锋，而是旁敲侧击，像触龙说赵太后平息他的激动。他也随即照实吐露真言：“这种做法其实不可取，从经济学角度出发：其一，不能有效加速资金周转，因为在养猪这个经济循环系统中，资金周转期过长流速过小不利于资金积累和发展再生产；其二，很显然猪不可能无限制长高增肥，它的生长总存在一个极限，如世界所有高山均以一万米为海拔高度极限，不适时宰杀或出卖，边……边什么效益就会等于零或呈负增长，树木的种植生长与合理砍伐亦如此。这大概即为你说的‘美中不足’吧！”他努力用经济学里有关原理来解释这一不合理的现实，全力以《国民经济管理》里的精髓进一步阐述现实的不可取性，然后回归主题。学校全年级都没开这经济课，由于他对经济方面独具兴趣，一次在教政治课王老师的书架上，他发现了这些书，硬是缠着抱回来，一有空便翻阅倒觉得蛮有滋味。不想今天派上用场了，学以致用，不管鲁安懂不懂，他能不兴奋，可一激动，那什么玩意儿的效益给他唬得几乎全从记忆存储器里搬家了。

“的确，任何边际效益都具有递增递减性，当超过临界点，边际效益呈‘负’向发展。”鲁安像老师当堂纠正学生的错误，他眼里涌动真诚，言语间传播着中肯。“奇怪，他的阅读面竟如此宽、兴趣竟如此广。他也读过类似经济领域相关书籍？可以肯定他读过，而且是精读，否则他咋会说得这般专业！为何我一激动就差点全忘了，而他却难以忘掉？！”王亚林的记忆力着实强，但他于心底着实第一次佩服鲁安。

“对，就是该死的边际效益。”这会儿王亚林自觉很有班门弄斧味，刚才的激情陡然落下，尴尬之际只好自我解嘲便没言语了。他们都不作声，都似在揣测对方心境。

“我看美中还有另一不足。”四五分钟的光景，鲁安耐不住沉默，这是他好动耿直特性决定的，内心怎么想便非流溢于言词不可。

于一瞬间王亚林意识到他的所指，于是接口道：“我懂。”

“未必吧。第一个不足你已解说了，第二个就让我补充，若不确切请见谅并修正。”

王亚林正欲倾听鲁安精辟见解，忙说：“我当洗耳恭听，请不吝赐教。”

礼尚往来的交流把他们都逗乐了。

“发展旅游业历来是振兴经济的重要途径。名山大川为啥发展那么快，经济实力为啥那么雄厚？除交通便利这一因素外，主要原因是当地人因地制宜开发，加之国家政策支持，他们重视且迅速规划发展了旅游业，同时旅游观光也是现代人丰富精神生活的重要内容之一。在你们这块虽无泰山、黄山那样的风景区和名胜古迹，但这些国宝栋梁见证了我们不同时代的发展，亦可被视为一大古迹啊。咱红新公社穷，古河大队更穷，这里的人们没能适时适度利用这天造地设宝藏，即不能充分合理开采这片自然资源。前人栽树，我们后人却不乘凉，这与汗牛充栋然藏书不读有何本质区别？说是古迹却无游人，我敢肯定历史上如有某帝王或某将相到此封山祭祖或登台拜帅，抑或某名士生于斯隐于此，这里的历史必定改写，这里定会倍受世人青睐而成为宜人的风景区。泰山的五大夫松怎样？据《史记》记载当年被秦始皇敕封过，如今作为文物遗产被重点保护。我想这是泰山成为全国重点旅游胜地的历史渊源之一。亚林，透过这个现象我们能窥视到什么？”现在轮到鲁安激动了，他手脚并用，越说越快，时时唾沫四溅飞溅到王亚林的汗衫甚至脸上，以至王亚林几乎都没意识到自己被感染了。情到激昂处，鲁安气贯长虹振臂一呼，王亚林不自觉配合他做出云起响应之势；言至激愤时，鲁安顿足捶胸长吁短叹，胸口似乎压着千斤石，王亚林也陪着少不了对世事感慨不已。他简直成了鲁安思想灵魂的组

成部分，根本没意识到自我存在，哪里提防这突然的一问。

“这……我……”王亚林支支吾吾的，未能给出答复。

“算了，让我来回答吧。”鲁安把锄头猛然砸向路旁一块石头，直击得碎石四散，“它反映了一个民族特征，这正如‘崇上崇名’的药草。药草的毒性残害着普天之众，无情吞噬我们的肉体，扭曲我们的灵魂，致使我们仍处于昏迷状态。我不知道这种日子何时是尽头。”

低沉的声音犹如在王亚林头顶炸响一声闷雷，此刻他差不多和鲁安想到一块儿。鲁安的见解在他看来有独到之处，鲁安的洞察力在他看来无比敏锐，鲁安的思想处处闪现着耀眼的火花，折射出灿烂的光芒。

古河生产队地理位置偏僻，可享得天独厚好处，外界环境因素对这块干扰很小，人们可安心搞农业生产，也许是这里人对外部因素刺激迟钝些，值得提及的是目前那股阴风怪气还未刮进学校。真希望学校这方圣洁之地不被玷污，否则一个鲁安两个鲁安式的同学被卷入这血雨腥风里摔死、掉进这湍急漩涡里溺死——纵然不死准会落个残废之躯。王亚林暗自祈祷不要发生这些既是料想中又在预见外的恶性事件。在群魔乱舞的日子里，对鲁安这样率直之人，王亚林似有某种超前感应，然此感应是模糊的，他说不清道不明。既然作为好友，他必须而且有责任义务经常忠告他：“同他人说话最好注意场合、把握分寸，如今打小报告的大有人在。安子，休一味凭自个儿性情爱好用事，须知当今社会直率者总会遭小人算计陷害。有人为驳斥反击亩产万吨粮谬论，亲自种了一分试验田的小麦，结果怎样？”

“怎么，亚林，你欲做那号人？我想你断然不会！”鲁安阴郁而严肃的脸上浮出丝丝笑意，接着张嘴哈哈大笑。

王亚林也笑了：“打小报告，我完全办得到，可得有一先决条件。”

“假如我知道你会做，那么条件呢？”鲁安把锄柄一端枕在一石槽中，坐在石头端冲他乐着，“坐着慢慢谈判。”

王亚林却一把将他拽起：“谁有时间陪你坐这闲扯胡聊，要我做那号人除非乾坤颠倒阴阳易位。”

只数分钟他们便攀上顶峰。主峰不是很高大，估计拔地三四百米许，顶面有一凹凸场地，面积百余平方米。湿漉漉的草尖浮游着一丝轻雾，就像含羞少女身披纱巾。场子中央匀称搁置八个石墩，为何不是七个或九个而偏偏选中八？据老辈言在相同天时地利下，八仙过海各显神通，方能显示人的力量。看来古河生产队人不在乎外人介入游戏，只需给他们精神生活带来少许色彩增添几丝快乐，他们即可完全接受。他们很有组织性纪律性，每每都是中年人领头、年轻人搀扶老年人登顶共享这七彩晨光。

真不巧，滚滚的太阳已然喷薄而出，它东闻西嗅，舔红了四周一切。本来是乘兴眺望日出，走得跑得王亚林已是强弩之末，现在却错过最壮观景象，他更是泄气了，一下坐在石凳上，接着仰面躺下，头搁在另一石凳上。鲁安直盯着那滚动的大圆盘，似在探索其中奥秘，须臾沿场边溜达一圈才坐到王亚林身旁。

见他不快，鲁安轻轻一下便轻而易举拉起他：“起来看朝霞。”

“别叫唤，人骨架都散了。”他揉搓酸溜溜的脚踝。

“跑扭了？推拿我在行，舒活舒活筋骨不伤人。”说着话鲁安的大手已碰着他的踝骨。

“没事的，你说憋气不？沿路和你瞎唠叨误钟点，明早我不来，想来你自个就便。”

“瞧你说的，现不正是七八点的太阳，看看吧，下回我某人没闲陪你。”鲁安很真诚。

他没好气地回了句：“真不带劲，我算累坏着。”

“好好，待会咱看八九点的太阳，好不？”鲁安对他无法。

“烦死人，谁稀罕？我马上得赶早回去做工抢工分。”

“可是你讲的？”

“Yes!”

“你这是在与有些人过不去，你是在蔑视他们。”一个英语单词鲁安如逮着王亚林的把柄似的威胁他。

呵！王亚林吓一跳，弹簧样跃起。须知在这个年代，反对他们或敢说他们“不”字的人，简直是大逆不道或冒天下之大不韪，谁敢不紧跟着他们便立即被开除球籍。这还了得，不是给了某些人立功的大好机会？

但王亚林晓得鲁安吓唬他，于是欲反戈一击：“你做小人？”他故意以“小人”二字将鲁安一军。

不料鲁安送来不痛不痒一句：“你想怎样就怎样。”显出要来真格的。

王亚林亦“针锋相对”打出王牌：“只遗憾我没录音机把你方才的口供录下，不过我能向别人提供你的供词，或用我的笔。”

鲁安乐呵呵的：“伙计，这下 1:1，咱扯平了。”

殊途同归。他俩相视一笑，同时彼此送去友爱一拳。

鲁安捡起锄头对王亚林挥挥手：“快回吧，要开工，咱挣工分去。”

“干吗急？瞧太阳身边。”

火焰山般的朝霞紧裹太阳，如太上老君正赶着炼仙丹。

“就算成堆黄金我也不想费时，因为你要是迟到，队里准会扣工分的。”

“鲁安，队里工分我一定要争。我长大了有能力了，必定把我们的宝藏好好开发，让我们生产队大队所有人都过上好日子，我发誓朝向那个目标奋进。”王亚林远望前方坚定地对鲁安说。

“亚林，我相信你必有成功之日，我全力支持你！”鲁安同样坚定了信心。

他们扛上各自的家伙走下观景台。

鲁安忽地抢过王亚林的锄头眉飞色舞说:“亚林，忘了告你一个好消息。”

“有啥子好消息，你的还是我的?可你还是你我还是我，平平淡淡生活泛不起一圈波纹。”王亚林撇撇嘴。其实当鲁安提及“好消息”三字时，他就寻思鲁安把心掏给他看，但表面还得装成若无其事漠不关心之态。

王亚林很坦然，鲁安却急了，鲁安贴着他耳根低声细语，似乎是有不足为外人道的天机:“亚林，下学期我可能要转到你们三〇二班，欢迎不?”鲁安眨巴眼——那双能说会道的明眸在期待他满意的回答。从那对滚动的明珠里，他分明透视到一颗赤诚之心火热之心在撞击着青春的激情。

“欢迎欢迎欢迎。”王亚林忙不迭声作答。他何尝不高兴不心花怒放！和陶德泡在一起，快乐永远与他为伴；有鲁安为盟，他们即成“刘关张”，虽不好对号入座。陶德，善搭桥，予人穿针引线；鲁安，性子笔直——一条肠到底——敢言敢为，不失侠士之义；他王亚林，直中藏曲，曲中见直，既可当陶德坚强后盾，又可做鲁安参谋。总之二人珠联璧合，三人则形同前朝三贤馆藏龙卧虎。

“这本是好事，可好事多磨吗?”高兴之余，王亚林不免隐藏几分担忧。

“一点儿都不多磨，真的。”鲁安很自信，他把锄柄横握于手心，“我已跟班主任潘老师如实道明了缘由，说:‘潘老师，我回家路远，好不容易才觅到一伴儿，往返也好相互关照，潘老师，请您为学生开开绿灯。’起始潘老师紧锁眉头，我完全理解他的心情，我晓得他不舍得我离开三〇一班。潘老师教我们政治课，瞅准我忽然灵机闪现，认

真说道：‘潘老师，在哪班都同样是为祖国美好明天学习，为中华之崛起而读书。’还真管用，潘老师拍拍我肩膀说：‘绕来绕去却中了你圈套，放心与你的伴儿回家吧，一切有我——你现在差不多是三〇二班学生了，且不超班。’我对潘老师即行叩首礼，却被他呵斥：‘啥时子还兴弄这玩意儿，你返祖好了。’进而问：‘这伴儿是……’我猜测到我的脸立时红红的，我抢着说：‘是男孩，是三〇二班王亚林。’‘是他啊，他是学习委员，好多难题你要多多请教他，我放心。’潘老师挺满意。”鲁安把他说服潘老师的经过如实对王亚林细说，“亚林，开心不？”

“真是太棒了。”王亚林不禁心里美滋滋的，冷不丁夺过鲁安的锄柄。

“亚林，我要补充个额外消息，听说我要走，丁坚亦寻思转到三〇二班。”

初次和丁坚打交道，王亚林对他的印象还勉强讲得过去，只是王亚林又在思考着一个新问题：“一走就是两棒的，潘老师不生气吗？一怒之下岂不红灯骤亮？安子……”

鲁安吃准了他：“这个你甭管，反正我已不属于三〇一班，至于丁坚，那是他的事。”

服了这颗定心丸，王亚林的心脏恢复着活力。

……

五、慈善的辛大妈

“咣当”一声响，车门打开了。这响声惊碎了王亚林的酣梦，记忆的闸门猛然关闭，河水在闸前久久回旋，激起的层层波浪逐渐扩散。

鲁安紧随王亚林身后，他此前很少来过小亚生产队。

入得小亚生产队百十来米，王亚林发现这里的一切几乎没什么新花样：山，还是两座山；房，还是几十间茅房；河水，依旧在流淌；树，也还是那么多的树，春寒料峭中，嫩嫩的叶子随风颤抖，显得很是娇弱；如今的牧童依然骑在老牛背上，哄着牛群漫步长山；田地也依然是那么贫瘠，不增亦不减……所不同的是：墙垣破旧了，有的已倒塌；树长高了，昔日之幼苗长成今日之大树，当年之大树已然今天之顶梁柱；人亦变了，当初的孩童如今的成年人，当初的中年人如今的老者，当初的老者如今的几坯黄土。王亚林心头忍不住涌起股股莫名悲凉：'世外桃源'确实安宁，无丝竹之乱耳，无案牍之劳形；阡陌交通，鸡犬相闻……但在改革开放的今天，它似乎还在沉睡中，似乎成为被遗忘的角落，似乎是始祖鸟身上遗传的基因，似乎是引吭高歌的雄鸡身上一处病灶，一处不会扩散的病灶。这个自然的生态经济系统实在太单调了，单调得经年如此；太封闭了，封闭得几乎无法在这个圈子边缘寻到一个让外界信息输入、使内部物质流出的突破口。宽广的公路、遮天蔽日的林荫道、瑶池般的歌舞厅游乐园、熙熙攘攘的闹市、如昼的夜市夜景、鳞次栉比的高楼、规模宏大的厂房、构思精妙的建筑群，以及宛如长龙的列车、雄鹰般的飞机……在这片"桃源"里或上空变成现实，恐怕要等到下世纪或下下世纪。不，就是日新月异天地易位，在这也是天方夜谭，它只能给人们带来一丝精神宽慰和灵魂超脱。可是宽慰与超脱有什么作用，能当钱使当饭吃？

积聚的凄凉再度填塞了王亚林心灵深处每个缝隙，他麻木了，只是木然地一步一步朝前挪动。是的，他几乎记不准陶德家的具体位置，只能稀稀辨出其大致方位。在他大脑思维空间里，一维平面坐标系已被三维立体坐标系替代，倒是鲁安在不时推着他。"鲁安呀鲁安，你怎能全部理解一位老朋友的苦楚？一个在外打拼闯荡多年的漂流者，比起你这足不出户的真诚汉子，可谓历经沧桑世事，尝尽人间的酸甜苦

辣涩。”如今故地重访，又一次唤醒他深沉的记忆。“‘人海茫茫何处觅，世事沧桑怎堪忧。’鲁安你说呢？”

沉思之际，王亚林的神情思想都跟着活跃起来，多种感官也都产生出新的兴奋。

一举首，在前方大约30米处的一堵断残墙根下，一位老太太正在晒太阳。早春里微寒还未褪尽，此时独坐于无风日光下，也可谓一份享受。莫道老人，即便是花脚猫式的年轻人于此也会耐住好动心。在这日子里，王亚林何尝不思之日光浴！让柔和舒适的阳光温暖他那颗几欲冷却的心，让它以往昔的生命力跳出压抑下的悲愤，跳出郁闷的空间，跳出恼人的污浊之泥。他情不自禁向老人身边的残砖断墙凑近。

啊！王亚林不由暗地惊讶，前进的脚骤然止步。老人不是陶德的母亲辛大妈吗？没错，就是她老人家，凭记忆深处残存的一丝印象，他绝对相信自己的判断力。在外他滚爬走跑地闯社会，拼搏了八九年，为着所谓的事业而忽东忽西，过度操劳使大脑皮层的神经细胞无时无刻地高速运转，迫使岁月老头在他额头过早地凿刻着一道道刀痕，他的眼角同时长了鱼尾纹。以往每回趟家，父母妻子及亲戚都说他未老先衰，怪不得这次回来以至鲁安快认不得他这个在外游荡已久的“游魂”。有的感情可经受岁月考验，越考验越忠诚执着，就像真理在时间面前永放光芒永远立于不败之地；有些却不能，如同墙上草，风吹二面倒。人们无论怎样，有时候有些方面总禁不住岁月蹉跎。平静的小亚生产队，人们的生活平静得不受外界因素干扰，可为什么辛大妈这位典型贤惠的东方农村妇女在时间眼里显得如此之无能为力！噢！王亚林的父母不亦如此？在时间眼中，人终归会老，总是要走向另一个寂寞世界，而步入老年期即是走进生命旅程中最后一个人生驿站。他们就这样很快完成人生之旅吗？

辛大妈已非当年的辛大妈，老人身上难寻当初之影。辛大妈头发已然秋霜，似一团雪球，这雪球藏于一块漆黑头巾下。也许正是雪白使老人越发圣洁。干枯的脸上种着两颗干瘦的核仁，鼻梁慢慢陷入那贫瘠的土壤，两排牙全落了，两片嘴唇说啥都不肯出来。一身紧而短的粗布黑棉衣裹在外面，上面多处补丁叠补丁——不知是补丁的几次方了；棕色的麻布袜子表面挤满了黑布片白布角；一双小尖脚套着"三寸金莲"鞋。不知为何，老人的身躯一点儿都不佝偻，远远望去就像一尊半身铁像置于墙根，能证明她活体的唯一依据是她偶然微微扭头或笨拙的一移手一挪脚。

揪心的疼痛已使王亚林这铁骨铮铮汉子的泪水忍不住滴滴流淌，在闪亮的泪光中，他又见到了他儿时的辛大妈，她微笑着喊他的乳名，并朝他走近，慢慢地，她变了，变老了。她慢步直抵他眼前，终于两老者融为一体。哭吧，尽情地哭吧，把压抑已久的伤感全部倾泻而出，让泪水洗尽心底的灰尘，流尽心头埋藏的种种怨恨；哭吧，毫不遮掩地哭吧，把苦涩的泪流干，展现出一个全新的亚林；哭吧，淋漓尽致地哭吧，谁说只有女人才有哭的权利？谁说哭的男人不是真正顶天立地的男人！诗人们，伟大的诗人，来吧快来吧，来抒发我们王亚林的眼泪情怀和灵魂，来讴歌他的业绩，给他注入更多更新的动力，让他的躯体与灵魂得到双重新生。

瞧！我们的王大英雄毕竟是真正的大男人，他流着泪说着话却全然没有一丝落泪腔："辛大妈辛大妈，我看您来了，伢子看您来了。"他怕老人听不准，提高嗓门重复喊了两句；他怕她看不清，径直走到她跟前。

辛大妈耳朵不灵了，眼睛亦不怎么管用了，她只是慢慢地仰起头，眯着窄窄缝隙审视他们良久。

王亚林两行热泪又夺眶而出。他蹲下止住悲痛，再度高声亲热呼唤着："大妈，我是伢子呀，伢子回来了。"

“伢子伢子……”老人不停重复着，“伢子这个名我太熟太熟，一时又记不清……记不清，啊！记得记着，伢子，是你？”她一双瘦骨嶙峋的小手显得那么的无力，想要紧抓他的双手却没能抓住。

“伢子呀，我咋感觉你在哭，看我老婆子都不哭，你一大男人还哭啊？”她抚摸着他的脸，他觉得如风刮刀削般难受。从这沙哑的喉管里发出的声音是多么的亲热，他深信她泪腺的功能早就消失了，否则为何不润润她那两眼干涸的枯井！

“大妈，我没哭。”他极力控制自己。

“那我手背哪来的水呢？”老人不解。

“是您老的眼泪。”他哄着她。

“我的泪——估摸是吧。唉，人老了刚做的事就忘了，还冤枉你，伢子。靠近大妈，让大妈好好瞅瞅。啊，这么多年，你一定受过不少苦。”她唠叨着，那两眼干涸的井底居然湿漉漉的。

他惨淡而开心地笑了：“大妈，我过得还好，只是念想您辛苦一辈子。”

“没啥，我们这块农村庄户人过惯了苦日子，就说不上日子的好歹，只要凑合着过就中；也只要你们吃米过得好，老婆子我心里就踏实。”老人如实道出她心底的愿望渴求。

王亚林觉得他们之间是那么的遥远又是那么的亲近。远兮，那是心理上的代沟，除情感外已无法再用其他任何方式来填平这条心灵深处的马里亚纳海沟；近兮，都是大地的子孙，都是庄户人，都是大妈的晚辈乃至至亲。可大妈却认为他吃的不是谷是米，在他们眼里，吃谷象征着农民，吃米则意味着吃皇粮脱离了农村农民，坐办公室，可指挥别人，这能怪她有偏见吗？不能。孤陋寡闻的她一定是通过道听途说才得到那些小道消息，并将它固化于脑。

王亚林顺从老人随她“左瞧右看”。这张刀砍斧劈的脸几次擦着他的脸，他非但无恐惧感，反而感到是那样的亲切，因为这容貌酷似他母亲。人总有老的时候，此一时彼一时也，到时你王亚林面部是“X”形还是“Y”形？

王亚林知道辛大妈的听觉和视觉神经中枢系统已发生了传导性障碍。他该以何安慰她？他寻不到什么新鲜词，一时倒是忘了陶德，忘了鲁安，似乎鲁安是局外人是超编人员。

“大妈，您老还健着哩，好日子马上就到。”

“嗯，我琢磨着自个儿身子骨还将就，就是耳朵眼睛一年不如一年。人老不中用，不知哪日回去。”她自信中有些憾事。

他明白方言“回去”之意，指到阴曹地府向阎王交令牌。

“大妈，您老身子骨这么好，最少能活过100岁，您不是才60吗？还有40年光阴一万四五千天的好日子。”他极力慰藉老人。

“是吗，伢子？”老人看似得到份额外安慰与收获，很是兴奋，“他大哥大嫂还健康吧，九妹娘仨可好？”

“托您福，他们都好。您还惦念他们。”

“其实我也不晓得你有俩孩，你在外头德去过你家，是他说给我的，那是好些年前的事，约莫正好赶上九妹添小子洗三朝的时候，日子我记不得。”

老人顿了一下又继续对王亚林诉说心愿，语气多少有些羡慕、怨恨、忧郁、自责与希望，“比照我，大哥大嫂真是好福气，都孙子孙女成群，可我呢？儿媳都没边，不知前世我做了什么孽；他老子走得早，不然我也和大嫂一样，做了奶奶抱着孙子。唉！都怪我无用，不能让德了了我的心愿。不过听德说你们那个学堂有一女老师——你们的同学在等他哩；他呢，怕是也在等他那个女同学。等呀等呀都老姑娘老头了，也不晓得他们要等到哪年哪月，只怕是等我死了。”

王亚林这才记起陶德：“大妈，德在哪儿？大妈，您甭急甭难过，

他们一定能给您添个大胖孙子。”

不知是没听清还是有意不说，老人未正面答复他，只道起他们娘俩对他的思念之情:“这 10 多年算是熬过着，我和德常常念着你，好多回德梦里叫你喊你，醒了就发呆，那阵子我老婆子都急疯了，以为德中邪得了神经病。真不晓得咋的，我梦见你和德在河边跑，你追德却绊倒河里，我急得一个劲儿喊‘救命’，也是醒着发呆发笑，笑啥，梦到哪个碰着水哪个就发财，我就想伢子肯定发着财。”老人嘴角挂着幸福的微笑，好像落水的是她不是他。

六、智勇双全的毛经理

王亚林何苦不想念陶德。他一个分公司毛经理吃苦耐劳，又能言善辩，办事果断，是个效能行家。有一次另一分公司和客户签订了价值一百万元的购销合同。货到买方后，对方却寻思敲诈一笔，说货的质量不合格，必须降价，否则全部退货。降价销售，除去成本及运费等，几乎无利润可言，分公司三十几号职工就要喝西北风。分公司一时解决不了，就电话向王亚林求救。此时那位毛经理毛遂自荐。临行时他说会做到“先礼后兵”。王亚林派去了代表，对方自然不好怠慢，他们的丁厂长亲自出面，不难看出这是一老奸巨猾的商界高手。

丁厂长满脸堆笑，笑容差点掉到地上:“我们能与贵公司成为合作伙伴深感荣幸。贵公司是知名企业，不过此次在质量这关上，贵公司可能疏忽了，当然‘人无完人，金无足赤’，我们都能相互谅解，只是合同上……我就不必饶舌了，毛经理是明事理之人，是否请毛经理顾全大局，切莫因小失大。”丁厂长得意地打量着毛经理，一副居高临下之态。

“别高兴得太早，瞧你德行，想占便宜，没门！”毛经理心底暗骂，只见他掏出对方的验货回单，不亢不卑地质问:“丁厂长，请教何为小何为大？你能否过目我手里这张你们开出的验货回单？”

丁厂长原本理屈，见到这张牌气焰顿时降了许多，但他依仗人多势众，仍以充满威胁的语言欲迫使毛经理就范:“我还是那句话，这批货质量有问题，信誉第一。”

“请问这货怎么来的，丁厂长？”毛经理语气渐变。

“你们运的。”

“怎么运法？”

“列车。这与货的质量有关系吗？”

“我不与你兜圈子，根据合同条款咱们法庭见。”毛经理冷冰冰地向丁厂长表明他的底线与愤慨。

“谁同你们上法庭？要打官司是你们自个儿的事。”丁厂长到底心虚。

“不在法庭解决也好，那咱们就地解决，丁厂长你说呢？”

“物归原主，毛经理真是见过世面的老板。”

“丁厂长，你正月初一我正月十五，咱们扯平两讫，如何？”

“啥意思，不明白。”

“我毛某上无父母下无儿女光棍一条，牢底坐穿脑袋开花何所惧怕！可你丁厂长呢？据我所知你上有高堂，中有兄弟姊妹，下有儿女，还有殷实家产，你丁厂长舍得吗？”毛经理步步逼近丁厂长。

“你……你……你想干什么？”丁厂长语无伦次，被吓得直退。

“干这个。”毛经理猛然拔出水果刀对准自己左臂刺去，直让丁厂长看傻了。未及对方醒悟，毛经理迅即跃上前用血淋淋的胳膊箍住丁厂长颈脖，同时那把滴血的水果刀已在丁厂长眼前晃动。此时的毛经理威严怒喝道，“不怕死的上，老子那边厂子和员工还等着钱急用。”然而场面出奇冷静。

“姓丁的，你也是聪明人，想必已明白我刚才的语意。你敢说半个‘不’字，你的颈就如同我这条胳膊，咱们玉石俱焚，丁厂长，你最好想明白，时间不等人。”

“你不怕死？想吓唬我？”丁厂长嘴巴挺硬想逞能。

“哼！我光棍一条死都不怕，干掉你顶本，干两个净赚，这生意我愿做。”

“莫急，毛经理，好商量。”丁厂长被吓得口气瞬时变软。他知道世上难应付的有两类人，一类是无赖，一类是亡命之徒。他有丰厚的家产，还未享受够，他怕死，可谁让他过分贪得无厌？今日栽倒在毛经理这位“亡命之徒”脚下是活该是罪有应得。

“没得商量，丁厂长，你现在即刻通知你厂财会人员去银行办理汇票业务，我马上带银行汇票回公司，我和你就在此地等银行汇票。”毛经理不容置疑顶住丁厂长不放。

“那你的安全问题……”

“安全？没事。不过等汇票到手我还有劳丁厂长陪我一道回去，怎么说呢，就算是绑票，待我方货款入账，我会亲自护送丁厂长回厂，并磕头赔礼，总之任凭贵方处置、任凭法律制裁。”

……

有些方面毛经理和陶德有着同样的胆识和能力，于是在外经营的日子里，王亚林找到了陶德的化身：灵魂和精神，陶德给了他精神支柱和前进动力。陶德现在身处何处？不过可以肯定他至少没走多远，甚至就在小亚生产队，因为他必须照顾年迈的母亲。小亚生产队并不大，况且王亚林在这里的时间也不算短。可他到底在哪儿？王亚林茫然四顾，身边除了老妈子和鲁安再无第四者。鲁安一言不发地立于他身后，当初的打击如今的阴影，造就了沉默寡言逆来顺受的他，使当年的他逐渐被现实扭曲变形，形如一条笔直的钢管在熔炉里几经揉搓挤压，已成为一个不规则图形。此刻辛大妈还在絮絮叨叨不停，但王亚林觉得这声音是那么的遥远，如此微弱，很快被山风掩饰。他的目光从河的下游搜索到上游，希望发现德，希冀在脑海里寻到旧时的自己、当初的陶德和当年的表妹林凤，希冀寻觅到当初他们欢快的场所、深深的足迹和爽朗的笑声。他知道这种想法太天真，思念中那些模型板块在此再也找不出再也无法重现。然而他的目光还是执着地向上向前探求。于是他的视线模糊了，恍惚中他回到了儿时，并开始了又一次人生旅途……

七、王亚林的革命闯将父母

王亚林在小亚生产队长大，小亚生产队是他第二故乡，他度过了人生短暂而有趣的童年。那里的每座山峰山谷都曾经回荡着他清脆的童声，每家每户都保留他的天真与活泼，每棵大树上都刻有他的手印脚印，门口草地里写着他翻滚跌爬的日记，草坪脚下的小河里还流淌着他嬉闹的身影。在那片充满阳光和希望的天空和在那块融注了生命力的土壤里，他拼力吸收日月光华、汲取土壤营养、吮吸山泉乳汁，度过了他金灿灿的童年。

社会主义革命和改造基本完成后，举国上下一片沸腾，人们正以空前激情投身于伟大的社会主义革命建设事业。历经苦难的中国人民渴望幸福自由，如今的新中国新社会为他们的生活目标指明了航向，因此社会主义建设事业成为人们灵魂深处的最最崇高的精神支柱和奋斗的目标。

王亚林的父母亦不例外，他们代表了当时新中国新农村千千万万个普通农民，他们从他外公外婆身上秉承的传统美德和艰苦朴素的优良作风实是太多太多。

勤劳节俭永远是王亚林父亲王祖良和母亲林美的人生主题。不劳动他们就觉得全身心的不踏实：没时间耕耙田地，他们倍感惋惜；没工夫给地锄草，他们似丢失了什么，甚至抬头见星星他们都要忙完，正如朱德的父母一辈子都离不开土地一样。每个清晨王祖良拎两只畚箕出门，太阳爬上山岗时便拾回满满两畚箕的猪粪、羊粪、鸡狗粪，林美则把家里每个角落都扫得干干净净的，就连天窗亮瓦上的一个蜘蛛网都是林美消灭的对象。完成清除任务，林美便配备饲料养鸡喂猪，那时他家没养鸭鹅羊，猪是主打牲畜。猪食可生可熟，所谓饲料就是把生猪菜，如黄的老的菜叶、山芋藤等洗净切成较细的一堆，后以糠或麦麸拌匀给猪吃，有时鸡在旁边能贪点小便宜，它们中胆大的会凑热闹跳着跑着飞起竞相叼啄猪食；鸡饲料是瘪稻谷粗糠和着水形成的混合物。林美和王祖良都不曾上过学，但对少数典故、名人轶事、诗歌却熟知一二。王祖良吃饭速度惊人，满满一碗饭最多只需四分钟，因此难免从碗沿或口里掉落几颗饭粒，每当此时林美总是以爱怜的语调同王祖良辩论：“当初到我家提亲时装得蛮斯文，早知如此，亚林就不是你的孩子了。”

“你一人能生娃？啧啧。”王祖良故意逗着林美，同时冷不丁在林美脸上亲了几下。

林美羞得只顾埋头吃饭：“不正经，幸亏没外人，幸好娃小不识事，要不然传出去看你我脸面咋搁。好着，吃吧。”

林美匆匆吃罢拾起王祖良的碗，她瞅着王祖良笑了，“他爹，吃那么快干吗？又没人跟你抢着吃。”

“那你呢？”王祖良爱怜地盯着林美。

“我很饱，现在盛饭给娃。”

“我马上要出工。”王祖良正在捡地上的饭米粒。

“算了，掉地上的饭粒等鸡啄，就莫捡。”林美心疼王祖良。

“瞧你，这岂不是糟蹋粮食？”接着王祖良鼓起腮帮憋足劲背出《悯农》诗句“锄禾日当午，汗滴禾下土，谁知盘中餐，粒粒皆辛苦”。不知哪位先贤传给王祖良这点水。过后王祖良的神情是如此专注，就像小学生正在老师跟前背书颂文，又好像他正在炎炎烈日下面朝黄土背朝天辛苦劳作，额头脸上滚下的汗珠，在干热的地面骤然化作气体蒸发了。

“你总是有理。”林美含情凝视王祖良高高身躯和宽宽臂膀，便不作声。王祖良那结实躯体里散射出男子汉特有的青春气息时时激荡着林美少女情怀。很早时候家住小亚生产队林美和地处古河生产队王祖良寻找一切机会隐隐相互倾诉衷肠，抒发彼此爱慕情思：一个是非你不娶，一个是非你不嫁。人的本能和青春激情使两人早已不堪爱的折磨，他们偷偷痛饮了人生的琼浆玉液：林美经常呕吐，吃饭没胃口好酸菜，加之微微隆起的腹部都从不同侧面暴露了这一秘密，就这样两人苦恋两年的恋情不得已才公之于世。王祖良既代表自己又代表全家到林美家提亲，出了这档事在当时有辱女方家门、辱没女方家风，所以林美家人开始口口声声不同意这门亲事。林美有两位堂叔，一个亲弟俩堂兄仨堂弟，三家子就她一个千金，真正的女宝。但对此有情人打不得骂不能，没法子，他们只好也只能忍痛割爱，让王祖良轻而易举地抢走了他们的活宝贝。或许是遗传基因作用的结果，他和玲玲自由恋爱，同样使他们的文文过早降临人世，所不同的是他和玲玲相恋半隐半公，生的孩子文文乃丫头片子。

予人为乐是王祖良和林美又一大人生宗旨。“人之初，性本善。性相近，习相远……”此亦为他们的人生写照，恰如苏霍姆林斯基所说：给予永远是一种快乐。王祖良林美新婚第三天完成回门礼在回家路途，乌云密布雷电怒吼，一场大雨即将来临，狂风中一位六旬老妪和一个孩子正在晒场拼力抢收荞麦。他们顾不上家里正晒着的荞麦，毅然奋力加

入一老一少行列，自家荞麦自然全被淋湿透随雨水四散流淌。过后他们的事迹在公社广播里被作为教材典型反复向所有社员宣传，而他俩不以为然：“我们不是想出风头，我们是凭良心做事。今天我们不再是佃户不再受地主老财剥削奴役，我们能自给自足，终于过上了好日子！”

改革开放前的20世纪50年代，新中国正进行着一场波澜壮阔的社会主义革命建设。老鬼在《血色黄昏》中描写了当时成千上万下放知青竞相开垦美丽大草原炼钢炼铁，导致草原严重沙化和生态环境恶化，这群盲目毁坏草原开荒炼钢者就是他父母的同龄人。有作家说：小说源于现实高于现实。如果这是真命题，那么王亚林父母的同辈——古河生产队古河大队红新公社乃至松鲁县有劳动能力的社员就是老鬼笔下下放青年的原型，本质区别在于破坏性与否的问题：王祖良林美他们从事的是完完全全的农业生产劳动，老鬼笔下的知青从事的则是破坏性活动。

当年，红新公社古河大队的全体社员以山呼海啸之势投身这场伟大建设事业。劳作的田地距王亚林家有几里，远者来回四五里，近者不下两里。每每收工回家他父母只是把吃饭当作完成任务：匆匆来匆匆吃匆匆去，他们很少顾及他，不管他吃饱喝足与否。王亚林没有爷爷奶奶，他父亲9岁时他祖奶奶走了，被地主活活逼得上吊；他父亲13岁的年龄他祖爷爷撇下他父亲亦走了。祖爷爷那正日益衰弱的身子禁不住饥饿的侵袭，一开始整个人渐渐瘦小，尤其是两个高高凸起的颧骨在深陷的眼窝映衬下，好比山路两边的两座高山；嘴也干瘪了，因而面部形如一骷髅……某天祖爷爷突然变胖了——胖得流油，那皮肤下的肉亮闪闪的，似乎只要用手轻轻一碰，就会满手油腻，后来祖爷爷因他那身“肥肉”仙逝了。那年他苗红根正的父母由于以莫大的热忱积极为建设社会主义新农村而忘我苦战成绩突出，王祖良被公社提名为古河生产队队长，林美被推选当了古河大队妇女主任，职务比王祖良高。

那时王亚林外公外婆家只有一个孙女叫林凤，比他小整整 1 岁。常言：爷爷奶奶喜欢头孙子，爸爸妈妈喜欢断肠儿。正因为如此，外公外婆疼爱他怕他挨饿，于是外公把他接到小亚生产队，于是他认识了表妹林凤，认识了幼年的伙伴陶德，也于是他自此管外公外婆喊爷爷奶奶了。刚到小亚生产队时，林凤还不会说话不能站立；陶德会在地上爬行，至多扶着东西挪动，亦可含糊不清乱叫唤，看人一脸傻笑；他呢，偶尔蹒跚行动，亦能口齿不清地喊爷爷奶奶和爹娘。

爷爷年岁已高，不便参加社会主义新农村建设，自然和奶奶做后勤工作，在家搞好家务事，带好他和林凤，以至后来他见到母亲林美喊她“娘娘”（姑妈姑姑之意）；见到父亲王祖良则远远躲着，大概是怕父亲那吃人的大嘴。

有一回林美伤感地同他舅母说玩笑：“妹子，亚林这孩子不认我做娘，干脆就送给你做儿子了，就当我没生他。”王祖良在旁笑而不语。

“姐呀，你说哪里话？我可不敢全认，要认也只能认半个，你说呢？”

“那敢情好。”林美转向王亚林舅，“弟，你呢？”

他舅舅憨厚应允：“亲上加亲是好事，我乐意，可我不会做主，就依凤她娘。”

于是王祖良林美搂着他要他喊他舅舅舅母“爹娘”。

他舅母亦捧住他的脸：“乖，喊娘，娘给你好多糖吃。”

他哪懂这些，根本不理会他舅母，只是一面挣扎一面叫个不停：“我不吃你的屎糖，我只有一个爹娘，我不要两个爹娘，别的爹娘是什么东西，我不要……”搞急了他又踢又咬又抓又骂又哭。

弄得两边大人都很难堪。这是他们造的事，就让他们难堪去，活该！

八、王亚林的精彩童年

转瞬间四五个年头过去了，小亚生产队还是王亚林来时的小亚生产队，老年人接二连三作古，他奶奶即为其中之一；新的生命接踵降临凡尘。人们仍旧拼搏于战斗第一线，仍然是成年男劳力一天一个工分，成年妇女一天八分工，10岁至15岁一概每日三分工，7岁至10岁一分工。人们的穿着也还是老一套：老年人一律黑，中年人满身灰，青年人全部蓝，小孩子则是前面围一个兜儿遮羞，兜儿色调不一，或红或蓝或灰或灰黑，后面不管怎的全光着屁股。依旧是五谷杂粮粗茶淡饭，清油灯煤油灯，偶尔的汽灯。

王亚林不是出生在小亚生产队，但他吃着小亚生产队的五谷杂粮喝着小亚生产队的清澈溪水，他的一言一行、一举一动深受小亚生产队社员影响，说白了，他骨子里烙下了小亚生产队社员的质朴，可算是半个小亚生产队人。同样小亚生产队也算是他的第二故土，不是更有他父母与表妹林凤父母那场精彩的艺术表演为证嘛！

大概唱山歌是小亚生产队每位社员无师自通的先天本能。表妹林凤和陶德唱得都比王亚林好听，凤妹唱得最棒，那颤抖的童音里流出她的真情实感，弹出山民的敦厚淳朴，不经意间奏出了人们对美好生活的向往和倾吐着人们对幸福婚姻的憧憬，同时不自觉反映了他们对社会主义建设事业的热忱。山歌所寄托的寓意不仅能咏出，而且可从凤那两泓清泉两颗明珠中读出。没有裁判，他和德自叹不如，更自觉不能与凤比。唱歌赶不上林凤，但翘皮话塞满了脑子。

“凤子，我们小亚生产队要是能多出几个凤就好了，往后就能组成一个戏班子出灯，到时你做戏子头，我呢就帮大伙捉猫儿，凭你的喉咙我保证每回都能捉到好多好多猫，信不？”陶德天真地盯着林凤红扑扑的脸，似在等她作答；又转向王亚林，意思是让他回答。

林凤未开口，王亚林抢着说：“我做领灯人。”领灯人就是剧团团长，戏子头意为主角，只是当时他们都不知道世上还有“剧团团长”和“主角”两词。

“你不行不中……”陶德瞟了王亚林几眼。

“我中就是中。”他抢白陶德，“你以为旁人都和你一样？”

“我咋啦？总比你好。咱凤子都只做戏子头，你还想当领灯人，真不知害臊。”陶德步步紧逼。

“自讨捉猫，是我害臊还是你？”王亚林亦寸步不让。

“你不是小亚人，你不配做小亚人，你是野的你是野种。”陶德理屈骂人。

倘若骂王亚林其他的话他可容允，骂“野的”就等于挖他的祖坟。他怎么是野的呢？他不也是小亚生产队一员！他不禁怒从心头起，回了句：“你没爹养的。”觉着还不解恨，即猛扑向陶德：他们摔在一起扭作一团，一会儿他压倒你，一会儿你骑着他；一会儿滚的挨着一棵矮小树桩，好险啊，差点刺破肚皮；一会儿又扭到一大石边，头快碰及石棱，真幸运，否则准会头破血流。扭打着、撕咬着、互骂着，陶德撕碎了他的兜儿，他扯烂了陶德的遮羞布；他打了陶德一掌，陶德咬了他的脚跟。林凤劝架却白挨了陶德一脚白吃了他一拳。最后，他俩都累得面无人色站立不稳。陶德仰面朝天起不来，他拼力扶住一棵树挣扎着爬起，总算没倒下。此时林凤不知帮哪个好，只是呜呜地哭。他感觉她的哭声是那样的动听悦耳，虽然他困极了，但他还是聚集了所有精力欣赏调子听山歌。

吃饭前一刻爷爷板着脸要他给人家赔不是，他不懂什么叫“赔不是”，赔就赔，反正不关他的事是你老爷子的事。由爷爷牵着，他们向陶德家走去，还没到陶德家，就见辛大妈领了陶德迎面奔来。

“叔，都快吃中饭了，您祖孙俩这是上哪儿？”

“大侄女，我带这不懂事的伢子正上你那给你赔不是去。”

“咦！叔，这可使不得，莫折损我——我也是带德向您赔礼来。”

“亚林这孩子太不是东西。”怒容顿时布满爷爷苍老的脸，“你一人把德拉扯大容易吗？可亚林那样骂德，主要是我没教好。今朝我不仅向大侄女你请罪，还要对德的父亲——我那早走的侄子请罪……”言语未毕，爷爷扬起那蒲扇般粗糙的手掌在他臀部狠狠地刮来刮去，疼得他“哇哇”直叫，拼尽吃奶力气挣脱跑了。

“叔，伢子不识事，您也犯不着打他呀，还下重手，您干脆连德一阵打。”辛大妈噙着热泪挡住爷爷那蒲扇手，“德，快去跟着你林哥。”

王亚林只顾跑，不知道身后还有陶德，脚被石子硌出血也不觉痛。他怕爷爷，在他印象中爷爷这是第一回对他发火，而且那么凶神恶煞。

“叔，也是我无用，德一万个不该骂伢子野种。我要骂他打他，我还要好好饿他几顿。”

“侄女，孩子小不识事，你想骂他，可以；但千万不可打他，更不可饿他，孩子身子骨要紧。侄女呀，你总不至于要我折磨自己吧；再者你不是说伢子不识事？德比伢子还小啊！侄女，听叔的，德回家就莫打骂他饿他，就当没这档子事，我们都晓得你是咱小亚生产队也是天底下最最好的母亲！”

辛大妈哭着慢慢走开了。据王亚林后来所知，陶德大约 1 岁那年，他父亲——一个能肩挑背扛一百六七十斤重担的壮汉猝死于心脏病。左邻右舍不忍辛大妈年轻守寡，纷纷劝她改嫁德的一位堂叔。然而她自此从未改嫁。为了儿子陶德，她以牺牲自身幸福为代价，因为她考虑得太多太深：改嫁必然要为他人也为自己再生一个或两个孩子，对她而言，不管是德，还是后生的孩子，都是自己身上掉下的肉，她都同样对待。可她只是她自己，她并不能替代别人，人心难测，谁知继父对德如何，是慈父还是恶父？她不得而知，所以她坚决不改嫁。

从言语上论理，今天不对的首先应该是陶德，可人家亲自来向自己赔礼，而且是自己尊敬的长辈，这不能不说小亚生产队社员对她们孤儿寡母是看重的尊重的，她咋能不哭！这是幸福的哭激动的哭！

孩子的脸简直是变化莫测的天，说变就变：一会儿晴空万里，一会儿大雾弥漫，一会儿浓云翻滚，一会儿电闪雷鸣倾盆大雨。几日方过王亚林与陶德和好如初，他们仨又成天泡在一起。他们不同于其他孩子玩耍嬉闹，他们总能别出心裁想到许多附加一定条件的玩法。

这次王亚林想凭自己比他俩大的优势，寻思作弄陶德更主要是表妹，于是他提议："我们从长山脚同时向山顶跑，谁最先到顶就是玉皇大帝；跑在后面的两人都要到河里求龙王老爷要金眼箍、耳镯子敬玉皇大帝，你们说中不？"他以胜利者的眼光傲视他俩，好像他已坐在玉皇大帝的位子上接受他们的朝拜与贺礼，内心好生得意。他满以为陶德和表妹都会说不行，却不想他们异口同声说"中"。

每年 5 月到 10 月的五六个月期间，小亚生产队门前屋后棵棵树上挤满了知了蝉儿，一天到晚甚至在夜间，知了叫声连绵、蝉儿鸣声不断，它们有时独奏有时合奏，似有八音齐奏之感，鸡犬相闻声淹没在知了蝉儿的欢唱声中，在这对异姓兄弟中，蝉儿占大头。他们喜欢蝉，因为它嗓门亮，让人欢畅；他们更喜欢知了，知了的歌声柔和悦耳动听些，它的爪子抓着皮肤不甚要紧，蝉却明显不同，它有两只厉害的前爪，一推一拉准能把手背的皮肤撕出一条清晰的痕迹，更甚于鲜血直冒，怪吓人的，所以在这期间他们没事主要以爬树捕获知了为乐，无形中造就了他们爬山攀树的本领。

长山就在屋后，一年四季这连绵的长山都是他们的乐园。春天万物复苏，枯黄的树枝返青了，漫山开遍了星星点点、赤橙黄绿青蓝紫的各种野花和名花。过些时候可以用繁花满地、姹紫嫣红来形容，它们深的深浅的浅，搭配得极为谐调，引来了成群的蜜蜂。群蜂在花蕊

花心蹦着、闹着、翻飞着，似在相互交流：这甜食真够味。于是他们如脱缰野马狂奔至山上，采摘最香、最大、最鲜艳的花，回家用装了水的瓶子把花养着，放在自家台子上给家人看，心里甚是美滋滋的，这样即使有时被蜜蜂蜇了也不哭，事实上顾不上哭，因为边哭边揉搓肿胀的包块就会落后，好花就是别人的。夏天树上挂满青绿，地面遮天蔽日，林间呼呼生风。每日除了吃喝拉撒睡，除去雨天，他们都玩命跑上山，凭着练就的本领，他们选定最粗大的树，忙着一个接一个呼叫着爬上树骑在树杈间，喘息未定就按部就班说故事。依照年龄他最先，陶德紧跟其后，凤妹最末。其实他们都不知何为故事，都是投对方所好给对方胡编乱造些离奇没谱的东西。那个年代他们小孩最崇拜战斗英雄，他们偶尔听到过有关红军新四军八路军些许战斗事迹，因此编造此类故事便成为他们吹牛的主题。他们相互给对方讲红军变作一只只大鸟，把老百姓驮过雪山草地；讲新四军变成许多条大船，敌人坐在船上，船又变回新四军，于是敌人全被淹死；讲八路军变为一挺挺大炮，敌人开炮时，大炮不是向前射击，而是朝后喷火，把敌人全炸死……他们不知道这些故事真实与否，都听得津津有味，有时以至抱着树干昏昏欲睡。秋日树叶发黄了，远望去秋风中火红的巨幅绸缎在眼里飘扬，他们不约而同疾步奔到山上，踩着厚厚的软绵绵的落叶，专挑那些红得发火的枫叶，把它们镶嵌在他们百宝箱里珍藏在他们心灵深处。枫叶日渐增厚，每片叶子都是一篇日记，代表着他们每颗天真童心，表达了他们无邪情怀，因为那上面写下了他们童年的梦、童年的欢乐和成长历程。残冬里，只要纷纷扬扬的大雪整天下，准能堆积个五寸至一尺深。次日在融融光照下，那景致用玉树琼枝、银装素裹、分外妖娆来形容都不为过，还有屋檐下粗长的冰柱折射出七彩光。山风微微，或偶然间一只觅食鸟儿或其他什么的小生灵轻轻触碰枝条，那上面的雪便轻飘到地面，似穿着白色连衣裙的仙女羞答答地飘临人间，又似众花仙子在散发爱情之花。在银白的世界里，他们滚雪球打雪仗，他们狂奔狂呼着，一点儿不觉累不觉冷；他们的嗓音久久萦绕在幽深的山谷里群峰间，激起串串悠长的回声，这声音弹得枝条发抖，积雪随之纷纷下落。实在累就仰面躺在雪被上，把红红的小手放在嘴边吹热气，这倒也无妨，洁白的雪是不会浸湿衣服的。

经过成年的非专业训练，登山爬树成为他们家常便饭中的一碟小菜一盘鲜汤。不想这些本领都有了发挥的场地。

说干就干，在王亚林"一二三，齐步跑"的口令下，他们呼喊着直扑目的地。一开始凭借人高腿长优势，王亚林独领风骚，时不时回首朝他俩得意地挥挥手笑了；凤妹毕竟小，不出 10 秒她和他的距离一秒一秒拉大。正当他得意时，忽见林凤脸涨得通红，小嘴急速地一张一合，看情形她追不上他们肯定要哭，回家必定告诉爷爷说他欺负她的坏话，他可是怕爷爷的。玉帝他想当，可又不想让她落伍——至少要与陶德平行，怎么办？他只好回身拽着她朝山顶拼命跑。本来陶德距他不远，这样折腾了一个来回，加上拖着凤妹，速度自然减慢了，所以陶德很快成了前锋，自然玉帝皇位属于陶德。凤妹没哭，也就不曾向爷爷告状，当然他和林凤必须到龙宫向龙王要珠宝敬给玉帝老爷。

"玉帝"在河岸等候他们的贡品多时。丰满的河水深至他们大腿，幸好水流缓慢，否则非把他们冲倒不可。

表妹箍着他的腰，他亦紧拥住她，两人生怕跌倒。

"林哥，你看那不是宝贝吗？"她小心翼翼地指着可见度很高的河床。

"是宝，找到了。"他隐约发现一块光洁的大鹅卵石躺在河底。

他们兴奋地迈开步子。

"哥，小心啊，这是一陷眼一槽口。"表妹提醒他。

从水面看这个陷眼很浅："没事没事。"他说话的同时和表妹一脚踏下，似乎踩空了，他俩都跌倒在水里，表妹“咕咚咕咚”灌了好几口水，呛得猛烈咳嗽，真太意外她居然没哭；他亦不例外来了几口水，河水很是清凉，却感觉很爽口。多年以后他才知道这是光折射结果，才明白筷子在水里被“折断”的原理。

陶德在岸上猴似的拍手叫好蹦跳不已，还朝他们叫嚷：“珠宝就免了，你们到龙宫成亲去。”

“成亲，什么是成亲？”他问表妹，林凤摇头摆手。

等肚兜晒得快干了他们才敢回家，凤妹没把这一切告诉舅舅舅妈爷爷，他更不敢泄露一丝痕迹。

“娘，成亲是什么东西，我要成亲。”刚进门凤妹就扑到舅妈怀里撒起娇来，她以为“成亲”是小孩的玩具。

“傻孩子你很小，等你长大了就会明白。”舅妈亲着表妹，他忽然觉得舅妈是搂他亲他，于是情不自禁凑近她们。

“娘，我现在就要知道，好娘亲。”凤妹还是不依不饶的。是啊！表妹撒起娇真是怪可爱的，她双手紧缠她妈的颈脖，那光着的屁股露在外面。

“哪个说给你的？”舅妈突然大声问。

王亚林站着胆战心惊，生怕表妹不小心说漏嘴；没想到表妹却将了她妈一军，同时语气里还不自觉夹着威胁成分：“娘，你先说什么是‘成亲’，我再告诉你嘛；你不说我就不吃饭，娘。”

“我的小祖宗，娘怕你，娘说就是。‘成亲’就是男孩子十六七岁、女孩子十五六岁时结婚。”

他仿佛感觉表妹和他同是胜利者！

“什么是结婚？”表妹刨根问底。

“今日中了哪门子邪？罢了，反正你还不懂事，娘说给你听也无妨。结婚就是你和林哥到那个年龄时，我们接所有亲戚和队里人吃一顿饭，然后你俩就睡在一起过日子。”

“干吗要一起睡？多挤；分着睡，好宽。我不和林哥睡。”

“一起睡才能生孩子，我和你爹就是睡一起才有你。”他注意到舅妈脸上扬起一层红晕。

“我不要孩子，我不要孩子，我要玩。我要和林哥还有德哥一块儿玩。”表妹挣脱她妈。

“乖乖，告诉娘哪个跟你说的‘成亲’？”舅妈又拉住林凤。

“是我做梦时神仙爷爷说的。娘，好娘。”

他发现林凤不知何时跟谁学会了讨好人，简直十足的马屁精，同时他惊诧于她居然会撒谎。她淘气归淘气，值得庆幸的是她没出卖陶德，否则舅妈顺藤摸瓜把三个大傻瓜全逮着。

王亚林一生中最怕蛇，不管大蛇还是小蛇，也无论毒蛇还是毒性小或无毒蛇。那次他真的差点吓破胆，“一朝被蛇咬十年怕井绳”，北宋边关元帅杨延昭威震辽国统帅韩延寿，才有“杨延昭”喝退老韩昌。

芳草萋萋，门前的草坪碧波荡漾。

他们几个似乎是约定俗成，似乎人人心里都安装了一部无声电话机，彼此的信息息息相通，每做一件事好像是按日程表安排的一样。这不，他们三只蝴蝶蹦蹦跳跳飞出家门，飞到这片碧波潭边。

起先王亚林和陶德并没说什么，倒是林凤丫头片子嘴快：“我们来摔抱。”他觉得她不想不考虑结果就瞎搞胡闹。好在她现在年龄小不识事，自然就不会承担事情的后果责任；倘若她长大了还是这副性子，那她一定会处处撞墙碰钉。所谓摔抱就是两人双手双臂先紧紧缠住，然后双方用力搏斗互摔，不管一方使什么方法，只要把对方摔倒在地就是胜者，对方自然为败者，形式如摔跤。

当然王亚林摔倒德轻而易举，只需乘他人不备以脚在他人两腿间横挡几下，对方就听话地倒在地上，所以他把陶德摔得半天不能动弹。

表妹害怕了，她表示不与他斗却要欺负陶德，她想陶德受了重创，自己一定能稳赢德，于是她非要和他比试不可。这会儿陶德已爬起，正在气头上，心里暗怒:“你不与亚林摔，怕他；却要和我摔，简直欺我无力，丫头可恶可恨。”便狠狠地说:“凤辣子，我要你狗吃屎。”“我要你驴啃土。”表妹毫不示弱……

争吵未定，两人同时向对方冲去。林凤虽争强好胜，虽未与王亚林摔，但她毕竟略逊于陶德，几个回合就输给陶德。

“输就输，又输不了啥；你赢，能得到什么？”林凤豁达得理直气壮，她一撇嘴“刺溜”一下敏捷起身，“林哥和德哥赢了，我要兑现我们昨日的话。走，我给你们每人捉一只响子知了去。”

三只蝴蝶飞进一片树林，在一株大树周围飞了几圈落下。树上蝉儿尖声高唱，知了一旁擂鼓呐喊助威，听取鸣声一片，却分不清蝉儿和知了的位置，以至只能有时偶尔分辨出知了声，乃循声探索，不见小巧玲珑知了，却见又黑又丑的蝉儿驻扎着，很是扫兴，只好重新物色对象了。

大约瞅准了目标，林凤正欲爬树，王亚林一把拖住她:“好妹子，你的本事不如我，弄不好知了捉不成，你反而从树上掉下，就让我替你抓知了。”

林凤很听话，把这差事让给了王亚林。她应该承认了这个事实，抑或是“好妹子”几个中听字眼起了作用，不然她又会使性子。

上得树来，蝉儿知了全停止工作，线索突然中断。怎么寻到目标？这些该死的东西，为什么长那么多眼睛，人为啥不和它们一样。乘兴而来，总不能扫兴而归吧，王亚林倒无所谓，就恐他俩不高兴。一抬头，那粗大的主干上有一很大的洞口，边沿粘了几片羽毛和几根草。啊呀，那不是鸟窝吗？“塞翁失马焉知非福？”他兴奋地朝他俩喊:“喂，不捉知了，给你们掏小鸟。”望得见树底两人兴奋得拍手叫好。

一时兴起，王亚林爬到洞口看都不看一眼，伸手就往里探，他的手触到肉乎乎的大团盘状物。“准是母亲出去觅食让这些孩子看家护院，它们正围在一起等候母亲叼食来；那父亲怪不像话，孩子娘为着家庭生活而劳碌奔波，你就不能在家守护这些可爱的孩子？你就心安理得游手好闲？”他在心里替那位母亲愤愤不平。

“有几只？”听得出陶德在问。

“好多好多。”他忙不迭声应着。

“快抓出来，我和德哥给你搭人梯，好不？”表妹很着急。

他又一次伸手，摸都不摸只猛地大把抓去。

“鸟儿”出洞了。天哪，哪里是鸟，分明是一条灰黑的疯子蛇（乌梢蛇），蛇头紧抓在王亚林手里，蛇身蛇尾还在洞内。他顿时头皮发麻，惊出一身冷汗。他“哇呀”连连恐叫，吓得他脸像纸一般白，急得他匆匆扬手甩去。蛇是抛得远远的，可他觉得手里还紧攥住那东西，又感觉到被它紧捆着。

王亚林记不得是如何逃下树的，他只记得刚着地时，两手松开重重摔倒在地，屁股裂开般疼痛，接着就晕厥了。

……这是童年尾声发生的一件事，以后他就和陶德、林凤上小学了，不算正规编制在册生，即旁听生。打那后王亚林只要白天一见到蛇，晚上准能梦到蛇，且经常梦里蛇缠身，被毒蛇咬得昏死，所以怕蛇是他人生一大弱点。

记得有年夏天王亚林刚回家，远房堂叔不知从哪儿弄到一个篮球。堂叔教他趴着篮球学游泳，自己却潜在水下偷偷把球猛然抽脱，他随即下沉猛吞堰水。从此他再也不敢游泳，往后一旦水齐胸口他即发慌恐惧，站立不稳摇摇欲倒。不会游泳也是他人生一大憾事。

……

第二章
追梦

一、农民科学家陶德

面对老人王亚林已无从说起，他只能以实际行动表达思念之情。

他拉开旅行包链子，腾出罐头、白木耳、黑木耳、燕窝、人参酒等；鲁安也摆出他带来的花生、猪肉、芝麻和煤油。

辛大妈似乎找到了宝藏，她一会儿捧着这闻了闻摸了摸，一会儿抓住那摇了摇晃了晃。尽兴了她把罐头、花生、芝麻、煤油放左边，把木耳、猪肉、燕窝、人参酒放右边，点着左边实物真实动情地说：“伢子、安子，我好吃罐头，德不想做庄稼活，我又老不中用，就收下反手边罐头、花生、芝麻。你们晓得小亚生产队没牵电又无合作社，很难买洋油，洋油我也收着。顺手边的东西你们都捎回，老婆子我过惯了穷苦日子，是穷苦命，好喝好吃的我吃着喝着不安心不踏实，享不起福。”

“大妈，您这就见外了。我们和德是患难兄弟，再说我们来一趟难一回，带东西孝敬您是我们晚辈应尽的一点孝心，不是吗，大妈？”怕辛大妈听不清，鲁安声音提得高高的，显然他内心也是沉甸甸的。

“孩子，你们是晚辈就得听话，把那些东西带回去孝敬你们的父母就等于给了我。听话啊！”

鲁安求援地盯住王亚林。

王亚林不吭声，把所有礼物塞进他们的行囊，大声对鲁安说：“送到那里去。”在努力记忆与“睡醒”中王亚林认出了辛大妈的家。

“伢子，做什么事啊，我是没法难住你，陶德晓得肯定不高兴，会怨我老妈子，你们忍心啊？”

不管德如何想如何做，王亚林和鲁安都不在乎都顶着。

改革开放这股不可逆转不可抗拒的历史洪流，浩浩荡荡横无涯际，纵贯神州大地。外面的世界异常精彩，先是深圳、珠海、厦门、汕头等经济特区的确立，经济腾飞在这些地区即将成为现实。后是国家发展沿江至内陆至内地经济，全国振兴经济一盘棋格局已定，祖国大江南北长城内外到处呈现一派生机勃勃景象。经济腾飞区域作为经济运行机制的润滑剂和调节剂，刺激着全国经济发展的脉搏，然而小亚生产队这片世外桃源除当初实行家庭联产承包责任制外，一切都是在寂寞中度过的。在这个相对封闭的系统内，人们几乎普遍遵循日出而作日落而息的传统劳作方式，传统观念一直影响着他们，同时支配着他们的一言一行；在腾飞的经济面前，他们似乎永远是一个个手无寸铁的弱者、会言语的劳动工具。

陶德是小亚生产队堂堂一员，作为一个文化志士，他该如何面对

这残酷现实？是沉沦退却还是对前途满怀信心去搏击闯荡一番？王亚林一次又一次陷入了沉思……

“娘，有客来？”突然不知谁打哪来一嗓子，像炸雷沉闷，把王亚林和鲁安都炸着了。

“德，是你伢子兄弟他们看咱娘儿俩来了，快出来哟！”辛大妈的回答证实了陶德的存在，而且就在附近。

“是吗？太好了，我这就来！”

随了话音，陶德像变法术似的从地冒出由天而降，一下子跑到他们眼前，亲热地紧攥他俩喊了声，“哟，伢子、安子，真是你们。”

啊，若非陶德的亲昵，王亚林真的认不出他了，昔日的他如今已面目全非，好似一个刑满释放的犯人：早年的蓝色中山装褪为灰不溜秋的粗布外套，头发草堆般零乱，刚毅的脸苍白无颜，几缕皱纹勾勒出他内心填满了忧郁，参差不齐的须眉显示他对现实强烈不满，却又摆脱不了无可奈何的情绪，活泼让位于机械，在行为语言上。

王亚林心头荡起股股难言苦涩。是啊，想不到当初踌躇满志的陶德变了，蜕变得如此消沉。他的豪情激起王亚林对往事的回忆，他气势磅礴的豪言壮语多年来总在王亚林耳郭里荡响：“长大了我一定要当一名优秀的农技员庄稼医生，做一位农业科学家，鞠躬尽瘁死而后已……”

王亚林只是“德德，你……”地哽咽着，便说不出下文。

陶德看似未发觉王亚林的感情在痛苦波动，他异常兴奋：“伢子、安子，你们怎么啦？不认得德忘了德吗？”

“……”鲁安张大了嘴，却没吐出一字。

不容鲁安说话，陶德扯着他们：“走，这儿不是寒暄之处，到我工作室去。”

工作室不就是办公室？他说玩笑话吧？他没说错吧？王亚林他们

怎么也不相信陶德有办公室，好奇心却驱使着他们紧随他。

至草房墙根德不走了:“这里面就是我的办公室实验室，信不？咱进去。”

什么，又是实验室？工作室瞬间变实验室，越说越没谱越讲越走弦，这几间低矮茅房就是实验室？四周没窗户，阳光照射不进，里面肯定很潮湿。如果是实验室，陶德必定从事农业生产试验，那么农作物能进行充分光合作用？喜温作物能维持正常新陈代谢？除非是发生了基因突变的植株——那也不能。光合作用是植物生存的基础，新陈代谢是生物的基本生命特征。进行农作物试验，一两颗植株总不够数，一两个品种又满足不了试验需要，植株的成活率不可能是百分之百。就凭这房子这空间，能容纳那么多植株？别的不说，最简单最重要的是这房屋没门，怎么进出？就算飞进去上面也不可能开天窗。又是一个笑话，简直是天方夜谭。

王亚林和鲁安同时紧锁眉头，脸上浮起层层疑云:“这？……”

陶德看出他俩不解心理，狡黠地对王亚林笑着:“你们误解了我，这屋里的一切都是用来证明我当年的誓言的，不信你们马上进屋瞧。可是咋进呢？你们得给我想法子，这密码你们试着破译。”

啊！原来陶德的心并没死，他们确实误解了他。王亚林上下左右瞧着这堵墙，希望找到一把开门钥匙，可是怎么也发现不了其中的奥妙。他和鲁安使劲推着这堵矮墙，却纹丝不动。

王亚林瞧着陶德——服了你；鲁安亦探视陶德——你小子鬼主意真够多。

“进屋是要门票的，刚才你们带什么好吃好喝的来了？”

嗬！颠来弄去却是要“敲竹杠”。陶德的心依旧年轻活跃，于是他们两颗心随之兴奋。

“有你爱吃的花生。”鲁安碰碰行囊。

“你这馋猫。”王亚林轻捶了陶德几下。

“不只是我馋吧。”陶德乐呵呵慢悠悠地反击王亚林。

陶德把他们领到墙左脚，从完整壁体上抽出一块砖。那里面安了一个把手，他只轻轻一推便露出一排锯齿形的夹缝，可够两人并排入室。

王亚林惊讶得无言可语，他是被陶德拉着被鲁安推着进去的，陶德把墙复位后塞进那块砖。陶德走到墙另一边角落，那里面也安装了一个把手，他们走进另一扇门。

“德，太神了，恐怕是你祖上流传的。”鲁安抑制不住异常的兴奋。

“是不是祖宗的遗产，伢子一清二楚。”陶德略显激动。

在王亚林的记忆深处，儿时陶德家没有这些茅房，此处原先是生产队的一排猪圈，后来猪圈没了留下一片平坦空地，再过后就是他和陶德上初中了。

“德，这是哪位能工巧匠设计的？”王亚林不认为陶德会有如此巧妙构思。

“信不过我？”陶德反问他俩。

“不，不是不信，只是这墙体构造有点神。”王亚林极力掩饰内心的激动，并转移话题，“你们生产队其他人晓不晓得这墙的秘密？”

“话就长了。当年我在学校发誓以后出校门一定要成长为一名优秀的庄稼医生，说到底就是农技员和一名农业科学家。多年来庄稼发病率虽不高却很难见好收成，我把这里不同方位不同田地的土壤都带到省农科院去化验分析，其成分含量等性质均符合我们这块许多农作物的生长条件。我们施的肥多而杂，绝大部分是农家肥，如猪狗鸡屎人粪等；此外还有绿肥，最多的是红花草籽，即紫云英腐烂于稻田形成的肥料。我确信农家肥所含营养元素比化肥多得多，那是什么原因造成农作物经济作物肥料充足反而低产？我寻思着既无外因阻碍，其根源势必在内因，即植株本身，于是我想另找出路专门培育新品种。亚林安子你们知道，这些庄户人哪里信什么新品种，他们种庄稼总是老出老推，只要能解决温饱问题就满足了。这就必须要有实验室。为了这别出心裁的房子，我翻了好多书，找了10多天才设计好这样结构的实验室，最后我跑到红新公社请20个工人师傅，要他们趁队里没有其他人在场之际，按我的图纸就着圆月于三个晚上盖好这八间茅屋，其秘密就是这边墙和那边墙都是可动的。主要是为了植株发育生长需要，有的喜温有的好阴，有的喜湿有的好阳。孩子们个个都是飞天痞，比我们那时厉害多，这般设计他们破坏不了我的试验成果。这墙基和窗户底都安装着铁板与滑轮，中间锯齿缝里安置了弹性好的弹簧，外间那段墙是伪装的，就是再仔细观看也难以辨认真伪。每回进出我都没让人发现，有时为观察其生长情况，我就睡这里，喏，那屋里一堆干草上铺了我的被子。从外面看是一溜屋，而实际有七间就够宽敞够用。”陶德激动得一口气说了这么多，好像他的作品即将问世，可他仍觉得腹中千言万语没说够，他还要说，“咱弟兄们多年未见，到铺上坐着继续叙，安子带来了花生，正好我这有一瓶‘高粱大曲’好久未拆封，咱边饮边聊。”陶德牢骚满腹感慨万千却无丝毫疲劳。

王亚林边听边抓过三只小茶缸，每只斟满了酒；他们每人抓了一把花生米放在嘴里当菜嚼着。

无须多言，不下三小时，王亚林把他如何娶妻生儿育女，因何离家出走；黄浦江滩头如何遇险脱身；大森林里如何迷失方向走出险境；为何误入歧途即先为狐朋狗友所骗、后陷入心狠手辣女人圈套；怎样在繁华城市人才招聘市场谋求一份工作、忘我地认真做好自身业务，以及离开这家企业独创公司发展公司等他的可以写出一部长篇小说的艰苦创业史统统诉诸陶德和鲁安。

当听到王亚林的漂流史、闯荡史及创业史中精彩惊险处时，陶德

和鲁安连连发出“啧啧”声，不知是为他精彩纷呈的演说词或惊险镜头所折服，还是为他的遭遇由同情升格至愤怒所致，王亚林细思二者兼而有之吧。在他长达三小时的倾诉中，有一个细节他抓得挺实，就是在他说到他公司员工毛经理事迹时，陶德的表情耐人寻味；另外就是陶德和鲁安除了“啧啧”声外，便是静静听他作长篇报告，像是在检测一台隆隆运行的机器有无故障发生。话从他们这边耳进，小部分嵌入他们大脑中枢灰质层，大部分则过滤似的由他们那边外耳道溢出。不管他们感觉咋样，亦不管他们对他的评价若何，反正王亚林既开口了就要一捅到底一捅全露，舒坦痛快！

听罢这部既催人泪下又令人振奋不已的大部头，陶德和鲁安都沉浸于不同寻常的安静中。看得出在安静的背后，沉寂的脚底正蕴藏着一股无形的强大力量，这力量正处于酝酿阶段，它将如同熔浆喷发而出，将来何时喷发王亚林不知道，但他断定这天必将来临！

“安子，说说你吧。”陶德不知道这十几年鲁安是如何过来的。王亚林从道听途说及刚才车上鲁安的表情中，或多或少了解他的一些情况，最起码他至今未婚。为了不让鲁安再度陷入痛苦中，王亚林示意陶德别问下去，同时说：“德，还是再说说你的详情。”

“我的详情？哈哈。”陶德禁不住笑了。听得出那是挤出的一丝苦笑一声辛酸的笑，“通过十多年的实践，我总结出搞农业科研比其他科研付出的代价大，收获却很小。为啥？首先它的周期长，这是最令人烦恼头疼的事，它不像从事工业仿真模拟，只要给出条件，列出状态方程速率方程，将相关数据输入计算机，马上就能得到结果，并反馈过程与结果等信息；必要时还可修正数据，使之达到或接近预期效果。比方搞杂交试验，欲获得杂种一代F1，就得花费一年时间，F1代中有纯显性的和含隐性基因的，即有的植株含隐性基因，但其表现为显性状态；为了得到更可靠更优质品种，还需进一步让F1自交繁衍

F2，此时有的带隐性基因品种方可能分化出来，抗倒伏抗锈病的品种必须保留下来，而其他品种即被淘汰掉，这种保留的品种就是一代优良品种。更有深层次的就是 F2 还必须再次自交产生 F3，这样就可能要两年四年八年乃至十六年的试验时间。农业科研周期长，也许一个人一生的精力注定就只能花在几项农业科技试验上，有的试验不是夭折就是到头一场空；有些试验虽然成功了，可就是不被重视不被社会接受承认，得不到推广。在近十来年的岁月里，我的几项科研可以当之无愧说成功了，即在同等条件下，我的新品种比其他同类品种产量高 40% 到 50%，一般都在 40% 之上。可是成功毫无价值，因为即使有这样的产量，任凭我奔波了许久，人们都不理睬它不接受它，所以我白费了十余年时光，这就是农业科研的第二个弱点。不过伢子你是走南闯北见世面的人，想办法把我的试验成果宣传推广给老百姓，什么专利权等我要不要都无所谓，就算是我不求名利无偿献给国家，只要大家丰收了，我一个人默默看着心里就踏实满足。”

十多年过了，王亚林发现陶德的思想言行发生了本质变化，他已由农技员成长为农业科学家。他的知识库如此丰富着实令王亚林吃惊，什么遗传基因、显性隐性基因、基因突变、基因的遗传规律、性状表现等玩意儿，王亚林几乎闻所未闻。这也难怪，自己是玩生意的，从事经营管理与企业管理，当然对植物生理及其变化规律倍感陌生，甚觉新鲜，真所谓“隔行如隔山”。任何一个新鲜事物的诞生到成长发展，总遵循“在曲折中前进”这条哲学原理这个真命题。是的，陶德的科研成果一而再再而三地遭扼杀，从某个侧面而言，是部分人因嫉贤妒能心理所设障碍导致的，那些人口头上高呼重视科技指导实践，而事实上任人唯亲，他们亲小人远贤能，沿“逆水行舟”；从另一方面讲，是农民庄户人普通老百姓不愿接受新鲜事物，更不懂何为科学种田种地，因而不试用德的科研成果，造成农作物产量上不去，家家户

户只能勉强维持日常基本生活。

王亚林凝视着地面搁置得井井有条的培养器培养皿以及那里面的种子幼苗，在他眼里脑际，正如同有一台仿真模拟机于几分钟内便完成了种子萌芽、生根、长叶、分蘖、抽穗、结实的整个生长发育过程，而那各种各样的果实是饱满的，折射出绚丽色彩，织成天边七彩桥。慢慢地，这桥变宽了变平坦了，它像一件薄薄的套裙从天际飘下来，轻轻披在大地这位瘦弱母亲身上……

二、作战“双抢”

金秋的9月到了，近两个月“修理地球”任务完成了，几天后王亚林拖着疲惫的身躯又回到学校。可回想那剧烈的劳动场面，真叫人心惊害怕发高烧，头十多天情形似乎并不怎么坏，他跟着大伯大妈大叔大婶割捆挑油菜禾等，只是有时稍有落后，他们便拦腰一铲帮他赶走拦路虎，使他重新迎头赶上。叔伯们冲他挂满汗珠的脸笑了：“伢子，这味道如何？”

“还好，不赖。”他也开心笑着。

“伢子，念书好还是做工好？”

“都一样好，都在以不同的方式为社会主义建设服务。”

“哟，想不到咱们伢子认得字识得书断得文，跟我们大伙就是不一样，就能说出一大堆道理，真是肚里有墨水的知识分子，我们的大秀才。”

大伯说得他心头热乎乎的，但他依旧很谦逊：“伯伯叔叔婶子，伢子还是你们以前的伢子，我现在也只认得只会写自己的名字。”

“那敢情好哇，赶明日农闲时你教教我们，让我们也能识几个字，会写自个儿的三个字。对了，伢子你好好干，往后干我们生产队队长，再好好干当大队干部，那才过瘾，不把你美死才怪！”

“伯伯叔叔婶子，伢子不要做大队干部，伢子长大了要办厂，让你们过好日子。”

“我们的伢子真有志气，伯伯叔叔们等着你，伯伯叔叔相信会有好日子过。”

十多天刚过，接踵而来的就是鼎鼎有名的“双抢”等一系列繁杂辛苦的体力农活。早稻割下了，还要捆把、挑把脱粒；再就是耕田耙田平田；然后从秧田拔起拖泥的成片晚稻秧，插入做好的稻田；最后至少三次薅草。双肩磨破了皮，汗水被血渍染红了，还需咬牙跟着成年人挑稻禾；拔秧拔得双手无名指都起了泡，泡破了血水和烂泥混在一起，火辣辣地既痛又痒，王亚林都不吭声；经常弯腰栽秧，眼眶浮肿说啥也不肯休息就医，只顾干干干玩命干！这一切为啥？不为别的，还是俩字：建设，不是吗？不管天气多热，队里的劳力都在田间地头拼命干，人们的好胜心与竞争心理总是不同程度存在着，然而最主要是和大自然争抢时节，因为晚稻秧是喜温农作物。酷热让他竟然有些力不从心，最头痛恼火的是天公经常搞破坏，它简直就是一根魔杖，它指东他们不敢向西：有时雷霆万钧把他们从田里赤足驱到晒场抢收抢盖已晒的稻谷，有时气势汹汹把他们赶到田地前线。所以他们每日的做工计划都得从队里广播喇叭里去征求老天的意见，因为红新公社每家每户都安有广播喇叭。

一天几次脾气的日子不算少，一来一回或几趟来回折腾得我们筋疲力竭。虽然王亚林的体质体力并不见差，虽然他的体育成绩单里记满了一个又一个“优”字，但他终究因超强体力劳动干得不多，无法在较短时间内完成超高强度农活，以至他数次中暑，然每每清醒后他都是挣扎着奔赴劳动战线，与长辈田地间同乐。他这样做绝不是想混几个工分，寻思的还是前面俩字：建设。最最难熬的日子是8月秋老

虎，古河生产队几个体能相对弱的中年男女差点因中暑而提前走进幽灵界，在老虎嘴边玩真得处处小心事事留神分秒提防。那阵子他一下少了五斤，白脸晒黑了，胳膊褪了一层又一层皮。王祖良林美都心疼得泪眼汪汪的，他们一个身为生产队队长，一个身为大队妇女主任，在那个年代他们的身份不容许为他开绿灯或给他找点其他轻活做，这是他们不可逾越的政治底线情感底线。在家里他无兄弟姐妹，当时像他父母年龄段的人生了一个又一个，他们有的还说生得不够多。他不懂自己父母为何只生他一个，过后听他外公讲如果再添一口就会把他们对他的爱最少减去一半，但他认为这不是最恰当的理由，而是一个托词。现在他给他们寻到了几个充足理由：首先他们怕小孩多会影响他们在生产队大队的工作，其次他们怕孩子多而对小孩关怀不周。

三、王亚林与林凤的情感

家里“修理地球”的任务刚结束，王亚林便急匆匆跑到他外公家去看爷爷舅舅舅妈林凤他们，爷爷依然如他儿时边唱边喊他“儿呀肉呀乖呀心肝宝贝呀”，弄得他格外难堪；他舅舅舅妈为了他们的半个儿子竟然杀了家里那只最会下蛋且是双黄蛋的老母鸡；表妹凤妹专程跑了十多里到公社食品站买回瘦肉慰劳她未来的男人，他心头热乎乎的。表妹和他一样也是家里唯一的根苗，她既是小家碧玉又是他们的掌上明珠。他舅舅舅妈认为不生孩子是房屋落向不对或地脉有问题，冲撞了神灵，于是举家迁移了数次。他已是初中三年级学生了，十几年前围着兜儿欢蹦乱跳又好多事、和他青梅竹马两小无猜的表妹虽小他一两岁，如今却已落落大方，既似一朵出水芙蓉含而不露，又恰似一朵莲花亭亭玉立。无须涂脂抹粉搽红，走近她身边即可闻到一股清香，好像这香味与生俱来，于是他戏谑称她“香妃”，初中二年级时他已知此典故。“随你讲，你爱怎么说我就爱怎么听爱怎么接受。”凤妹欣然应允。他知道她是想让他承认自己是“皇帝”，因他先前跟她讲过香妃的故事。不管是直观感觉还是间接感受，从她的言行举止，他都明显觉察到表妹自小就喜欢他，而且随着人生步伐稳健与感情成熟，她把喜欢逐渐演变成朦胧的爱：他喜爱粉红色，因为它热情奔放充满活力，没有粉红衣服，她很快寻出一件很旧的淡红色衣服穿上。无论是正面观还是侧面看，表妹优美的曲线并没有为破旧外衣所掩饰，反而衬托出她的躯体更富有魅力，更具有农家姑娘独特气质——大大方方的洒脱与斯斯文文的恬静。她浓黑的两弯新月轻轻颤动，似在寻找时机暗示她对他的爱；一双明珠秋波涟漪，宛如两泓清泉在他心头泛起了爱的碧波；小巧玲珑的鼻子微微翕动，似在向他表白，爱是双向给予的，感情是双向流通的，你吸入我呼出的气，我吸进你呼出的气；还有她润滑可爱的小嘴唇，只要稍微抿嘴他便觉得她有好多好多的话想对他倾诉。他喜欢倾听她唱山歌，喜欢听她说话的语调，因为那音调像她的歌声一样动听悦耳，回味无穷。只可叹她此时此刻没说一句，但他已深有“此时无声胜有声”的幸福感。说实在的，他已然默默视林凤为他生活圈里不可缺少的组成成分，精神世界的一部分。同时他也完全能断定在她心目中在她的精神范畴里，他所占领的是一方最洁净的空间，在那片领空他的思想可以驰骋上下五千年纵横上万里，他的灵魂可以因此得到最大程度的净化升华，他的精神也可得到最大限度的超越，于是他陶醉得晕乎乎的，他觉得世界如此宽广，阳光如此灿烂，花儿如此绚丽。非常遗憾，凤妹只读到高小最后一级就辍学了……

四、周末下午的乒乓球赛

劳累了两个月后，当重返校园时倍感亲切。一草一木、一只鸟儿、

一只蝉儿或一只蝴蝶都显得那么可爱：风吹草点头，树叶笑嘻嘻；蝉儿歌唱知了奏乐，如果有一台精准仪器，准能测出这乐音的频率；蝴蝶身披七彩霞衣，时而在树叶丛林间挨家挨户串门问好，时而成群结队翩然起舞，好似蝴蝶仙子化身，好比梁山伯与祝英台比翼双飞于人间花丛。

操场跑道呈椭圆形，不是标准的跑道，周长约五百米，跑道四周每间隔一定距离栽有一株枝繁叶茂的梧桐树。跑道路基由碎石煤渣混合铺平，中间是田径场，既可踢足球、跳高、跳远、掷铅球，上早操、午间操，又可于此召开全体师生员工大会和极具代表性的颁奖评比大会或开学毕业典礼。

放假了，学校只安排了员工专门护校，没安排人员清扫校园，其余教职员工都回家忙“双抢”了，因此没有必要拨弄得干干净净。无人问津无人治理，操场中央的草疯长——长得一发不可收拾，尺把深的草蹿到跑道内。小草的生命力太顽强了，煤渣石块间隙里探出大面积青草绿叶，跑道已演化成草坪。几阵风雨把梧桐树老叶刷洗干净，草坪周围积了几层黄叶。过不了几日这自然的功绩要被百十双手干预并破坏着。自然界原本是美丽统一的，万物自生自灭，周而复始地孕育着一个又一个生命，其和谐度无与伦比，可巧夺天工的自然力作为何却屡遭不幸。

第一天，大部分同学陆续返校；王亚林见到了久违的陶德。

第二天，报名时间。

第三天，正式上课。鲁安真的成为三〇二班一员，但王亚林发现一个奇迹，其实这所谓的奇迹在他预料中，就是丁坚也坐在三〇二班教室里，且和自己同桌。潘老师怎舍得放走三〇一班另一名班干骨干，难道他嫌班上优等生多？难道……

课后王亚林满腹疑虑问丁坚：“丁坚，你是潘老师的爱徒，用何妙招走出潘老师心中棋局？你真够能耐，我服你。”

看着他一脸疑云，丁坚眨巴眼得意地笑了：“你猜猜，保管猜得着。”那笑意通过镜片复制了。

“废话，能猜到我还费事饶舌问你！”他不高兴移步欲走。

丁坚一把拽住他：“我的同桌，干吗第一天就发火，多没意思。”

“头天就给我出难题，是我没意思还是你不够坦诚？往后一百多天我不被你钉进墙壁拉不出来才叫怪。”他语气硬邦邦的，却不自主低下头。那是一双补丁叠补丁的灰色运动鞋，虽极为破旧，却很清洁，这与丁坚文静的外表极其匹配。大概丁坚像他和德一样，同是贫民出身，他这样想着。在此年代不管其他方面如何，只要根正苗红即是最大最好的资本，越穷越显示出无产阶级工人阶级特色。无产阶级工人阶级代表国家，是新中国的领导阶级，但凡工人阶级都能从不同方面感受不同程度的国家政策，他和陶德两年来期期都拿了国家助学金。通过书本知识及现实情况，他真正懂得只有中国共产党才能拯救新中国建设新中国，建立无产阶级政权或人民民主政权以及人民代表大会制……眼前这位丁坚同学大约也得到了党和政府的无限关怀吧。

王亚林内心正抒发对党的无限赤诚之情时，耳旁传过丁坚的声音：“亚林，我到三〇二班有助于你们班团支书的奶奶啊！”

他一愣：“这关她奶奶什么事？是她老人家给潘老师说过情？”

“李奶奶不是已过世了吗？”

“是啊，一个过世的人怎能需要你这个大活人帮忙？笑话啊，只有鬼才信。”他不仅责怒自己，还认为丁坚不够老实，于是他重复着丁坚的话，“李奶奶不是已过世了吗？”

“是呀，李奶奶走了，她是多么疼爱她的长孙女——你们班团支书李满红；感情是双向的，奶奶的病故自然对李满红是沉重打击，李满红的感情太脆弱，禁不住打击辍学了。这不潘老师向你们三〇二班班

主任王老师推荐我填补缺口，这也是我们的缘分，你信不，亚林？”

王亚林还有啥可说。不是缘分李书记怎会弃学，不是缘分潘老师怎会放行并推荐丁坚任三〇二班团支书，不是缘分王老师怎接收鲁安和丁坚，他承认“缘分”二字。

学校除了两个下午课程都排得满满的，一是星期三下午政治学习兼户外劳动课，一是星期六下午同学们可以松弛紧张大脑，毫无顾忌痛痛快快玩闹。这两个下午的活动雷打不变。

又到难得的周末下午，同学们岂肯放过这宝贵时光。赛场上，标枪如游龙腾空跃迁，直奔最佳落脚地；铅球呼呼生风赛过流星锤甩得老远，地面砸下深深印迹；铁饼似UFO高速旋转着地刮起阵阵旋风，烟尘滚滚四散；跳高者身轻若燕凌空越过高高标杆；跳远者腾空跃起画出一个标准圆弧；还有那十来名足球健将，他们机智无比，左右逢源运球，球快如闪电，“呼”的一声一会儿球踢入这门一会儿球撞进那门，双方咬得很紧难分胜负，令人眼花缭乱；上边排球场两军对垒，机敏的队员真会见缝插针，时不时给对方以措手不及的凶猛扣杀盖。上下两场各边队员不停喊“加油”，不停为队友呐喊助威，他们嗓门喊哑发干了，手拍红了脚跺麻木了，似乎还不过瘾不够痛快，还不停为队友失利跺足惋惜，直闹得人声鼎沸，好像这喉咙这手脚都是不属于自己的身外之物。

校园东边拐角却显得相对宁静，无厮杀声助威呐喊声，只有拍击球和球碰水泥桌面的声响。乒乓球桌中间竖起一面小红旗，鲜艳的红旗在金色的余晖中、在徐徐的秋风里熠熠生辉，喷出团团火焰吐出缕缕金光。也只有裁判一旁“二六、三六、四六”“下台”之声。因为在这些同学看来，打乒乓球是全身心运动，要做到眼疾耳聪手快，就必须要有高度集中的注意力与极其敏捷的动作双管齐下。不像足球或排球，即使失去一个反击或扣杀对方的机会，此机会有可能被中前锋或一传手二传手重新攫起，起到相同甚至更佳效果，而乒乓球赛场，机会一失就等于输了一球给对方。

此刻正值林珊与丁坚对阵。林珊自上初中起，经历过一〇二班、二〇二班、三〇二班，可谓元老。偏高个头不怎么苗条；一头乌黑齐肩发；浓黑弯弯的眉毛，明镜的双眸；标致的鼻子及淡红的嘴唇全都恰如其分地镶嵌在白里透红的苹果脸上。一身褪色的蓝外衣和黄球鞋合体穿在身上、套在脚上，十足村姑打扮兼淳朴学生气息。王亚林不禁想起一部电视剧里来自农家的乒坛女冠军。

“丁坚，你总是自炫乒乓球艺高超，今日让你尝尝咱林姑娘乒乓球与球拍的厉害，保管你试过就知晓什么是甜味什么是苦辣味。”平素丁坚时时向陶德吹嘘自己的乒乓球技如何棒，以至力压整个三〇二班。陶德亦素闻丁坚球技不赖，但他不喜欢丁坚自吹自擂好自我表现的性格。林珊的球技在三〇二班一流，是名副其实的冠军，就是亚军的陶德与她也相差几个档次，可人家低调，致使其他班级许多同学虽然知道三〇二班有个叫林珊的乒乓女将，却基本不认得其人，所以陶德有意无意当面托出这番话。

“我也久闻林同志大名，不想今天更有幸于乒乓球台相会，不过鹿死谁手须看结果。”丁坚自鸣得意。

“很高兴能与丁坚对阵。我有可能不敌书记，不过正如书记所言‘须看结果’，裁判员，对不？”林珊很自信，笑着问陶德。

“等等，别忘了我，林珊同学。”鲁安快步踏入，似乎这机会是他挤出的等来的，“老同学新相识，你们咋这么看不起我这个新公民啊。”

“真是对不住，你一直站在陶德身后，我没注意你，差点忽略了你的存在。”林珊满脸歉意。

“丁坚同学、林珊同学、鲁安同学，你们咋搞的。看，好端端的氛围让你们破坏了，这样吧，下回轮到你就跳过作为对你的惩罚，鲁安，

如何？”王亚林察言观色，赶紧挺身而出充当和事佬。

“亚林，你也真是，怎可以如此态度对你的老乡同学？刚才是我的错，依我说鲁安应上我应下。”林珊责备王亚林的同时也责备自己。

“林珊同志，别磨嘴皮快发球，我等你的挑战。”丁坚忍不住的样子，连声催促他的对手。

“慌什么？我不急你倒急，真是皇帝不急太监急。”林珊把球和球拍递给鲁安。

“好吧，骄傲的公主林同志。”丁坚无可奈何。

“这咋中？我引发的风波必由我平息。”鲁安出了一个大家都乐于接受的主意，“陶德任主裁判我为副裁判，林珊不必让我，下拍我照接不误，折中一下，大伙怎么样？”

林珊和丁坚就这么对上阵了。

起先林珊攻其不备以1:0获得对打资格，接着她当仁不让，以凌厉的抽扣杀把丁坚逼至4:3。

丁坚沉不住气，他握拍的手分明看出连连颤抖，所以连续发了两个“奶球”，好不容易他才发出第三球。二人你来我往地打了四五个来回，终于丁坚瞅准机会，猛地打了一个大回扣，球在林珊那边刚好擦桌沿而下。丁坚好生得意，长吁了口气:“太棒了，这下你林珊的手眼不管多快都接不着，我算有一分积蓄了。”可没等丁坚弄明白怎么回事，也没等他吐完这口气，球却变魔术般从林珊方凶猛飞来，击板后迅即旋转飞起落地，发出“乒”的一声脆响，似乎裁判庄严宣告林珊以5:3的成绩胜出丁坚，至此丁坚仍未清醒。

现在仍是发球者掌握主动权。

已是夕照时分，晚霞却不甚多，几抹流云于天际游动。落日的光辉把林珊的脸涂饰得红扑扑的，迎了拂面晚风，林珊发育完好的身躯呈现出少女特有的曲线美；浅蓝色上衣沾着汗水粘贴在身体上，挺立的身躯显得如此富有魅力。丁坚以3:5战绩败后猛然抬头，内心顿时滋生出股股莫名躁动。

林珊可没揣度到丁坚的内心世界，她以为丁坚在生闷气气傻了，于是提高嗓门:“喂，丁坚，准备接球。”丁坚这才如梦方醒，他不禁瞪了她一眼，接着不得不做出迎战之态，重新投入战斗。

虽然这不是什么正规正式比赛，但最后都是林珊赢了丁坚。为赢这局球赛，林珊自发球始即小心谨慎。她先于左角做出出球之势，把丁坚的注意力引过去，后骤然在右角靠近横栏处把球拍出，等丁坚刚拢过来，球已在栏那边连续弹板两次，不声不响掉落桌底草坪上，仿佛无声宣告丁坚你又输了。

丁坚无力地把球拍扔给鲁安，满目怒气满脸怒容:“林珊同志果然厉害，我算领教了；不过这最后一球……我认为你胜得并不光彩，我败得不自然，并不……”尔后立于旁边冷眼观看，其眼睛像一架照相机，要把整个乒乓球场无情摄入胶卷。

“古人云:‘兵不厌诈。’书记同志，你只能怨恨古人，我只不过运用并验证了他们的光辉思想而已。”林珊瞅了丁坚一眼，接着转向鲁安，轻声说了句，“安子，来续上刚才的一曲，相信我俩能打好这场友谊球赛。”随即她再度瞟了丁坚一眼，顷而深深注视着鲁安憨厚的面容，爽朗地笑了。那一笑似嘲笑，讥刺丁坚狂妄自大，又似开心会意的笑，鼓励鲁安开心上阵赛出水平，让傲慢的丁坚瞧瞧我们憨厚的汉子毫不含糊，令人刮目相看。

丁坚，虽镶了一副近视镜，然林珊这一连贯举止与神态却让镜片后的双眼看得如此明了。丁坚，这个虚荣心极强、在班里事事好高人一等的团支书，怎能一时接受在他看来不应成立的事实？但不管怎么理论，事实终归属实，他无法改变。此时满腹怒气即刻升腾在他阴云密布的脸上；羞愧交加亦刻在他白里泛紫的面额。他眼里喷出仇恨之

火，似乎林珊、陶德、鲁安和王亚林都成了阶级敌人，而这中间首当其冲者乃林珊。丁坚愤怒之至甩出一句令他们都震惊之语:“看你们有何能耐猖狂多久！”接着怒气冲天扬长而去。吃惊归吃惊，但他们对他全然置之不理，反而把球磕碰得特别响特别脆，故意开怀大笑，似在宣判:“你丁坚已不受我们欢迎，快滚吧，免得坏我们胃口扫我们兴。”

……

五、送别

清晨，辛大妈、陶德和小亚生产队他们认识的、不相识的男女老少都满怀依依难舍之情把王亚林和鲁安送到路边，才洒泪挥别。

朝霞融融，在前方倾心为他们引路；五彩蝴蝶纷至沓来翩翩起舞，让他俩一睹它们多姿多彩的芳容；百鸟闲不住唱起悦耳欢歌，和路旁拥挤的蜜蜂为他们送行。清新的空气，柔和的光华，动听的歌声，无噪音之乱耳，无灰尘之扰神。在这境界里真可谓一份超级享受。

然而让王亚林更高兴的是不虚此行，因为他已有三个满意答案:一是经过通宵达旦的交谈，他把心中所有的压抑与失落及愤恨，像火山爆发一样统统发泄掉，于是他觉得人生格外的快慰，那是另一种解脱。二是他和他的挚友们共同分享这些年他在外面的收获，他深信苏霍姆林斯基说的给予永远是一种快乐。而最主要最重要的是他发现了一位扎根于田间地头的农民科学家，那便是陶德，他欲把陶德撰写的那么多论文与札记拿去发表，让这些沉甸甸的金子放出璀璨的光芒。仅此三题——三大收获足以使他感觉自己年轻了许多许多，于是一句他奉为真理的名言弹出舌尖:“是金子总会发光的。”

“对！是金子总会发光的，我完全赞同。”鲁安重复着。

“不对吗？”他可能误解了鲁安，于是追加刚才那句。

“是至理名言的真理。我替你、你们感到由衷的高兴，我为有你们这些有作为的同学朋友深感骄傲自豪，只可惜这高兴与自豪并不真正属于我。”

“不！安子。”王亚林理解鲁安的伤感，“只是我们各人的人生经历不同而已，才造成今天的格局，人不可改变历史，只能适应历史顺应潮流，因为只有历史才会造就人的一切，所以你我他都有各自的……”

“算了吧，这些我懂我都懂。”鲁安岔开他的话语，神情极为严肃，“你知道吗？正因为我们的阅历不同，所以我觉得你刚才一课很有必要补上，你说呢，亚林？”

“刚刚一课？”王亚林茫然重复着，“刚才一课？”

“你忘了辛大妈的话吗？”鲁安进一步提示他。

“对对，从道义上讲我该自修好这堂课，但我认为现在已无此必要了。”

“为何？”鲁安显然不满他，“该入乡随俗。”

“为什么？因为舅舅、舅妈生前我非常孝顺他们两位长辈；至于林凤生前我自认为待她很好。这些往事我已跟你说过数次，我对林凤全家的情感你是知晓的。”

“是的，我非常清楚，只要你莫忘记临别时辛大妈的叮嘱，补课与否我只不过随意提醒你罢了。”

挚友的告诫王亚林当然无条件接受，辛大妈沙哑颤抖的声音他亦无条件牢记。

猛然间，他神经中枢系统再度回放方才那感人至深的一幕：

辛大妈拄着拐杖，拖着瘦弱身躯蹒跚行走在送行队伍的前头，在她身后跟着一大群男女老幼。

老人伸出皮肤折了又折、青筋暴露指骨横生的一双细手紧攥住王亚林两手，她干涸的核仁四周透出点点亮光，她的声音沙哑颤抖：“伢子，今日是我们整个小亚生产队欢送你和安子的好日子，我本不该提及此事，但我还是要说，我忍不住要讲。你爷爷舅舅舅妈还有你表妹的坟，你要不要上、要不要给他们全家多点几炷香、多烧几匝冥币、多磕几个头？让他们在那边衣食无忧安心瞑目。伢子，你当时没亲眼所见，他们走的可真惨哪。我就想不通，多好的一家子就这么走了，老天爷，这是真的吗？这公平吗？他们真不该走啊！唉！人老了，时间久了，好难过好伤心。”辛大妈喃喃说着说着，不禁仰天长叹。

王亚林知道老人触及伤痛处，偌大年纪怎能受得了？他赶忙扶她坐在身旁的草墩上：“大妈，咱先不去记别的，保重身子骨要紧——您不打算多过几年抱抱孙子孙女，把他们带好带大？”

此语恰似一颗定心丸一针兴奋剂，辛大妈再次紧抓着王亚林：“伢子，上坟不上坟是你自个儿的事，其实这都无关紧要。我也晓得你过去对他们三个长辈都好都孝顺，对凤丫头更是没得说的，就像你是他们的亲孙子亲儿子亲哥哥一个样。同样他们像你的亲爷爷亲父母亲妹子疼你爱你，这些都好像是昨日的事。伢子，你只要往后时时记着他们，尤其是你凤妹你未过门的媳妇就好，我老婆子也就安心不揪心了。你是我看着一天天长大的，我的好伢子。”

“大妈，我这辈子无论如何都忘不了林凤妹子一家人，他们待我比我亲生父母都好；我也永远会记着您、陶德和小亚生产队其他所有人，我毕竟是在这长大的，是半个小亚生产队的人……”

看看脚下的路，注视着送行的人群，堂堂男儿之躯，王亚林不禁滴下几行热泪。那是幸福之花，在艳阳温抚下折射出七彩光芒，绽放出生命旋律，啊！小亚人终究没忘记他；那亦是辛酸的苦水，小亚生产队几乎无人见过外面的精彩世界，他们把他这浪迹天涯海角、所谓吃米的弄潮儿看作天外来客，如此之了不起，唉！面对众乡亲他欲何言？

“孩子，你在外见过世面晓得多，往后就多说些理给队里年轻人和娃子听听，让他们跟你学，你也带他们出去闯世界，我们这里太穷，我快入土了，总不能让后人跟我们穷一生苦一辈子。伢子，你答应老妈子这可怜的请求不？”他久久凝视着老人，不，应该是那双渴盼的老花眼睛紧盯着他，好像这是她最后的嘱托。

不曾想到终生辛劳文盲的辛大妈心底亮堂堂，原以为她毕生只知晓干拼命干。王亚林还能以何言词表达他此时的心境？没一个词儿，他所做的只能是一个劲儿地连连点头。

老人这才松开他的手，重新扶住拐杖对他和鲁安挥挥手：“你们去吧，伢子。”

……

“亚林，快走吧，辛大妈、陶德和队里其他人都回了，我们还磨蹭啥，莫沉湎过去，也怪我多嘴快舌，不过亚林你非常了解我。”鲁安一连串轰击终止了王亚林思绪的跳跃，他发现鲁安已离开他好多步了，他只有大踏步撵上他。

忽然不知怎的，王亚林觉得此时的阳光如此柔和灿烂。一朵流云一匹彩绸如此赏心悦目；群山的肌肤黑黝黝的，满目的映山红似一团团烈焰在熊熊燃烧着，漫山青草绿得可爱……他禁不住暗问：阳光为什么这般明媚？群山为何这么富有生命力？花儿为什么这样红？小草为啥生机勃勃……阴曹地府的一切也会如此吗？表妹舅舅舅妈和爷爷他们生活充满阳光吗？不可能吧，因为阴间阴暗潮湿令人窒息，他们肯定不适应在那里生活，那么就请回到现实世界和自己共同享受世间乐趣。吓！这岂非胡扯岂非太过荒唐？人走岂能生还？况且他们已走了多个年头。他舅舅舅妈只生了林凤，之后听讲他们多年不生产，便信邪认定几间茅屋做得有问题，几经搬迁后还是后继无儿。在最末一次迁移后，他们不但没见着孙子儿子，反而于一夜间猝然葬身墙底。他脑海中陡然迅速勾勒出几幅悚然怕人的画面：

夜，漆黑的夜，伸手不见五指，阴森煞人；夜，深沉的夜，阴风怒号，寒气逼人。几颗小星星在巨幅黑幕上闪着寒光，它们眨巴睡眼遥视这黑咕隆咚的世界。四颗流星在它们眼皮底下从小亚生产队上空划过，霎时，这世界像昙花一样在明亮的光里只匆匆显现即坠落在遥远天河、消失于茫茫宇宙间。

在这黑海里，小亚生产队透出的点点灯光虽可忽略不计，但却与星星遥相呼应。不知何原因，阵阵犬吠声撕碎了沉寂的世界，且犬吠声愈加杂乱越发剧烈。在这混乱的狂吠声中，陡然分离出四道短促而连串的沉闷声。倏地沉闷声消失了，犬吠声很快平息了，代之而来的是纷杂的脚步声聚于一处，那便是表妹林凤的新家……之后听说其惨景令人目不忍视：三间房子的四面壁都同向倒塌，爷爷舅舅舅妈及表妹硬是社员用铁锹铁铲挖出来的，当时四人都面目全非……

六、巧取证据

恍惚中王亚林觉得头脑发痛发涨，浑身乏力，但他知道此时鲁安正扶着他在山间公路上一步一步艰难地朝前挪动。

“喂，这不是王大老板！”

朦胧中，王亚林感觉有人拍了他一下，并同他打招呼。一抬眼，两中年男子手扶自行车停在他身旁。他却怎么都想不起他们是谁。

正当他迷惑之际，也不待他开口，其中个头偏高躯体较胖看上去年纪大点的那位抢着跟他聊：“咦！这真是王老板。王老板，像你这样的大老板不坐‘乌龟壳’反而徒步到这穷山沟走访，岂不亏了您？”

虽然大个子扯了半天，他却仍然不认识他，总之在他印象中不曾有过他俩的影子。他问鲁安他们是谁，鲁安只是轻轻摇头。

“请问二位是……”纵然不相识，至少也不能对人家置之不理，否则叫人瞧不起咱王亚林：腰包厚实了就不理人，仗着有三个臭铜钱德性就差。在江湖闯荡多年，他深懂这起码道理。既然人家主动热情，他也就笑脸相迎。

“你王亚林做大生意是大老板，我们是小卒子，只可小本经营糊糊口，日子过紧巴点还能凑合着过。总之在生意买卖上我们是一家子。”

王亚林这才注意到他们自行车后座上堆放着多套灰黑西服。

接着小个子从后座取下一套米灰色西服端到他眼下：“王老板，你已发大了，就帮着把我们哥俩带出去，先富的人带动后富的，古人说得好：一起乐，您说是不，王大老板？”

“你是什么意思，可否干脆明白说？”虽然王亚林一眼看穿这西服布料质地仅仅一般，但多年的经商生涯养成了他开门见山的习惯，在商海商场他以处事果断利索办事效率高赢得了广大客户的好评。

“说话干脆，大款大老板就是不一般，弟兄们佩服极了。”大个头笑容可掬地接过话茬，“照直说，你的着装与你的身份地位看上去似乎总有些不相称，所以我们恳请您赏光帮我们销几套西装，算是我们和您合作做一笔生意；不过丑话在前，就是对您开价要高些让利要少些，王老板，生意成不成完全在于您，退一万步生意不成仁义在啊，您说呢？”

瞧瞧身上这套西服也真的该退休了，只不过王亚林从苦难中爬起来走出来，已然过惯了艰苦朴素的日子。在他刚任总经理的第一天才以稍高价格仅买了这一套衣服。时代在前进，这身行头逐渐赶不上新潮流，但他长年奔波，同它们早已建立了感情，那是人与物的无声交流，所以至今他仍不忍弃之。可他又觉得人的一切不应万古不变，也不应停留于原来的生活水平，理应以现实为基础，稍微改变自身形象，

再说如今口袋不再那么羞涩，是该去旧换新了。想罢他准备让它告老还乡，沉睡于他的历史展览馆。

一扭身，见鲁安依然保持着古河大队、红新公社的传统：一身打了补丁的灰衣服。鲁安亦苦了半辈子，作为挚友王亚林觉得现在应该让鲁安多少享受一点。于是他的思路改变了方向：“喂，你们两位老板，我自己的衣服多就不买了，但我要给我的朋友买两套。”

“不管怎样，只要你付钞，多少衣服都行；可价钱对您仍不会优惠，说到底算您帮扶我们哥俩，或者说我们哥俩敲您竹杠，而这对您仅仅九牛一毛。”小个子见王亚林一口应允，高兴得打后座拣了四套较干净整齐的西装正欲递给他挑选。

“王老板，既然您不为自己买，价钱就得还要贵些，反正不花您一个钱；再说买了将有两个效果：其一，我们做过一回买卖，俗话说头回生二回熟三回是朋友，往后您老兄若有什么吩咐指教，我俩就是跑断腿累弯腰都甘心鞍前马后替您效劳；其二，虽然贵了些，您朋友又不晓得价钱，也会感激您。”大个头见状止住小个子，又是满脸堆笑，“王老板，您开个适中价，我兄弟手里的西服是您替您朋友买的，我这套算是送您的，我们哪能黑心多要您的钱；您虽然挣钱多，可也是您自己的辛苦钱血汗钱哪。”说罢他解开绳子拿起一套同时递到王亚林手里。

王亚林当即接受大个头一套和小个子两套，而他们还不知晓他的朋友就是身边的鲁安。鲁安已气得浑身发抖，嘴唇颤动双拳紧握，若非王亚林再三暗示，他早就和大个头小个子干上了。因为他太熟悉他们的套路：他们在扮演两个角色，一个唱红脸一个唱白脸。

“一个愿卖一个愿买，爽快！王老板，您这朋友我交定了。”大个头眉飞色舞地向王亚林伸出他在生意场上的手。

“老哥，还有那件衣服，你看……”小个子提醒大个头。

“瞧我糊涂的，见着王大老板就兴奋得忘了一切。”大个头似醒悟般，“王总，既然我们是朋友，做生意总不能让我们……算了吧，还是不说为好不说为妙，免得我班门弄斧现世献丑。”

像他们此类步步为营层层递进的经商方式，王亚林在商战中屡见不鲜。起始他似乎闻到了他们的怪味，为进一步寻根求源，他使出商海战术让他们彻底暴露出来，于是他佯作惊讶态：“敢情是这么回事，请指教，你们的意思是……”

“是这样的。”大个显得尤为得意，“就是加深我们彼此的印象。刚才那套送你，但还有一套我想和您与您……就叫炒一炒吧，炒好了这套质量好的送您，您摸摸瞧瞧衣服质量；炒坏了您当然要亏——再亏对您而言就跟没事一样。所谓风险大收益高，风险小收益低。”

奇怪，大个子能懂“风险—收益”的含义。

这不是“炒”，是赌，王亚林明白大个子在彰显自己的见识面宽。为让戏接着演，王亚林仍不动声色：“我们炒，我们炒，你老兄开个价吧。”

“说出来怕吓着您。”大个头故作神秘兮兮的，伸出中指与食指，“两百整，不瞒您说高出其他衣服卖价一倍。即便如此，对您无所谓。”

“好，我同意炒，但不知如何炒？”

“我这衣服上衣左边口袋里放了五张用白纸包着的硬纸片，其中只有一片纸上写了一个字，不管是什么字。如果您真敢炒，就请拿这套去摸摸估计估计，若能第一次准确拿出有字纸片，那么我除了送您这套西服，还另送您200元现金；您如反悔或第一次猜错或摸错，那您不但得不到这套衣服，而且必须给我200元现金。怎么样，王大老板，来试试您今天的运气？”

说真的王亚林一点都不在乎那区区200元钱，只是为进一步摸清他们的底细。他把衣服拿到手，开始摸索，同时附了一句：“时间可能要长些。”

“这个没问题，您尽管摸好再猜。”

反正王亚林不在乎。

这期间王亚林的指甲留得长而尖，又很锋利。他在口袋里装模作样摸了一通，尔后趁他们走神时划破所有包着硬纸片的白纸，并快速过目一遍，这使得他不禁暗自惊诧：任何一块硬纸片两面均无一字。目的仍未达到，所以不能就此打草惊蛇。下面他正式开始引蛇出洞了，他摊开双手，笑得非常自然：“猜不着我认输，算我运气不佳输200元钱给你们；不过真要讲，你们这种不是赌博的赌博行为是违法的，也不知有多少人吃亏受骗。”

即将得手，小个子忙不迭声说：“现在有些人开始富了，他们不在乎区区小200元，因此呢，实话实说吧，我们的收入较丰；至于违法不违法，那是另一码事。”言毕他瞟了大个头一眼。

大个头立即接上话题：“我们不违法，而且合理合法。”

“合法？此话怎讲？没凭没据的，这200元嘛……”王亚林把崭新的20张“大团结”在他俩眼底晃一晃，又放回口袋。他知道他们即将露馅即将上钩。

“嘿嘿，只要给钱，这证据给你看就是呗。”不待王亚林再言语，大个头飞快掏出许多张纸塞到他手心，唯恐这200元飞了。

那是一沓介绍信。王亚林随手拿起一张，原文是：

介绍信

各大队、生产队：

兹有红新公社红新街社员丁横、于竖两同志到你处推销衣服。请接洽。

松鲁县红新人民公社：丁坚

1981年1月12日

王亚林只草草看了一眼，当看到“丁坚”二字时，都被气炸肺了。但为了彻底弄清根源，他强硬压下这满腔愤怒：“喏，安子。”他把介绍信递给鲁安，并暗示，“有好戏看”。

他未及发火，鲁安也学着见机行事：“丁横、于竖同志能搬动公社丁副主任，真不简单，佩服极了。”

“哪里，为了钱财，为了手头宽松些，我们就打着走这条路的主意。”小个子扬扬得意，其语气表达出合乎情理之意。

“介绍信里丁副主任居然签了大名，你们太了不起，啧啧。”王亚林接茬继续“赞许”他俩。

“其实只要有那个……钱那个，问题不就能解决？我俩合计着，便……丁坚呢？我那本家，嘿，这不就……”大个头满面春风，踌躇满志之情溢于言表。

经王亚林和鲁安一吹一捧，大小两个子便分不清东西南北，白鹭屙屎般全盘托出他们所要寻找的根源。

“丁坚你利用职权太过作恶多端，你这是什么行为？当初你害苦了陶德、鲁安、朱丹、林珊，还有我王亚林，不知你今后还要做什么孽、做多少孽。多行不义必自毙，姓丁的，你好好等着，第一个找你要公道的是我王亚林，第一个反击你的还是我王某人，你这衣冠禽兽，自有你的好下场。”王亚林在心里历数丁坚的罪行。

如果要列举丁坚的过错罪状，至少不下 10 条。倘若再把今天这条算上就是 11 条，那么他们回击他的理由更充分有力，关键是怎样把这介绍信弄到手。王亚林不禁紧锁眉头，他的两道眉毛肯定拧成一条绳。

正当他苦思时，鲁安一番话提醒了他：“二位想发大财不？”

“当然想，不想是孬种，却不知财源在哪儿？”两财迷听到“财”字时，直笑得脸上开了花，须臾花谢了。

“这个你们就聪明一世糊涂一时，眼前不就是活生生的财神爷？亏你们还走南闯北。”鲁安的教训倒使他们突然低头不语，俨然犯了过失。

好个鲁安为王亚林找着了开门钥匙。他顿时接上鲁安的话：“看样子二位挺重义气挺讲真话，够朋友，我愿为你们出点微薄力量，不知二位意下如何？”其实他是在进一步试探他俩的胃口。

“有您当后台给我们撑腰，有了您这棵大树我们好乘凉，往后用得上我俩时我们兄弟必然鼎力相助，刀山敢上火海敢下。”两人进一步起誓。

“既然你们信得过我王某人，那咱们就是朋友加兄弟。这样吧，你们给我几份介绍信，并于纸上签好你们的大名即可。过些日子我到我公司帮你们稍加宣传，我公司职工多，保管你们兄弟发财，老兄我说到做到。”王亚林满脸严肃，“不过发财了莫忘了我就行，这是我的要求，懂不？”

“好办好办，到时我们一定按您的吩咐办事。喏，给您这个。”

没费多大劲把介绍信弄到手。目的达到，王亚林非常高兴：“刚刚这200元，给，我说话算数。”他扬扬手，200元飞到丁横手心。

“是朋友兄弟，您就见外了”，两人同时把钱塞还他。

看着他们确实“心诚”，王亚林一手拉一个：“咱生意万一不成仁义在啊，不，这不是生意是仁义。走，咱往县城上馆子饱餐一顿。”

七、剧烈的思想斗争

前些日子一路风尘仆仆朝家赶。在外漂泊多年一直未见家里亲人，心底这个惦念自然不必说，即便经过满天超负荷运转后，王亚林晚上都能梦见他那白发苍苍双亲、娇小贤惠爱妻及一双天真可爱儿女。王亚林仿佛回到从前他与家人共享欢聚之乐：父母带着怜爱口吻埋怨他瘦多了，人亦老多了；妻子玲泪眼汪汪蹲在他身边为他清除黑发里冒出的白毫，他轻轻闭着眼睛尽情享受玲的温柔；文文和武武骑在他双腿上不停扭着身子好不快活："爸，我的好爸爸，再不要离开我们和妈妈，好吗？有回妈妈睡着喊你，把我和武武都惊醒了；爸，不信你问武武。爷爷奶奶晓得了都滴了泪水。不要走了，爸。"他鼻腔发酸，紧抱住他们的爱女文文，他苍老的脸紧贴她未成年的小脸；武武则调皮晃动小脚挤在他怀里折腾不已："爸不带好多好吃好喝好玩的给我，而给了爷爷奶奶妈妈和姐姐那么多，不是好爸爸，不是好爸爸，呜呜——"一双小手抓紧他肩头，却没掉一滴泪。父母和蔼的责备、玲无声的言语、文文早熟般懂事的恳求、武武调皮淘气的神态，使他既伤感又高兴。伤感的是没能孝敬好他父母、没有尽到丈夫应有的责任、没有给儿女多少父爱；高兴的是他妻子毫无怨言替他照顾好二老，他们的孩子日渐懂事，还真应了穷人的孩子早当家这回事。总之不管伤感还是高兴，他心里都舒坦。人们常说"成功的男人背后必定站着一位平凡而伟大的女性"。他的玲不就是这样一位女性吗？"我爱你，玲。"他伸手欲紧紧拥抱玲，想给她一个热烈的激情的长吻，可他搂的却是身旁的睡枕。他醒了，带着美好的遗憾失魂落魄地从一个世界跌入另一世界：他躺在办公室里，身边没一个亲人，枕巾上只留下圈圈已扩散的泪痕。

怀着一颗激动不已的童心，王亚林决定让毛经理临时代理他的一切事务，便匆匆踏上返乡归途。

满心欢喜回到家里，满以为事实比梦里所见所想更惬意更心醉，却不料糟糕透顶了：首先不曾想到的是由于丁坚的介入破坏了王亚林想象中热烈热闹的气氛；其次更想不到的是由此引起玲不理睬他而逃避他对她的爱；最后更想不到的是他父母对他产生了误解、武武不

认他……

又想不到中途结识了丁横、于竖，并轻易把他俩从丁坚那块拉到他们这边，不必说对付丁坚起作用，就是对自己宏伟蓝图的实现可能也是不可忽略的小小因素吧。

王亚林本人真有点怪，属典型事业型。不管父母妻儿待他如何，只要一旦找到对事业有益因子，毛经理、鲁安、陶德他们不就是他所需求的因素？他内心的天平横梁随即自然朝装载事业托盘倾斜，正如夏天傍晚雨过天晴，天边呈现七彩桥。

的确，此番王亚林回家探亲心怀两个目的：其一是看望至亲至爱及陶德、鲁安、林珊与朱丹这些老同学老朋友；其二是琢磨如何利用自然资源开办木材加工厂。而探望家人亲朋好友事小，根本目的在于建厂。

可不是吗？古河生产队拥有一处已有百把年历史的宝藏。王亚林记得如此确切，他和鲁安在多年前的一天清晨，各自扛了锄头蹚过吃水河攀上对面横山，鲁安首次、他第二次拜访了那座宝库，鲁安惊呼："天哪，造化是如此之伟大！"他依然清晰记得返回途中他放下锄头，欢喜地拉了鲁安每人一连抱了九颗大树；依然清晰记得他们用边际效益理论解释适时屠宰生猪的合理性必要性；记得鲁安由此深刻阐述了一系列国民的政治素质与民族精神的特点；记得……时隔那么多年，宝库历经过多少日晒风吹雨打，肯定不是原先的模样。那么今天的宝藏在历史大改革年代以何面貌向古河生产队古河大队红新公社以及全县全省全中国人民？是旧貌换新颜还是……事先王亚林只是通过一些零散片段勾勒出它模糊的轮廓；今天中午丁横、于竖、鲁安和自己在县城吃过午饭后，与鲁安再度专程拜谒到它的英容：走到里面几乎不见一束光线落地，足见其葱郁旺盛，足见株株擎天立柱。

自然是伟大的，它给了人们这巨大的无私恩赐，人类理应更伟大，就得合理对它们加以开发利用，可现实呢？王亚林惊诧于古河人，更惊诧于红新人，然他最惊诧于某群人某类人。

弹指间已越十多年，禁不住岁月蹉跎与摧残，王亚林黑发和双鬓已过早染上了秋霜，前额也过早爬上蚯蚓纹；当年那日清晨他与鲁安演绎的故事好像就发生在前天昨天。如今的大树较当初更雄姿伟岸，都已越过了临界点；又当初在他看来卓有洞察力及政治远见的鲁安，如今判若两人。那年的打击、冷酷的现实已迫使与他同龄的鲁安逼近人生另一驿站，这个驿站介于中年老年之间，那便是中老年。在商海里游泳了近十年，狂风大浪险恶漩涡都没能淹没他，只因他通晓商场战术，略知多项业务，善于发现利用人才，并深谙驾驭全局之道，像基辛格一样会平衡各种社会关系，才使他几乎永远立于不败之地，同时有种无形动力时刻鞭策着他，那便是他觉得无论何时何地，对于一个从事硬件软件科技工作人员而言，若不太大致了解同行业务及操作流程，那将是人生最大的损失和不幸。对比当年与现状中的鲁安，他觉得这是他人生旅途的一大损失，换言之是悲哀。人海茫茫世事沧桑，有时他想说不准鲁安就是他以后的缩影，或者说今日的鲁安明日的他，他禁不住感到阵阵悲凉袭击着自己。啊！他真想大呼：老天，这是怎么回事，难道阴阳易位乾坤颠倒，世界果真颠倒了头脚。此时的丁坚与此时的鲁安假使易位该多好，可是那边依旧是他和他们的仇家，这边依旧是他与他们的挚友。他忍不住蓦然回首，心情格外地沉重加沉重……

王亚林这次探亲最重要的目的是什么，现在谈悲伤沉重又能算什么，是自我戕害自我践踏耳！真正的男子汉拿得起放得下，既有刚强的一面又有情感丰富、多愁善感甚至不乏脆弱的一面，或者说好男儿志在四方、四海为家。经过多年生离死别的考验，历经几度狂风暴雨的洗礼，历尽多少艰巨磨炼，王亚林自身感觉早已步入人生半成熟期、

成熟期：物质上有足够的保障，精神上亦受益匪浅，什么优秀企业家、优秀企业标兵、企业明星等顶顶金色的桂冠，被无私挂在他头顶、披在他身躯上，于是人们认为、他亦自认为是一个 99 分男子汉。

可不是吗？在家乡创办木材加工企业是王亚林自初中起立下的远大目标。在他闯荡江湖的后期生涯中，他真实发现外面的世界委实太精彩：星级宾馆与大客车等，中资企业、中外合资企业、外商独资企业、大型国企、集体企业、合伙企业、个体私营企业等，工业生产快速发展，作为国民经济基础的农业生产亦有了大幅度提升，且由于科技耕种田地，吨量田已屡见不鲜……总之，外面发达地区，工农业生产达到一定程度自动化。这一切的一切，尤其是农业为广大农村将来走向现代化提供了范例依据，开辟了广阔的发展前景，同时也给广大农民奔向富裕带来了曙光。

可是几年前当睁眼看看家乡现状时，自然而然的天壤之别构成了不可想象的反差：不但发达的工业无从谈及，就是一点儿可怜的工业影子都无处寻觅。厂矿似乎与他们有缘，那片待以开发的宝藏林木即可为证；似乎与他们又无缘，自古至今就是无人想着去合理开发利用它。不敢苟言，王亚林深信自己将可能是第一个打破僵局或打开此宝库大门的探索者。再说农业，农民照旧沿袭祖宗教条日出而作日落而息的劳作方式，老掉大牙的耕作方法照旧停留在古老僵化的生产模式上，这个模式千百年来已形成一条铁链，似乎无人能在上面砸下一道痕迹撕开任何一个口子。这种近乎原始的操作技术与生产关系当然催生了不可思议的低劣生产力，低劣的生产力当然促进了农业生产恶性循环，正如人体某块肌肉突变出一处恶性肿瘤，起先它疯狂吞噬其周围健康细胞正常生长所需的营养，尔后发展到它只允许病人暂时维持一段时间生命的新陈代谢，直至最终把病人拖死。的确，在此循环体内古河人从前的生活似乎有了少许光景，循环体并未因四周环境发展变化而有所损伤，相反它日益坚硬，于是农民只能勉强维持自身最基本生活。

王亚林这次回来后，竟然发现古河生产队有少数年轻后生出门谋生计去了。他深知他们在古河大队已几乎行走在生活的边缘，虽如此，但他挺欣慰，因为他们的出走犹如找到了铁圈的突破口，并在突破口上狠狠砸了几锤。他突然好像听到古河大队发出地动天摇的震撼声，这不正是当年凤阳县小岗村18位农民为新中国的农村改革开创了历史先河！

于是他更坚定了要以自身能力在红新公社古河生产队创办第一家木材加工厂的雄心壮志和信念，让古河大队红新公社永远结束无乡镇企业的不幸历史。

王亚林曾对鲁安和陶德讲过他此番回家探亲的目的就是自筹资金办企业，让思想变现梦想成真，在古河大队红新公社开创历史先河。他经商多年，对政治经济学与马克思主义辩证唯物论颇有研究，因此作为新鲜事物的乡镇企业，自它诞生到发展壮大在他们穷乡僻壤不可能一帆风顺，相反它总是在曲折中发展、在起伏中前进，甚至面临来自家族、生产队大队及公社等各方阻力压力和遭受众多冷嘲热讽：“此地方圆十几里，有多少人真正见过大世界？不就唯独你王亚林？哼！你岂不是纯粹吃饱撑的？三天热度期过看你不泄气才怪，如此不倒闭破产才怪！简直是把几个钱往水里投，逞能摆阔也要讲究方法方式。我若有三个钱会留着慢慢用，今天为大头扯件上衣料，明日给二丫头买条裤子，大后日给小狗子添双鞋……末了自个做身粗布衣，有余钱就不住这茅屋，盖几间青砖瓦房，买一头小母牛，将来下了一窝又一窝的牛崽可卖钱呢，哈哈……”这只是事物发展的一方面，另一面肯定有人认为：“见过世界的人毕竟不同旁人，他自己富了，还要带上大伙跟着把日子过得红红火火，他以自己的言行积极响应党和国家的号

召，他以崇高的理想和优秀的品质及生动感人的事迹帮助我们支持我们的工作，如果换届或中途选举，我们非让贤或推荐提拔他不可；如果评选好人好事或标兵优秀企业家等亦非他莫属；如果选县人大代表，唯一人选者王亚林、全票当选者王亚林，如果……总之政策必须向王亚林他们倾斜。”“嘿，管他王亚林厂子停产倒闭破产还是怎么的，都不关我事：他是他我是我，他过他的好日子，我过我的孬日子，咱互不相干。”作为冷眼相看的旁观者即第三种人不可说没有。

对种种舆论和非议，王亚林早就做过预测。哼！管它怎的，主意已定，他要大踏步向前走。他深深懂得作为一名改革者、一名事业开创者，要勇于敢于接受种种可能发生事件或突发意外，要有强烈的进取精神，而不是“很抱歉、我不会、我不想”等谦虚或过分谦虚的陈旧观念陈词滥调。哪怕失败了，他也深感由衷欣慰，毕竟他是在家乡泥泞小径走过这一遭，他要于此逆境中总结失败教训，以便重新找到突破口和切入点；倘若成功了，他得继续满怀信心矢志不渝地前行。

八、幸福的晚餐

暮春里，无数条柔光融合在王亚林身上脸上，他像披着一件薄薄的高级羽绒服，感到周身股股暖流涌动；丝丝晚风拂过面庞，倏地融入他怀抱；四周百花微微欠身，涤荡着他心胸，他无比惬意，好似“胸中荡丘壑”。

金光环身的耕牛驮着淘气的牧童，一边反刍一边悠闲往回赶；成群的鹅鸭拍打着翅膀，它们掠过水面，左一扭右一摇地唱歌跳舞寻找各自的家；低空飞翔的燕子却依然忙着衔春泥筑新巢，从早到晚它们看似永不知疲倦，也似乎此时生物钟在它们体内刚好相反，指针现在正好走到早晨 6 点整。

若非鲁安碰了王亚林肩头，他仍旧陶醉于眼前这幅情景交融动静相融的山水画春光图中。

“亚林，时候不早，你该快些回家，再说一出来这么多天没挨家门，免得二老、玲嫂和孩子们心里不安。”分手路口，鲁安推了他一把，“我呢，也要回家看看，今晚我好好琢磨琢磨，改日再同你谈办厂诸多事宜，中不？”

“啥时了，还说啥话，咱还算同学兄弟加挚友？走，今夜陪我爹喝几盅，他老人家常说你诚实可靠是好人。”不容鲁安多言，王亚林一个劲儿推着他朝通往自家小路走去，“喏，安子，这么多可爱的燕子，你能猜出哪簇是我家的？”

“就是你也未必能猜到认得，更何况我，亚林？”

“你瞧，翅膀系着红布条、爪子抓住广播线的四只成年燕子是我家的。前些时候文文告诉我，她去年春上在这两对小生灵翅膀上做了记号，听讲燕子记得认得南北两边固定的家，好比一方是爹娘家一方是公婆家，一边是自家一边是老丈人家。哎！想不到这却是真的。”王亚林良久审视着头顶自家燕子，似乎因为得到某种启示而对它们进行某种思索，“小小生灵究何有如此本能？就像花儿为什么这样红，世界为何这般精彩，安子可要证实？”

他一扭身面对鲁安，鲁安则扮演着他的角色，神情是如此专注：“最好证实给我看。”

“非常容易，我现在证明给你看。”王亚林捡起一颗石子掷向广播线，不料准确击中，一溜燕子惊得四散飞离。那标有记号的四只燕子在晚霞慈祥爱抚下，迎着夕阳径直向他家门口飞去。

家里已掌灯了，那是一盏煤油灯，一盏闪着微弱光亮的煤油灯，只需门外一阵风灌进，灯光必灭无疑。虽是这样的光照强度，王亚林却能一眼看清屋里的一切：父亲王祖良手托长烟管低头腾云驾雾；母

亲林美坐在蒲垫上弯腰切猪菜；文文在她爷爷左旁正专心练写拼音字母，时时念着“a、o、e……”这是王亚林前几日规定她做的，为以后念一年级打功底；武武在他爷爷右边看儿童连环画，不时独自傻笑；玲玲差不多正煮饭。一看到眼前辛劳终生的双亲，他的泪水止不住往心灵深处无声流淌，像小河一样流回到儿时的记忆中……

“是哪一个在门外，有事进屋坐坐。”听得出是母亲林美低低的声音，她仍然埋头做活。

王亚林再也忍不住了，猛地跨进门槛蹲在地上，抓住他母亲瘦弱双肩：“娘，我回来了。”他颤音里噙着满眶清泉。

林美惊得放下菜刀和白菜，只是抖抖的双手捧住他的脸，连连喊他的乳名：“伢子、伢子……你回来了，终于回家了，回来就好，这些日子我们都不高兴，看你爹还生闷气。”又不成声对王祖良挥手，“他爹，孩回家了。”

王亚林也知道他父亲准在火气头上：“啊，长大了，骨头硬了，翅膀大了会飞了，说几句就跑，风吹不得屁弹不得，反了反了；跑了就不要回来，说到底我是老子你是儿。”王祖良的脾气他最了解，一发就不得了。记得他有一个星期日回家，一头猪撞断栏栅到处跑，啃别人家的红芋叶和青麦，王祖良把猪撵得四脚趴地不能动弹，末了还给猪嘴开了一刀。他至此认为父亲那次火气特大；今天有客人鲁安到寒舍充当调和剂，父亲的火气肯定熄得很快。

王亚林让鲁安立于母亲跟前：“娘，你看这是哪个？”

不待林美仔细端详，鲁安已前去搀着老人：“大妈，我是鲁安，安子。”

“啊，真是安，我瞅着就像咱们的小安，还真是的。这灯暗，不然我会一下就认得你。”林美即刻解下围裙，“他爹，来客了，你爷俩陪着啊，我帮玲玲煮饭。”

“小安，你来啦，有些日子不见，坐啊。”王祖良倒了碗茶水递给鲁安，“没好的，只有粗茶，将就用。”

“大伯太客气就见外。”

“这凳子脏，尽是武武这小东西调皮捣蛋踩的。去去去，到你姐一方去。”像拎小鸡般，王祖良把武武提到他的左方。

“去就去呗，爷爷这样吼人，真凶，真是的！”武武噘起小嘴满脸不快。

“咦！我说老婆子，擦桌布你弄哪儿了？”寻了好会儿也没找着，王祖良怨着林美。

“老头子，我收着哩。说话还是恶声狠气的，我又不是小孩。孩都赶回了，还气啥？眼睛只会吃饭，还是我来找。”林美半是责怪半是笑。

“大妈，您忙您的，我来擦。”鲁安忙止住母亲。

“小安，你大妈就这脾气，莫见气。”王祖良继续抽他的“老烟”。

“爹，灯钵里油太少，没打油吗？”

见王祖良不理儿子，林美不干了：“老头子也真是，孩子没犯家规家法，还这样对孩子板着脸。你呀越老越迂越老越糊涂。伢子，‘洋油’在左屋东角，你去添些。是这样的，你不在家，家里只要擦点亮照下，能节省就省一点是好事。”

“回家了。”王祖良止住他，“你心上还搁着这个家，怎么不一走了之？回来作甚！”

“爹，我、我错了。”虽有满腹委屈与许多无奈，但在父母亲心眼里，他永远是一个长不大、不懂事的傻孩子。

“不必多说。”王祖良吐出最末一团雾，把“长枪”挂在墙上，那是王亚林专门为他搁置烟枪而设计的烟架。

“大伯，是我约亚林一道去看陶德与辛大妈的，只因要赶早班车，

而您很早很早就出去拾粪了，来不及告诉您老和大妈，不过我们捎了口信给您，估计您没收到。”

“好着好着，这就没事啊。怎不进门说白？不然我没得一点火气。小安伢子，你们和我们老鬼想一处了，就是你们不去，我们老的也要赶你们去看看辛妹子娘俩，咱爷儿几个一条心哪。不过你俩今夜得陪我老头子喝两盅，另外伢子必须给玲赔不是。”

王亚林默认了。

“大伯，告诉您，辛大妈还向您二老问候呢。她老人家跟您一样健康，只是耳聋眼花的。”

“人老就这样，我也常犯耳鸣眼花。这些年农活总是忙不了，一直没空到小亚生产队走走。辛妹子既当爹又做娘一手把德奀子拉扯大，真不易啊；好人终会有好报，我相信他娘俩往后会过上好日子。”王祖良由感慨到激动，“德这回怎不到我这边同你俩聚聚？”

“爹，德过些日子来看您和娘。”王亚林忽然灵机一动，把在路途买的一瓶“古井酒”和一盒酥糖放在桌面，“爹，这酒是德托我捎给您的，糖是给娘的。”

同样他又拿出一瓶濉溪酒，“这是安子孝敬爹的，他进门前说今晚一定多敬您，陪您喝好。是不，安子？”

“对，是这么想——也想这么做。”

“中，咱爷儿几个今晚就好好热闹。喂，老婆子，多弄几个下酒菜。”王祖良似不放心，奔进厨房。

厨房间不时传出欢笑声。

“花生米、小河虾、猪耳朵，尽是下酒菜。”王祖良边走边嚷，还稳稳上菜。他不得不佩服父亲能同时端稳三大碟子菜。接着玲端着拍满两大碗煮鸡蛋：“安子弟，真是你，起先我还不信娘的话，是文文、武武告诉我才晓得你刚到不久。”

“哪有深更半夜访友，不好意思打扰玲嫂。”鲁安说话略带夸张，语气很是诚恳。

“哪来这么多客套话，怎么说都是我家亚林的好兄弟。快坐呀，只是没得好的招待，再说时间仓促来不及好好准备。”

王亚林注意到玲玲说“我家亚林”四字时偷偷瞅了他一眼。她今天穿了一套花格外衣，显得分外楚楚动人，如同纯朴大方的农家少女，虽是在并不很明亮的灯光下，他却看得如此分明，他仿佛回到他们搞地下工作的恋爱期，在他面前她常是这身穿着。

接碗时他对玲说了句“对不起，玲”。声音低低的，只有玲玲和他才能听清。

“回家就好。”玲的语音亦很低，她抬头复看了他一眼，他觉得那眼神多么传神传情。

这会鲁安已拧开酒瓶盖，每只酒杯斟满了“濉溪大曲”。

“伯父，安子我能有亚林这样挚友也不枉今生，这全仗您老和大妈。”

“你这孩子越说越没谱，也越讲越有味。来，咱爷儿俩先干它三盅。”王祖良兴致方起。

“爷爷，我要和鲁叔叔喝酒。”文文悄悄拉了王祖良的衣角。

“爸，我也要和鲁叔叔喝酒。”武武见状忙拽住王亚林的一只胳膊。

“邪门了，从来没有的事，准是孩他奶说的。去去，吃饭去。”玲玲“扑哧”笑出声来。

“玲玲，你敬安子几盅，难得他来一趟。”王亚林趁势又是灵机一动。

“我去给孩子们盛饭，你晓得我向来不沾酒，你就劝安子多喝几盅。”他和玲玲的气氛看似缓和了许多许多。

“也真是的，孩子好喝，这是酒能喝不？”王祖良不理文文。

“爹，不是有‘小香槟’吗？”玲提醒公爹。

“是有哇。对，这东西喝过没什么事。”

“文文、武武，你们过几日要上学了，安叔在家里可是你们的老师，因为叔叔过后会常来我家，你们就莫调皮了。你们一个个敬叔叔。”此刻王亚林分外高兴，他需腾出大量时间筹备建厂一系列事宜以及工厂运转后应付内外诸事；玲也得忙内忙外，少有时间管带小孩，再说她只读到“高小”，教不了他俩；鲁安是顾问，为厂出谋划策，当然厂里事他过问得不是很多，因此闲时较多，可以多多辅导文文和武武。

“鲁叔，方才你同爷爷连喝三盅，那我学你。”文文满脸认真，“叔叔是我老师啊。”文文是多么兴奋。

“叔、叔叔……你教、教我、我念字我不会念时，你不要……给我吃‘黄鳝肉’，好不？我想和你、和你喝两碗。”也许紧张，武武结结巴巴地把“盅”说成“碗”。

他们都笑得不可收拾。

“爹，我考虑再三，决定利用天然资源即租用生产队里成片树林办木材加工厂。”王亚林看着眼前喝得满面红光的老父。

酒瓶顷刻间见底了。

“是呀，是个好主见，咱古河生产队是该有自己的厂子了。这年头我们队有几个麻小伙子出门做路径，看形势过不了几年劳力差不多都出去找门路，甚至有些大姑娘大闺女也跟着跑去挣钱闹世界，那时队里剩下的几乎尽是老弱病残，田地没人种不就大片荒芜？我们还能有饭吃？你们还能有日子过？”王祖良不知怎的，今晚异常激动感慨，说的句句是道、讲的条条有理，似乎闯荡江湖的是他不是别人，以至王亚林这样认为：父亲简直就是一位天才的成功演说家，倘若在烽烟四起的乱世，他必定是一位足智多谋的名士。

“不错，正如孩子你曾说过的，外面的世界尤为精彩，我们共天地同日月，可红新公社古河大队古河生产队为啥子不能改变？孩子们你们有出息，远胜我们这一代，真乃长江水后浪推前浪、一代新人超旧人。”情至深处老人继续他的演说，“其实我也知道出门闯世道苦哇难呀。兴个厂，等厂子红火了把他们召回，让他们少吃苦头。在厂里同样能挣钱致富，多少可以照顾家小，适时带好庄稼，这不比外面强吗？干吧拼着干好好干，干出个人模狗样的，让全县人看看咱红新公社终于有厂子，咱红新有能人古河出能人；也让世人瞧瞧，咱王亚林、鲁安非等闲之辈。我此生最大愿望之一就是能亲眼见到大伙日子过得好过得舒舒坦坦。我们都是上了年纪的人，做不了大事，只好也只可为你们做点辅助性的后勤杂事。”

“伯伯，多年来，亚林在外做大事，同龄人的我却在沉沦；现在亚林归来，我要走出消沉，除带好文文和武武学习，还要同陶德及其他同学好友一起帮亚林共扛重担。”

“你们都是好孩子，兴厂需大笔钱，你自个儿能一下全拿出吗，伢子？”王祖良为前期投资有些担忧。

“爹，这个您就甭担心，一时没那么多资金，咱规模就先小后大。”王亚林开导老人。

“是啊，正如做生意要滚雪球式发展，厂址呢？选在横山脚下最近处省时又省工，对工作有利，可噪声影响吃水河那边住户人家，再者木料成品要运过河才能卖出去，麻烦；选在河这边吧，固然有利于销货，但原材料须过河加工，也不易——总不至于在河上桥上建工厂吧？”王祖良对厂址的最佳选择很感兴趣，又很费神，像在全盘运筹红新公社这项前所未有的伟大工程。

“厂址您老不必着急，亚林说过他已用线性规划法确定了工厂的大体方位，也就是厂子的最好位置，此位置既方便运输，对住户影响又

小。”鲁安止住正伸向盘子的筷子，连连安慰老人。

“小安，具体咋个好法子？”王祖良的目光由王亚林游向鲁安。

“好法？举个例子吧，譬如、譬如……”鲁安不懂线性规划的含义，更不了解它的理论应用价值。他搁下筷子半晌也想不出一个恰当事例来解释线性规划法的实际用途。

“爹，我记得大前年咱后院那口井的位置，不就是亚林用啥规划法选定的？”倒是玲玲的记忆力好，当时他用此方法确定了井的具体位置，并且只是随便跟她说说而已，不想她却一直记着。

“正是。就这口井而言，得距茅厕最远，以免人用了不太干净的井水伤身；又得离各间住房最远，减少挖井时放炮对房屋的震动；到厨房得最近，最大限度方便灶上用水。咱们厂的位置就是您刚刚所想的最好地点。”王亚林真佩服鲁安的临场发挥力，没想到玲刚一提头，鲁安马上从感性上大抵感悟了线性规划及它的实际应用。有他们这群老同学在工厂任职，他大胆展望他们的企业一定能成功，一定会越来越红火。对，同时应该让他们多多看看了解有关企业经营管理方面的书，于公于私都大有益处。

酒已喝光了。玲捧起碗：“爹，我给您盛饭；娘，您忙了大半天，来坐着吧。”

“玲子，老爹酒喝多了，就不要饭。这俩小东西要喝的贪喝，连小眼都睁不开。”王祖良抱着武武牵着文文走到房门槛，想着什么似的回过头，“小安，反正我已把你当亚林一般看——这酒真带劲。”

“爹，我扶您躺着歇息。”

“老伯，我来牵抱他俩，他们是我的学生，也是我的孩子。”

“不用都不用。厂子的事你们就商量看着办吧。不管怎样，只要兴好厂大伙日子过好，就是卖了咱的房子咱都干，就是赔上咱这条老命咱也绝对不说半个‘不’字。”王祖良连连打了几个酒嗝。

恰巧林美用托盘端着饭走进堂屋，听着王祖良后面的话心里老大不快："真是的，嘴痒瞎说多不吉利。"老人毕竟是老人，她从旧社会走来，多少总有些封建残存思想留于脑中。

"娘，您累了一晚，您添菜啊！就热吃，凉了坏事。爹多高兴，一高兴不免多了几盅，您老就莫挂在脸上念在嘴里，就让他老人家高兴。"

"我的好闺女，多懂老人心事，越来越会体贴人理解人关心人。有你做我的儿媳是我前生积的德；伢子娶了你也是他的福气。好乖乖，这块大精肉给你啊，这骨头汤养人，你全喝了。"林美看玲玲是越看越养眼贴心。

"娘，瞧您说的，我都快脸红了。"

婆媳俩一说一笑的热火劲把王亚林和鲁安都烧没了。在外人看来倒真是母女俩在说悄悄话哩，于是他俩也凑热闹："你们母女把我这毛脚女婿挂着了，不是贤婿是愚婿哈。"

"你是愚婿我则成了愚安。"

"真老糊涂了，人上了年纪，做这忘那捡这丢那。老头子不陪你们吃我陪你们吃。"

"今夜又是您老家粮食要遭殃了。"今晚鲁安尤为兴奋。

"傻孩子，搁往日真没得吃，如今咱虽不很富有，吃饱总管行，只是没好吃好喝的。"

沐浴后王亚林轻轻走进卧室。

玲已打开粉红色电灯。他这次专门带了一个充满电的蓄电池回来，进门的第二件事就是忙着接线、安插座、接灯泡、试电源，一试果然都管用。

粉红的灯光融于梳妆台上的紫色花瓶和玫瑰花蕊中，显得尤为柔和静谧，就像这世界充满了天真无邪和纯洁。玲曾说喜欢紫色，于是在初恋后不久，他亲自跑县城买了一束紫色玫瑰花送给她，她当时好高兴，激动得面若桃花，如同今夜的灯光——她明镜的双眸溢出奇异光彩，嘴唇翕动好久才敞开她热烈的心扉：“我要护理好它，等将后某个时候一同给你。”

“玲，同什么？”他知道她的内涵，他好激动，但却佯作不懂，双手先轻轻滑在她双肩，后捉住她的玉手。

“同什么？大笨瓜，亏你念了那么多书。”她不回避，趁他不备亲了他一下，挣脱他跑开了。

“是你，是你，玲玲。”他追上去将她紧紧拥抱，激情吻着她的两个红桃，那上面永久烙下了他的吻。

婚后他买了一只紫色花瓶，把他们的玫瑰花郑重地镶嵌在瓶里，摆到最显眼处，让自己和玲玲时刻品味甜蜜的爱情，感受幸福家庭的温馨。

玲已沐浴更衣，和那晚一样，她穿着洁白的胸衣和粉红的紧身内裤，披着半透明睡裙坐在蚊帐里。

他屏住呼吸钻进蚊帐。

轻轻地，他掀开玲的裙子，紧搂她柔润的腰肢。

玲一言不语，微闭双眸，任他尽情爱抚。

“玲子，对不起，那晚我不对我不该那样对你，可我没办法呀，你知道吗？我是多爱你多需要你。”他紧贴她耳根，真诚遵循他父亲的教诲：对妻赔不是。

“别说了，林。我是赌气才拒绝你，其实我也想着呢。”

“赌气？赌谁的什么气？”

“那日你不是和丁坚吵架？”

“还是这事？”

“嘿，虽然你说丁坚如何的坏透，但我到现在从没听他说过你的不是；再说评上‘五好家庭’是荣光事，丁坚多少总出了点力不是？总之你们男人间的事我不过问就是。”

“好了好了，若想更了解丁坚的为人本质，或许要再度体验他的坏，亲自吃他吐出的坏水，反正我们大家必须多提防他才是。”他不想为此破坏当下愉悦的气氛而和玲玲闹僵，“吃一堑长一智”。她可能会改变对丁坚的看法，同时围绕丁坚争吵太没价值，毕竟他此度归来不是为着与他比势较量，而是本着施展自身抱负，让大伙生活有所改善，于是不同玲计较了。

灯泡依然闪着柔光，含情脉脉；玫瑰依旧怒放不止，花香四溢。晴空万里山雨欲来，势不可当。

……

九、别样的相聚

离开学校已整整十五载了。王亚林清楚记得那一年他 21 岁，在红新初级中学初三年级二班就读，全区就一所初中，距离红新公社较远；他清楚记得那一年认识了鲁安，还有丁坚；他清楚记得那一年他们六位（陶德和朱丹、鲁安和林珊、丁坚和他）一开始情真意切，生活充实有规律；他清楚记得那一年他和鲁安在回家返校途中的不尽乐趣；他清楚记得……

自他家走小路将近 30 里，乘公社客车经公路估计有 40 里路程。虽然王亚林知道坐车走公路比步行于小路至少省时过半，虽然他在外面过着在自己看来属档次较高的生活，但他是农民的孩子，生于农村长于农村，加之先前以为农村的生活水平有了一点提高，却未曾料到大多数农民生活居然几乎停留于原来可怜的自给自足生产基础上，所以要更深入体验贫苦百姓的艰辛生活。这回他同陶德和鲁安商量由小

路步行到红新初中去看望林珊和朱丹，看看他们曾经相处三年的学校如今啥模样。

虽然穿越了漫长的时空隧道，虽然王亚林刚届及格年龄（他们管36岁为一个人的及格数，只因36开算术平方得6，6再乘以10即得60）不久，可他对过去跋涉过的小路却如此熟悉：哪里需朝左拐哪里要向右弯、哪段路窄哪段路稍宽、哪里有一口勺子塘哪里必过一座山坡与一处洼地、哪块有一片高粱地与水田等，他都能准确无误地一一道出，似乎他已昨日故地重游，似乎十几年的光阴浓缩于一两日，所以一路上他开路，陶德居中，鲁安断后。有时他走得挺快，手握一丛鲜花边跑边喊，像带他们捉迷藏打仗玩儿童游戏；有时他慢慢飘荡着，一会儿指点这簇花给他们绘声绘色讲解花儿为什么五颜六色香飘沁人，一会儿依着一棵大树就参天树林向他们解说每增一岁，树的年轮为何多添一圈，怎样的外部环境才能促使一株幼苗茁壮成长为擎天之柱；有时他一言不语，闷闷不乐地拖着沉重的步伐向前吃力挪动；有时……

“科学技术是生产力”是马克思主义的基本原理，马克思曾指出：“生产力中也包括科学”“社会劳动生产力，首先是科学的力量”。这些光辉论断无不与科学有着至关重要的联系，处处闪烁着科学智慧的光芒，这必然引导全民全社会尊重知识重视教育，必然把教师举到首位，优先解决他们的合理需求，让他们无后顾之忧，潜心致力于教育事业；也必然改观学校环境改善学习条件，让学生在比较理想舒适的学习空间健康成才快乐成长。那么珊和丹不再是臭老九了，她们的待遇想必提高了许多；学校也像一所中专校园有多处体育场、多处学习专栏，鲜花弥漫校园，鸟语花香不绝于耳。

山路弯弯曲曲，如五线谱上跳跃的音符，如他们此时千变万化激动不已的心情。近四小时的山行，王亚林分别扮演着大人小孩的角色，拥着说得出的与莫名的激动与悲凉。晃悠悠地，久违的红新初级中学跃入他们的眼帘。

同王亚林设想中的校园相差不甚。整个学校由一堵大约丈许高的围墙护着，大门不是正朝向公路开着，它敞开的方向与公路平行，门楣赫然的鎏金大字“松鲁县红新中学”熠熠生辉显眼无比。

走进校门，他们发现学校规模已扩大成完全中学。原先破旧的教室宿舍已不见踪影，取而代之的是一排排崭新漂亮的教室与宿舍，并已初步形成教师学生宿舍区。学校在原来宽阔的地基上盖起了东西两幢两层教学大楼，其中东边教学楼最上层专门用作学生实验室。每幢教学楼前五米处是一排粗大挺立的梧桐树，膝下则是一排四季青；其他教室四面环绕着坛坛姹紫嫣红婀娜多姿的鲜花：知名的和不知名的、高贵的和平凡的，淡淡清香或浓郁芳香时时左右为伴。运动场远离大路，是一个拓宽了许多的综合运动场，一场多用：既是操场，又是篮球场排球场乒乓球场。跑道紧紧拥住绿草如茵的场地，圈外左边是排球场，右边是足球场，正前方是主席台，校领导颁奖讲话做指示、教师与学生会成员讲话的位置；正后方左角是乒乓球场地，右侧是篮球场。总之，这一切的布局设施已今非昔比，他想这优容典雅的学习环境、严谨的教学治学作风及良好的学习氛围，肯定会让学生积极走德智体美劳全面健康发展之路。

他们先于两幢教学大楼和其他几排教室前转了一圈，都颇感惊诧：好多教室里面空荡荡的，只有少数教室里面静静坐着学生，学生们大多在看书演算，总之没有他们当初那样的学习气氛。

“今天是啥日子，德？”王亚林有些疑惑，不禁问身后的陶德。

“你问我？我还想问你呢。”陶德戳着他的鼻尖向后转，“安子，今日几号？”

“今日几号？莫不是星期日？”

“周日？”他和陶德一齐面对鲁安。

“是啊，星期日，你们看，我的手表不是好好地显示今天星期几吗？真是三只大傻瓜。”立时三颗脑瓜凑在一起。

“是三只笨瓜。”陶德一个一个数落着，“亚林大笨瓜，鲁安大木瓜，我是大冬瓜。”

“仨瓜凑一块，仨臭皮匠挤一处。”鲁安自我解嘲，接着切入正题，“今朝上课的准是毕业班学生，回家过星期天的肯定是非毕业班学生。但不知能否寻得那几位老友。”

不管若何，总得耐心打听呗。在外王亚林经常念想他们这几位老同学老挚友能突然相聚于某地，那该是多么令人激动的场面！可他琐事繁多总难脱身，只能在梦境享受那片刻幸福幻景。陶德与朱丹、鲁安与林珊他们形成一个圆环，跃入他的大脑，又从脑后飘出，还有丁坚。丁坚、鲁安、陶德和自己已于近期面对面相会了，可林珊、朱丹呢？15年未能见上她们一面，如今的她们还是原来的她们吗？历经岁月沧桑沉淀与流水的洗涤，她们可是成熟老练多了？说白点是否圆滑？她们现在第一眼就能认得他们吗？能！一定能，在那个政治斗争极其残酷的年代，恶劣严峻的内外环境考验了他们纯真的友谊。倏然，林珊纯朴的形象升腾在他脑际：一身粗布蓝衣，中等偏高身材，闪电的明眸，红扑扑的脸，齐耳短发，灵巧的双手，健劲的双脚，加之灵活的身形，组合成一名优秀体育健将。朱丹轻轻飘进他心底：淡红的外衣恰当地穿在曲线分明的躯体上；长长的马尾自然飘洒脑后，颖慧的双眸镶入白皙的脸庞；纤纤手指，轻盈步伐，一副温文尔雅举止端庄的优秀学生形象生动印刻在朱丹身上。

已是入午时分，整个校园少见人。上哪找林珊朱丹？对，陶德说林珊教体育课，说不准她今天不在校，那就先寻朱丹吧。朱丹不是向来酷爱养花种草？当年朱丹说她喜欢老舍先生的小说《骆驼祥子》、话剧《龙须沟》和《茶馆》等，像先生一样好侍弄花草，或许她现在嗜好如初，而且已养了好多品种的名花。学生时代她不是侍养了四五盆菊花、牡丹、丁香？好！就沿这线索寻去。

在校内转了几圈后，果然他们发现最后一排教师宿舍最中间窗台上、水泥砌成的滴水沟边沿上摆满了盆景，有月季、海棠、映山红、栀子花等不下十余种花，红色白色紫色蓝色等七彩俱全，花开满盆；羞答答的、忸怩着低头脸红的、举首笑微微的、粉面含春威不露的、沉默不语的，即使看百遍赏万遍亦不觉满足不觉累。门边有一女孩坐在木椅上专心看语文书，时不时在书上写写画画。女孩十二三岁光景，一身白色运动服，两束发辫扎了一对精美的蝴蝶结，粉红的脸上注满两泓可爱的泉水，嘴角露出两个逗人的浅小酒窝，足足一个美人胚子的小朱丹。

红新初中有朱丹第二？兴许有之；抑或这就是朱丹的宿舍，更有甚女孩就是她的千金。是真的吗？时间过得快啊，他的文文都 10 岁了，可刚上小学；对面的女孩大概初中一年级吧。这样想着他不觉蹲下拨开叶片，细细品味这缕缕清香。

“叔，别碰坏了花，只许看不准碰。”

他被女孩清朗的警示惊得撤回手：“叔叔不会摘花，更不会碰坏它们；叔叔只想认真看个够，就像你专心读书做笔记一样。”

“阿姨疼爱花，又最疼我，所以每个星期日我哪都不去，只在这专门给阿姨看花，不让任何人毁坏花拿走花，还能边复习旧功课边预习新功课。”

“啊，是这样的，原来这不是朱丹的住处。”他心里那点希望消失了，看来只有再度寻找，“德，我们走吧。”

“叔，你不是说要看个够？”女孩放下书站起。

“叔叔喜爱花，现在看好了。我们还要急着找人找朱老师。”

“叔，你们找人？”她蹦到他跟前问，“我知道你们找谁。”

“你哪知叔叔们要找的人，乖孩子。”他托住她的小脸。

“我就知道，是丹姨。”她开心地笑了，“你们不是要找朱老师？”

“你的丹姨是朱丹老师？”他们紧张而兴奋地齐声问，希望之光在他们心头闪烁。

“是的，朱丹老师就是我姨。”她昂首挺胸，一双小手交叉于胸前，一副凯旋之势，“告诉你们，我们学校有一男一女两个朱老师。许多人来问我丹姨要花养，姨都没给；如果你们真心喜爱花，如果丹姨今天心情特别好，说不定能送你们几盆呢，就看你们运气好不。你们等等，我帮你们喊姨去。”

一只蝴蝶闪着双翅翩然进了大门。

“姨，又有人找。我瞅他们三人诚心诚意买花，尤其是那个瘦子精。”小家伙真油嘴滑舌，简直是人精，转背就把送花说成买花，还把他看作瘦子精——其实他只是偏瘦。

“有人来吧，妮子？你去说只看不卖。”

好耳熟的声音，虽时隔多年，但朱丹那甜甜的笑声说话声仍然在他耳边回旋，莫非真是他们的挚友丹丹！没错，是她就是她。自打分别那日起，她的声音一点儿都没变，一直在他们耳郭里回响。他们都不约而同格外紧张，老友相聚实是不易，除非其中之一婚事或家里红白喜事方可差不多聚集一堂，可那也得看具体情况而定，若是白事则相逢之喜悦可能为之冲淡。

“姨，他们找你怕是另有其他要事，因为当我说到朱丹老师是我丹姨时，他们神情好紧张哟。我还听到瘦子精管一个人叫‘德’，不信你出去看看。”

“是吗？快去看看，丹丽。”

他们在屋外听得真真切切。不待朱丹出现他们三个一齐拥至门边。

霎时，八道眼光交织在一起，八条火炬紧紧熔在一起；这边他们六片嘴唇翕动着，却吐不出一个字。

终于辨不清是谁最先迈出关键性的真挚的第一步:“朱丹，是你，真的是你，果然是你；我们果然找到了，我们真的找到了，找到了……”

“丹丹，老朋友，你好吗？”

“丹，老同学，我们看你、看你们来了。”

……

一时间，三张嘴六片唇的朱丹长朱丹短没完没了，然后都只能颤抖着声音轻轻呼唤“丹丹”了。王亚林知道此时他们都是泪光闪闪、泪眼模糊的。

小丹丽被眼前突发事实闹蒙了，她只能仰首一眼不眨地呆呆注视着他们这些不速之客，这些阔别多年的挚友。

“丽丽，别发傻，这是你亚林伯伯、德伯伯和安叔叔，你不是常念叨着早日见到这些伯伯叔叔？”

接着的一瞬间，四双有力的手紧攥在一起，不晓得谁的手抓着哪个的手，只知晓彼此用力乱握着，最后只知晓彼此纹丝不动地凝视着彼此。

“还傻傻站着，丽丽，他们来了……全来了，全看我们来了。快……快备茶去。”朱丹好生激动。

在晶莹的泪光中，朱丹幸福的泪珠早就大颗溢出眼角眼眶，顺着脸颊俯冲下来，涌入嘴里泻在地上，她内心早已掀起了惊涛骇浪。

突然朱丹抽出手，捂住脸失声痛哭。

哭吧，尽情哭吧，我们的丹丹，还有你王亚林、陶德、鲁安，哭出心里积压了十几载的情感，哭尽心中无数的思念，哭出紧密交织的情网，哭个天昏地暗日月无光，哭个天崩地裂乾坤易位，哭个翻江倒海惊涛拍岸；宣泄吧，尽兴宣泄吧，泄尽烦恼、泄尽忧伤、泄尽逝去的伤痕，冲走一切肮脏岁月，泄去一切不平静的日子。

“伯伯叔叔，茶泡好了。”小丹丽慢慢抬起头，用陌生的目光再度审视着面前一双双朦胧泪眼和一个个泪流成河的泪人。蓦地，她扑在朱丹身上泣不成声，“丹姨，姨，莫哭；好姨，不哭了好吗？姨。”

“好丹丽，姨不哭了。答应姨，到陈老师家和陈耳哥哥温习功课去，乖丽丽。”擦干自己的苦水拭去自己幸福之珠，朱丹揩去丹丽的泪花。

“我还要替姨看花呢，不过只要丹姨高兴不伤心，我什么都听姨的。伯伯叔叔，回头见。”小丹丽挺明事懂理。

望着丽丽飘远的小身影，朱丹眼角挤出几丝笑意。

看着他们不自然的神态，朱丹似乎也有几分约束感，她一面把茶杯端到他们手中，一面说：“都是我不好，像青年学生一样，感情一触即发不可收拾；看，把你们都惹得……相聚多不易。瞧瞧这茶色，品尝这茶味；我平常喝的茶都是丹丽调好的。”

“咦！好浓的茶，真香啊，丽丽真会调味，她若听到安叔夸赞，一准会高兴得直蹦，小精灵。”鲁安先是细细品味着，接着慢慢灌了一口，打了一个香嗝，“朱丹，这肯定是你调教的功劳。”

“其实这孩子很机灵，可以说相当有天赋。泡茶我从未说过要添多少茶叶、倒多深开水、开水如何倒进杯子、如何洗茶叶，她都是看着我学的。在读书习字上，上小学时只有语文和算术两门课，即使是将要学习的语文新课，前一天通过自习她都能一字不差地流利背诵；三年级和五年级两年里，她的文章经常在班级作为范文朗读；至于算术，新内容只需老师一点即通，还是在三年级下学期后一阶段，她居然能列方程解答出较复杂的应用题，这对一般同级学生而言几乎是完全不可能的，因为简单的列方程解应用题也要到四年级才学。鉴于她对知识的掌握程度，学校决定破例让她跳级就读五年级。一年后她以全区第一名的成绩考取红新初级中学。”朱丹在激动中幸福中微笑着向他们展示了小丹丽的聪明与睿智，“所以红新初中预想精心培养她，虽然……”丹却没说下去。

“在我同丹丽的对话中，我就觉察出她具有很高的智商。起始我还以为她是你的宝贝女儿，就暗自发笑：咱们朱丹老师真够积极，都坐火箭上月球了，这不，孩子已读初中了，而我的大孩子才上小学。教师特别有奉献精神，咱们的朱丹为红新初中为世界添了一颗智慧之星。”王亚林确实喜欢丹丽，心里咋想嘴上咋说。

“与亚林相反，自一接触丽丽，我的第六感官告诉自己这小孩不是朱丹的千金，因为……因为我知道……”陶德似自语，又像给他们演绎他的推导过程，“朱丹怎么会有这么大的孩子，或许她至今也像我一样的孑然一身，是吗，朱丹？”

朱丹绞着手绢沉默不语，后微微颔首示答。

“朱丹，你肯定对小丽花了不少心血。”王亚林无比感慨，“虽然我爱文文和武武，但我给予他们的父爱太少，普天之众又有几人如同我这不称职的父亲，我对他们的爱不值一提可略去不计；可我们的朱丹不是妈妈却胜似小丹丽的妈妈。”

“是的，我为她付出得够多，可以说我把下半辈子的赌注全押在丽丽身上了，我要让她极好的天赋尽最大可能地发挥，我要她全面发展。眼下我用仅有的积蓄为她买了一架国产中档钢琴，公社辅导小学一位省艺术学校毕业的姚老师，每周日只要有闲她便教丽丽弹钢琴，丽丽的音质手感挺好，可惜钢琴在姚老师住处，否则丽丽会给你们弹唱几曲，因为姚老师说钢琴搁在她处不影响丹丽的文化课学习；不久我将教她学画画、下棋，什么素描油画国画等，五子棋象棋围棋等；再往后我几乎每周日带她到农村田地间劳作，让她体验艰苦生活；专挑革

命战争年代的战争纪录片或电影给她看，让她自小爱国并在心灵深处喷发出爱国激情。”朱丹顿了一下，缓了口气，便总结着，“培养一个人太不易，除了内因即学生本人的综合素质重要外，外因即外部良好的环境也要与内因配套好合上节拍。”

陶德不觉动情了:“丹丹，瞧你累得额头已刻下了伤痕，眼角爬上了鱼纹，眼睛干涩了几多，颧骨渐高了，脸变瘦了。还有你这身衣服，早该搁一边。总之，你不要因教书育人、不要因丽丽累垮了身子，毛主席曾说过身体是革命的本钱啊。”陶德眼里闪着关爱之光和心痛之情。

“德，谢你关心。那个残酷的年代我都撑过了，今天我会更加关爱自己。”

“朱丹，我……有一个问题，如果……如果你……不介意。”沧桑岁月给朱丹烙下了无情的精神创伤，王亚林只能小心试探着，小心谨慎竟使他忽然有些口吃。

“亚林，能够重逢是我们的幸运，我们昨日是挚友，今朝还是挚友，明天仍是挚友，总而言之是挚友，还有什么不可直言！”坦然的笑意挂在朱丹略显苍老的脸庞，“不管你们问啥，我都毫不在意地直抒胸臆，而且言无不尽。”

“丹丽不是你女儿，你却这般爱护她呵护她，除了她天资极好外，是否另有其因？”

“不，没有其他任何原因。”朱丹神情若变，但很平静，就像她早知道会有这么一天、会有一个人这样问她，终于这个时刻匆匆到了，这个人从天而降立于此。

“朱丹，你在骗我们又在骗自己吧。”不知怎的，王亚林一时竟无法控制感情，激动得心里直怒吼。

“亚林，我在骗人骗已？除了我对丹丽好，你还能找出哪些理由？”

“亚林，朱丹说没有就是没有；再说我们彼此都不是外人，我们相聚实是不易，任何事都不至于闹成不快局面。”陶德和鲁安近乎请求。

“没有，我说没有。”朱丹移至门边，良久突然回转身直视他们，“有原因，不是我不想说出口，我只恐你们不能承受这个事实。”

“事实？天大的事实我们都能容纳。”他们齐声说。

“不错，你推理正确，判断能力很强。丽丽真名叫丁丹丽——丁坚，你们死对头的女儿。这下你们的心病总算去了。”

“什么，丹丽——丁丹丽——丁坚？”他们当即昏倒，他们却又立刻惊呼，“小丹丽乖巧聪明懂事，她不可能是丁坚的女儿。丁坚罪孽深重，上天不会赐给他这么好的后代，你也不可能为他这个无耻之徒教养孩子。朱丹，你又在说谎，在编织美丽童话。”

“谎言？这是事实的事实。世界太大，什么事都存在又都不存在；世界很小，却什么都可发生又都可不发生。林珊可为证，只是她今天去县城了。”

“朱丹，你简直让我们大家太失望了。”陶德无可奈何，目光有好些呆滞。

“朱丹同志，你……你怎么能忘了过去……”王亚林气得再也吐不出一个字。他称她同志是反语，鲁安懂，陶德更懂。

“不要吵了，朱丹一定有她的苦衷。”陶德劝罢这边又按那边。

“是的，我有苦衷。我毕生忘不了那段苦涩耻辱的日子。正因为苦涩，所以我必须培养好丽丽教育好丽丽，让她彻底懂得人世间的真与假、善与恶、美与丑、爱与恨；正因为耻辱，所以我必须教育丽丽怎样做一个真善美、大爱无疆大写的人。”

十、残酷的斗争

丁坚、丁坚，他像一头恶魔，把他们同时推进噩梦般深渊。

一年一度的三秋农忙时令又到了。抢割完晚稻还要赶大好晴天脱粒，稻谷进仓接着挖红芋、栽油菜种小麦荞麦，直至缴纳完国家下达剩余的公余粮定购任务，秋收才算忙完。同暑假双抢相比，短短十天左右的秋忙不免过于仓促，他们也显出一些疲惫之意。

然而一踏进红新初中大门，大伙顷刻间觉着如此激动，校园里的一切都那么亲切感人，疲乏之躯好似注入了另一种无形能量。是何能量？同学们几乎都清楚，可又几乎都不明了，只觉得这剩下的时光和岁月是初中时期最后阶段。他们有的十八九岁，有的20出头，这几个月一过，他们都将踏上不同人生征途，有的进工厂成为普通工人技术骨干或工程师；有的回家继续为人类修理地球，做忠实守卫摇篮的勇士功臣巨人；有的投笔从戎戍守祖国疆域，铸造成人民的脊梁；有的从此迈上三尺讲台哺育祖国的未来，羽化为人类灵魂的工程师；有的……不管身处哪条战线，脚踏哪方寸土，他们都在为社会主义革命建设事业谱写新的辉煌历史篇章。

又是周末黄昏。

已是深秋时分。片片梧桐树叶于徐风中迎着柔和斜光，穿着金色秋装深怀依恋之情辞别母亲，满怀激情踏入新岗位投入新事业。广袤的原野灰茫茫的一片，死一般的沉寂。

陶德、朱丹、鲁安、林珊和王亚林不约而同一齐搬了五只凳子涌到一棵最大翠柏下的向阳面，享受秋日融融阳光。仲春里他们采集了各色知名与莫名的鲜花和生物标本，翠柏下他们把鲜花插进几个大花瓶里用水养着，带回去摆放一起，时时感受友谊的温馨；翠柏下他们把生物标本分页夹在一本厚书中，拿到教室在生物课上用。夏日他们摘了许多绿叶奔至翠柏下，把绿叶一片片穿连好，每片叶心珍藏了他们的辉煌与黯然、收获与失落。深秋他们坐在翠柏下，一面品味着香甜果实一面围绕人生哲理、学术命题展开激烈讨论，直至观念一致目标统一。翠柏在深冬越发苍翠，皑皑世界里他们于翠柏下送走一个个如昼夜晚，迎接一个个生命的春天。

“亚林，秋忙结束了，你感觉如何？”陶德带着股股怨气怒气逼视着他。

“难道我和你一样在家不累？啊，才体验几日劳动就伤了筋骨，回校找我出气？好像我欠了你许多债，没门，陶公子陶少爷。”他同时以愤怒的目光回敬陶德。

“林子，说累咱不怕，可怕的是白累了这么多时日。不瞒你说，我在田间地头觉着不对劲，胸中有道不出说不明的滋味——我想你并不见我好。”鲁安垂头丧气，眼里却充满了怨恨。

“是这么回事啊，你能否具体说明？”见鲁安神情逐渐黯淡、言语慢慢低沉，王亚林的音调也降了许多。

“粮食亩产量过低，最好田地即一等田地亩产也不过500斤，最差的不足300斤；一等田地毕竟少数，因此我们全生产队粮食亩产平均350斤到400斤。红薯收成更差，挖出的部分红薯烂得人不能吃。等公余粮上缴后，每户才分得三四担稻谷和二三百斤红薯。粮食与红薯除去种子，可食的剩几担几斤？到来年早稻上岸至少有七个月，农民怎么过怎么熬下去？农民的基本生活都难以为继。亚林，你们大伙说这样干得有劲吗？”

“同样啊。”现实就是如此，王亚林只能这样说，“陶德、朱丹、林珊，你们生产队的情形好些不？”他转而探询他们三个。

“也就那个样啊。”他们齐叹着。

“大集体劳动只会使生产力水平每况愈下，它是哺育人们懒惰的温

床，以蒿草为例，岁数大的长者扛着蒿草耙在田里走，都赶不上正在蒿草中行进的年轻人；更有甚者把满田清水弄浑便算完工了事，因为水浑浊看不见水慈姑、野荸荠禾等水草；最糟糕最可气的是有人为省时省事，竟然向田里哪怕是一等水田撒熟石灰，不但烧死呛死了泥鳅黄鳝小虾等可食水生水产物和青蛙蛇等田间害虫的捕食者，而且更为严重的是直接导致稻田板结，人为改变了稻田的结构，这是亩产量低的主要因素之一。还有插秧时人们只要右手指戳着泥块即算栽过插好秧了，却不管株距行距是否匀称，亦不管秧苗是插在泥里还是漂于水面，更不管每株有多少根秧苗，更可恶的是好多穴位是空插，尔后又不补栽。这不是人们的惰性在作怪？这种生产关系生产方式是否导致生产力水平急剧下降？”鲁安对当前生产体制愤怒到了极点，他简直在咆哮，一脚将面前的凳子踹翻。

“在这种体制下，绝大部分基层干部都具有路瓦栽夫人的虚荣心理，怎么说呢？上级下来查看生产队集体收入情况时，基层领导动员或强迫老百姓把几块稻田里割倒的稻禾拢到一块田里集中起来，向上级邀赏请功：看，我们生产队又获得了大丰收，老百姓的生活水平、生活质量有着显著提高云云，自然得到一连串廉价表扬。不多久上级根据老百姓生产情况收成状况，增加老百姓粮食及农副产品定购任务，社员分成更少得可怜。只苦了老百姓，而绝大部分公社书记主任、大队书记大队长等芝麻绿豆官的日子好过。哼！我要敲响这些血吸虫的丧钟。”林珊把鲁安的观点做了更为深入更为彻底的剖析，她用力折断一根粗长树枝，“喏，这就是他们将来的下场。”

“林珊，女中丈夫也，巾帼英雄也。我们齐心协力何愁不成？人心齐泰山移。”他们围着林珊把她高高举起，落日的余晖洒在林珊四周，证明了她的刚毅。

“‘人有多大胆，地有多大产’。浮夸是导致国民虚荣心极强的祸根，也是人们贫困根源所在。要想改变现状，首先必须从源头上思想上教育国民必须务实，一切从实际出发。其次是大力提倡并运用科学，即科学生产科学耕作田地科学管理，这是国家层面对农业科技投入的事，也就是说老百姓需要国家大力扶持。最后是老百姓要感恩国家，国家需继续支持发展农业。”朱丹以战略家眼光解析了现实的可悲处及提出初步解决方案。

“那么面对现实我们该如何解决问题？”王亚林不禁忧心忡忡。

“我们都是社会成员，尽管小得微不足道可忽略不计，但国家社会成立毕竟需要这些细胞；我们都是海洋里的一滴水，尽管渺小没有大海壮观，但它囊括了海洋的全部内容。既然社会细胞发挥的作用不可小觑，那么我们就要从我做起，为社会主义建设事业做出应有贡献。人的思想或信仰通常在一定程度上几乎决定了他们的人生旅程的走向，而这要自小让他们树立正确的人生观、价值观、世界观和社会责任感。我刚刚说过，所以我希望不久自己成为一名光荣的人民教师，教育学生成长为真正的国家人才。”一旦话匣子打开，朱丹便一发不可收拾。

“学生的思想健康了，要想全面发展，健壮的体格不可小觑。毛主席曾指示身体是革命的本钱，因此我欲当体育教师。”这是林珊的诤言，“女同学表过态，该轮到男同胞了。”

“只要能为社会主义新中国贡献青春，我随遇而安。这就是我父母给我取名鲁安的寓意。”

“大家知道生产力低的原因是科技生产跟不上，就是科技生产未取代原始劳作与传统生产。人们的思想转弯了，思路理顺了，科技进入了人们的视野并为之接受，产量自然上新台阶。归根结底就是科技作业科学管理，譬如哪块地适宜栽培何种农作物，哪些农作物需连作、套种、间作或条播、撒播、点播，哪些田地哪些庄稼必须喷洒何种低毒残存农药……所有这些都是农业科学研究的主题和范畴，所以我陶

德立志像农民科学家吴吉昌一样从事农业科学方面的科研工作。”

“我的志向与你们迥然不同。经商是我唯一选择，虽然普遍认为‘无商不奸’，但我认为‘无商不富’。我富裕了会带大伙过上好日子，我决不食言，我期待那一天。”王亚林大声宣布，好像不远的曙光即将照亮他前进的道路。

“嘘，小声点。”鲁安警示他，“商人是资本主义或资本家的产物之一，你有此念想说明你内心不纯，意欲与社会主义新中国对抗为敌，而现在仍是割资本主义尾巴的时候，不小心被逮着准被割得惨，残酷的政治斗争迫使我们得谨眨眼慢开口，凡事但留三分神啊，亚林同学。”

王亚林立即反驳，虽然他明白鲁安用心良苦：“我们五位都是挚友，难道有谁欲当犹大不成？再说学校是一方圣洁领地，正确言论自由谁干涉！即使社会上阴风怒号，我想很难刮进我们学校，不过我们大家还是小心为妙谨慎为好。”接着他肯定了鲁安对他的忠告对大家的忠告。

“乌拉！”他们齐声高呼。

“什么小心不小心谨慎不谨慎的，我讲都没必要。”丁坚不知何时从何冒出，镜片下阴阳怪气的脸溢出一种不可预测的阴笑，只需猛一抬头便知晓他肚里已灌满了污水坏水。短短不足三个月时间，不知丁坚耍了啥法术，他从三〇二班团支书跃迁升任校团委副书记，而且同期获准中共预备党员资格，正接受党组织考验。前段日子在大庭广众下，他同林珊赛乒乓球时丢了脸，临走时给了他们一句“警告”：“看你们有何能耐猖狂多久！”这“警言”王亚林至今能一字不差记着，虽然他们不在乎他丁坚能把他们五人怎样，但面对外界严酷环境，他们对丁坚这号人确实必须多长几个心眼。丁坚像已是大权在握，在这关键时刻，在这“革命”涛声中，他只要在他们或其他师生身上找到一点灵感，或闻到一丝气息嗅到一些味道，挖掘一篇篇对“革命小组”感兴趣的题材，他必定即刻大做文章。

“只要对得起良知不干亏心事，就不必提心吊胆，你说呢，书记同志党员同志？”自上次乒乓台交手起，或者把时间提前到王亚林和陶德、丁坚真正相识起，林珊就瞧不上丁坚，好像她已看透了他的骨髓，于是遇事处处不相让之。

“我不懂林珊同志讲话为何这般严肃刻薄，这不是在正式场合表态发言，这不是面对阶级敌人，不是审讯敌对分子。不过林珊同志讲得对。”丁坚四只眼睛在他们身上舔来舔去，便另找新词，“你们谈得热热乎乎，却不招呼我一下，让我心寒哪。”他做出身心寒战之样。

“丁坚同志，别人说寒心尚可理解，唯独你我万不可接受。”虽然丁坚是校团委副书记及预备党员，陶德他们对他却不屑一顾，因丁坚的本质决定了他与他们五人格格不入，终究非同路人。本来同学间可直呼其名，在诸多情况下他却不合适地于人名后冠之“同志”二字，且仅他一人这般称呼别人，而他们管他叫丁坚同志、书记同志、党员同志则是对他的回敬。

“为什么，陶德同志？”镜片后射出两支阴冷利箭。

“我来替陶德回答。”朱丹不慌不忙截住丁坚，“因为你是书记党员，内心燃着一把熊熊烈焰。不过丁坚同志，作为同学我提醒你切莫烧昏头，你明白吗？李自成就是被胜利冲昏了头，才演出了九宫山悲惨的伟史。”

“你们为什么对我如此尖刻？你们心里还有我这个团支书吗？”丁坚气得几欲喷火，他双眼朝他们射出仇恨的火焰。他们都知道他已视他们五人为阶级敌人，班上只有他们五人敢跟他针锋相对寸步不让，而其他同学对他敢怒不敢言。

“为什么吗？我告诉你。”面对丁坚居高临下态势，鲁安都不瞟他

一眼，“丁坚同志，因为你是官，所以你不仅对同学们发号施令，而且还不顾他人尊严而侮辱人格。记得吗？你曾数次在早自习和晚自习期间，毫无理由地以命令式口吻要李某某、戴某某、张某某等同学为你擦桌凳、给你的钢笔上墨水等。他们以默然表示对你抗议，你却当他们是软柿子竟然当众肆意辱骂他们。多数同学把对你的恨铭刻心底，他们不敢溢于言表，而我们五个偏敢撞石头，不！应是我们敢钻死胡同。就以刚刚你的问话为例，你不是表明你高高在上？其实这没啥了不起的。有些人官越小越摆势逞雄逞能，有些人官越大越平易近人，同人民群众打成一片，丁坚同志。”

“鲁安同志，张、戴、李三位同志家新中国成立前曾是地主富农，你了解吗？对这些剥削阶级残余分子要严加惩罚，绝不姑息。”

“地主富农是新中国成立前的社会现象，在社会主义改造期间，他们已改过自新将功补过，成为新社会新中国自食其力的新人，你能视他们为阶级敌人？你能殃及他们的子孙后辈？丁坚，你一意孤行等于蔑视别人人格尊严，你侵犯了公民人身权利，受严惩的理应是你。丁坚，就凭你肚里那几个字，敢在我们面前卖弄，你够格不？还是摸摸镜子照照自己啥模样。”鲁安丝毫不给丁坚留颜面。

“我是团支书是预备党员。共青团是党的先锋队，是党的坚强后备力量，政治挂帅政治领导一切。你们太过孤陋寡闻，我呸。”丁坚口吐白沫朝他们直叫唤。

“政治挂帅是毛主席语录，你有什么资格引用毛主席语录？”王亚林怒不可遏，向丁坚猛烈开火，“你挖空心思想在我们头顶做文章？实话对你讲，做你的白日梦去。在我们新中国，自由被你等践踏得伤痕累累，民主被你等肢解得面目全非，人格尊严被你等奸污得痛不欲生。这就是你丁坚同志丁坚书记等同志的伟大思想、丰功伟绩和光辉的人生写照。”

“王亚林同志，我希望你们不要信口雌黄，外面的风声风气你们应该略知一二。你们人多不要仗势欺人，我敢保证到时候吃亏的绝对是你们。”

“风声风气？那股妖风邪气能刮进学校圣洁殿堂？天塌下我顶着，天破了朱丹缝补，星星坠落林珊拾掇，大地动摇陶德踏稳，冰川崩塌江河湖海咆哮火山喷发鲁安抚平。你丁坚是我们班团支书是校团委副书记，权大势众，怎说我们五个仗势欺人？”

“我警告你们切莫得意忘形，还是那句话：看你们有何能耐猖狂多久！等着不远的一天，我会把你们这群牛鬼蛇神赶尽杀绝，哈哈——”

“‘看你们有何能耐猖狂多久’的屁话我们听过多少遍了，耳朵都生茧了。丁坚，去你的，做你的黄粱美梦吧。”他们纷纷背对丁坚，都不屑与他对面。

“走着瞧，过不了几天就是你们的末日。”丁坚突然折回蹿到他们眼前，“朱丹同志、林珊同志，你们没资格做臭老九；陶德同志，农业科学家是你的梦想，我想此生你是没指望的，我可怜的农业科学家；鲁安同志，你不是随遇而安吗？你即将有一份如意工作；王亚林同志，商人与经商都是资本主义的尾巴与附属物，我最痛恨商人，我奉劝你死了这条心，免得自食其果。”

“书记同志党员同志，有多远你滚多远，你早已没资格站在这同我们咬文嚼字。”他们齐拍手仰天长笑：讥笑丁坚无知，嘲笑丁坚可怜。

金色的落叶在空中洋洋洒洒，夕阳给予他们最后一脸微笑、最后一个深吻，便隐没于绵绵群峰和无边天际。

现实给发展中的历史开了一个严肃的政治玩笑，或许这就是所谓的在曲折中发展、在逆境中前进的历史规律。

这一天终于不幸光顾红新初级中学，悲惨命运终于即将降临到他们身上肩头心尖。这一天来得太快，他们不敢相信眼前活生生的现实，因为不久他们五人几乎将是天各一方，陷入了艰难的生活历程。

次日早晨，王亚林刚挤上牙膏端着茶缸准备刷牙，林珊和朱丹急匆匆赶到他们宿舍。见她俩神情特别，他正欲询问她们，鲁安与陶德刚好从外面回来。

“你们知道吗，昨夜有人贴了我们五人好多大字报，污蔑我们是走资派，污蔑我们反党反社会主义，污蔑我们企图颠覆红色政权推翻新中国，整个学校都闹翻天了。”朱丹气喘吁吁地告诉王亚林这条晴天霹雳新闻。

“大字报？在哪儿？朱丹、林珊，我们去撕碎。”他们三人顿时五雷轰顶，他们知道大字报对他们的危害性、严重性。

“学校黑板报学习栏贴满了妄图诬陷我们的大字报。”林珊夺下王亚林的刷牙用具，“愣啥？我们去撕烂大字报。”

陶德、鲁安胡乱穿好衣服，王亚林什么都顾不上，他们五人迅速冲到校学习栏。

黑板报距男生宿舍很远离女生宿舍挺近。往日一期又一期、一版又一版的黑板报不知记载了多少教职员工和广大学生的先进事迹。自建校到今天，可以编一部红新初级中学光荣史文明史，其中他们五人的功劳永载光荣史册。那是在春寒料峭时节，鲁安破冰勇救落水儿童；全校运动会乒乓球赛，林珊为三〇二班勇夺冠军；在播种时节，陶德利用课外所学农业知识想方设法教农民种植多种经济作物及果树，如黄豆、绿豆、花生、芝麻与枣树、桃树、梨树等；朱丹省吃俭用挤出自己的生活费，购买风衣寄给戍守高原边疆的解放军战士；酷暑天，王亚林坚持闲时无偿帮生产队拉农家肥……今晨，黑板不再是英雄事迹与先进人物的荣誉证，而是送达给他们整版的法庭传票与判决书。

“……王亚林，你信奉资本主义社会金钱万岁金钱万能，你这棵资本主义毒苗已被铜臭诱惑得利欲熏心，你六亲不认——心当然是黑的；

你王亚林整天打着做商人的小算盘，完全忘了党和国家对你这么多年的培养，完全湮没了今天共产主义伟大事业给人们带来的曙光和希望；善良的人们啊，千万千万警惕，时时刻刻紧绷阶级斗争这根弦！

“鲁安，你‘随遇而安’，你这个隐匿的阶级敌人终于自动跳了出来。亲爱的同学们，请你们仔细思量‘随遇而安’的险恶用心，他跟着王亚林那棵毒苗居然心安理得，他能干出啥有益于国家的事？一滩祸水，祸水里有多少病毒细菌。亲爱的同学们，请大家务必谨防祸水传染！

“陶德，一心想成为农业科学家的伪君子大骗子，总戴着正人君子的道具，幸亏被我们无产阶级及时发现，不然许多农民伯伯大婶遭其所害——后悔药是买不到的。在共产主义社会初期，‘人有多大胆，地有多大产’，在此我正式警告陶德同志不要处处对老百姓、革命群众指手画脚，党向来以‘坦白从宽，抗拒从严’为革命宗旨。同时我请每位同学在开完今天的批斗会后马上回家宣传，动员各位父老乡亲切莫上当受骗。

“朱丹、林珊头脑里灌满了封建伦理道德，继承了孔老二的遗风衣钵。这类人还做着为人师表的荒唐梦，她们不断送祖国的下一代、不摧毁祖国的花朵才怪！我谨宣告这号人永远没有当臭老九的权利，你们唯一可做的是‘四凤’的事儿。

“同志们、莘莘学子，老一辈无产阶级革命家用生命和鲜血夺取的红色革命政权来之不易，我们后辈须倍加珍惜加倍巩固，让人民江山万万年；在伟大祖国革命建设的关键时刻，我们必须坚决响应‘千万不要忘记阶级斗争’的伟大号召，坚决捍卫红色政权。历史沉痛的教训启迪我们该怎么做！”

……

这判决书客观公正吗？莫不是他们在做噩梦？不，是活生生的现

实。整版评述无异给他们判了无期死缓死刑，从此他们以前的一切光荣事迹被抹杀得蛛丝无痕。史有秦桧以“莫须有”罪名残害岳家忠良，难道“莫须有”罪名今日重演而再现某些人的权势？他们的手在颤抖心在呐喊滴血，这与他们满腔热血的豪情壮志形成鲜明对比，显得如此之不和谐不对称，如此之格格不入。

“不在沉默中爆发，就在沉默中灭亡。”他们要坚决勇斗群魔斩杀群魔。

内心燃着一把火，点燃的激情与喷发的怒火始终增添了他们战胜寒气和险恶环境的勇气，他们的讨逆使命在几百个人不同的心理和几百双眼睛的观赏下行动了。

浓雾中，王亚林愤然扯下所有大字报撕成碎屑抛向天空，黑板上没残留一纸碎片：“我叫你们这群王八蛋写呀画呀贴呀，老子正好闲着无事。乌龟王八蛋们若妒忌老子闲着，那就请来吧，老子不但要撕碎撕烂你们这帮龟孙子，老子还要撕烂你祖宗十八代。”向来文明的他此刻再也按捺不住满腹仇恨，他满腔怒火四处喷射，满嘴脏话脱口而出，“推倒它，它奶奶熊还能显眼炫耀。”

陶德、鲁安猛扑上去，三摇两晃撞断了木桩：“不害臊，逻辑连篇错，别字段段有。”

林珊、朱丹毫不含糊，尽拣大石块猛砸黑板：“无耻之流，再跟我们作对，姑奶奶砸烂你妈的狗头，亚林、陶德、鲁安，一块儿使劲砸。”

不到一套广播体操的时间，黑板终于倒地四分五裂，纵然再高明的木工都无能还原它们先前完整之躯。朽木唱着挽歌凄惨走进墓地，他们五虎将高唱凯歌雄赳赳气昂昂打道回府。晨风为他们伴奏，晨光为他们喝彩！不管身后众嘴如何评说，亦不论众目怎样摄像，反正他们英雄气在，他们将继续高唱凯歌纵横驰骋疆场。

当沉沉浓雾散尽，当晨光照耀万物，他们受审之时来了，他们同某人进行不屈不挠的斗争时刻到了。

上午第一堂课预备铃响后，他们五人在全班全校同学簇拥下慷慨迈入大会堂，王亚林清楚这是临时审讯室。本来只有 200 人座位的礼堂，现在陡然增加许多人，他这些人只能拥挤着，后排的干脆站在一长排木椅上。他想人群中不仅有学生教师，而且还有社会上闲散人员。这些人不知咋的消息竟如此灵通，一早便来观摩红新初中前无古人后无来者的大型“文艺演出”。

果不出王亚林所料，丁坚坐在主席台正中位置，两边尽是校团委校学生会成员，估计这些文官武将都是积极紧密团结在他四周的活跃分子。

他们五人理所当然地被请坐于主席台下方首排正中央位置。

还未落座，丁坚即对着扩音器扯开嗓门嚷：“革命同志们，请你们安静，在我们革委会小组早日多方筹备下，你们终于能参加红新初中本次召开的典型批判大会，我代表校革委会热烈欢迎阶级同志阶级兄弟。本着积极响应上级革委会伟大号召，本着保卫巩固人民红色政权及惩前毖后、治病救人的革命宗旨，同时基于王亚林、陶德、鲁安、朱丹和林珊五位同志目前在思想上犯有严重反党反社会主义错误，我代表校革委会宣布：现在对彻底脱离党的指引路线和抗拒党的方针政策的五位同志进行深刻严肃批判，对他们对症下药，端正他们的思想态度，使他们早日悬崖勒马，早日回到社会主义共产主义革命战线革命战斗堡垒里，一句话，让他们早日重新做人。下面批判大会正式开始，希望各位革命同志积极发言，踊跃检举揭发他们。”

在丁坚喋喋不休的叫唤声中，台下由交头接耳到安静，再到窃窃私语，最后变得越发闹热，嬉笑声、谩骂声、愤慨声、怒吼声就像放牛场、像进门前乱哄哄的，可就是没有谁检举揭发他们。

一分钟过了，两分钟过了，五分钟、十分钟在不觉中悄然溜之，场面依然热闹依旧乱，似乎这些人只来当忠实观众而非批判检举揭发者。

丁坚的表情随着台下气氛变化而由晴转多云到大风骤起：起始笑容可掬，好似稳操胜券；尔后笑意尽失；再后喘气阴险，如驴子脸越拉越长、越拉越重。终于他不可再容忍这激烈壮丽的场景映入他眼里：“革命同志们，请安静。我知道你们磨不开情面，不肯检举揭发他们的罪过，我能充分理解你们此时此地的心情，就不勉强同志们。这样吧，我要求他们五人相互揭短，以便更有效地教育他们深刻反省悔过自新，因他们五人集团经常开黑会，彼此了解得更深更彻底，同志们说好不好？”

丁坚又是一阵干号。台下倒真的静寂了，可片刻过了下面还那么平静，就像万人正在向他们尊敬的逝者沉痛默哀一样。他们五人对丁坚的号叫自然抛之脑后。

丁坚又挂不住了，他只好再度弹起自我解嘲：“同志们的沉默就是最好的回复肯定的答复。”他擦着脸上的臭汗，点着他们五个，“现在是你们戴罪立功、将功赎罪的绝好时机，千万莫错过，下面自你开始，朱丹同志。”

丁坚严肃中露出一丝不易察觉的阴笑、淫笑、奸笑。他们都清楚，他为达到晋升目的对他们软硬兼施发威。他们彼此心里早已燃起了熊熊烈焰，练就了坚定的信念：不成仁则取义。

“可以，不过你先得给我几个满意回答。”为了让所有观众听客都能看到她听见她第一个朝丁坚开炮，朱丹“噌”地在木椅腾起。

“那好，不过我向你声明，这不是生意场上的讨价还价。”丁坚以为朱丹即将进入他的圈套。

“现在我们处于社会主义社会还是共产主义社会？”朱丹掷地

有声。

“……”丁坚沉思半晌，他不曾提防朱丹突然给他意想不到的反攻，当今社会到底处于哪个阶段，他十分明白：就当前经济环境政治背景，众目睽睽下若回答不当，他就被别人抓着把柄，可能会从天堂坠入地狱，自己的政治生命到此死亡。“识时务者为俊杰”，丁坚权衡再三，肯定了高级阶段：“当然是共产主义社会。”

“那么你读过马克思恩格斯、毛主席、列宁斯大林等革命导师的经典著作？”朱丹步步为营。

“当然，而且读得很多，譬如：《德意志意识形态》《资本论》《哥达纲领批判》《矛盾论》《实践论》《毛泽东选集》《列宁全集》及列宁同志关于帝国主义垄断寄生腐朽垂死论，《斯大林全集》等革命著作，不过都是泛读没时间精读。”丁坚一下列举出那么多经典著作，自鸣得意中吐出虚伪的歉意。

“社会主义社会有无阶级政党？共产主义社会是人类最高最理想社会，那么共产主义社会是否像社会主义社会一样？”朱丹紧追不舍。

丁坚好像只有招架回答之力，他机械作答：“社会主义社会存在阶级，当然必定有政党与之共存；共产主义社会阶级与政党均消失，人类走进世界和睦大家庭。”

“是的，可是依据你的《大字报》‘终审判决’，你肯定了共产主义社会存在阶级政党，而我们现实中的社会存在阶级、政党，存在军队、法院、监狱等国家暴力机关，这表明现实社会与你刚才的回答相矛盾，丁坚同志，你如何向我向各位革命同志及有识之士做出圆满回答？”

不待朱丹再度开炮，丁坚已坐立不安，知道对手言辞犀利难以应付。为既维护体面，又显示其威风，他对朱丹狠狠一挥手：“现在不是讨论这个问题的时间，不要偏离主题；我要求你作深刻自我批判，并举报你的同伙。”

“在我面前摆臭架子，你休想。你竟连这简单问题都不能给大伙解释清，你还有何资格于此人模狗样地批判我们！”朱丹寸步不让。

“呸，我再次提醒你切莫血口喷人，你当众无视他人尊严而侮辱别人，有你够受的。”丁坚气急败坏，“告诉你我生平最痛恨教政治课的老师，实话跟你说，我已派人把郑、潘、王三人押赴上街游行了，哈、哈哈、哈哈哈——”

“你、你、你还有人格尊严？你还要人格尊严？你连畜生都不如！”

“俩小贱人，你们当臭老九都不够格；如果你俩能当上臭老九，老子必定在你们面前倒着爬行，你们真是痴人说梦语。”

“住口。”鲁安拍案而起，怒视主席台，“不许辱骂革命同志。”

“谁同你是革命同志？祸水一滩。”丁坚到处乱咬。

“凭什么说我是祸水？你在诽谤。”

“笑话，你经常与朱丹、林珊、陶德、王亚林鬼混，岂有好果？”

“我们是纯粹的同学友谊关系；我和你丁坚不也玩过数次鬼混过多回，如果我是祸水，那么你呢？你自己不也是祸水？”

“这是两码事、有着本质区别的两码事。”丁坚理屈词穷。

“告诉你，没本事少废话，你必须马上向全校师生员工还我们五人清白。”鲁安掷地有声。

“丁坚，你说我是伪君子大骗子，有何凭据？说不上来我等决不放过你，不在今天在明朝，我陶某人言必行行必果。”

“就凭你姓陶的能把我姓丁的怎么样？你这辈……哼，等来生。你不说我是糊涂虫可怜虫？那我叫你伪君子大骗子亦不为过，你我扯平。”

“你满心热衷于上层建筑，所以你是一只知识贫乏的政治可怜虫，同时你又是一只作业糊涂虫。你大概忘了农本，忘了你我大家本姓

‘农’，我就是要科学种田地、科学指导农业生产。”

“政治挂帅，政治统领一切，政治上安定团结。人有多大胆地有多大产，这是党指导农业生产的伟大号召。”

“正是因为有你这样祸国殃民分子存在，才使国家和人民蒙受巨大经济损失。小人得志一时，你们休得太猖狂，祖国和人民终究会彻底算清你们一伙祸国殃民的历史账，历史必然走科学强国路、科学生产路。你听清楚，我陶德矢志不渝当好农技员，朝农业科学家奋进，我必将以实际行动回击你。”陶德越说越激动，根本不把丁坚放在眼里。

“就是一万个陶德又怎样？政治领导科学是天经地义的真理。”

“丁坚，轮到批判我王某了？”王亚林端坐不动稳如泰山，把抽剩的“乐华”扔至主席台，“姓丁的，你说我一根毒苗，我姑且承认，因为我全身心欲经商，你可知‘无商不富’之理？商人不仅存在于资本主义社会，就是封建社会也有商人一席之地，追溯远古早在殷商就产生了商人。商人就是生意买卖人，因产于商朝所以称商人，你懂吗，丁坚？如果你不了解这些中国史，那么我今天好好给你补补课；如果你佯懂，那么你理应立刻自我反省。是不是自奴隶社会以后，所有商人都是毒根毒苗？吕不韦是巨贾，他帮助嬴政加速了统一六国的进程，加速了秦王朝建立；民族资本家是商人，在抗战与解放战争中，他们为民族独立和解放全中国、建立新中国、发展新中国做出过巨大贡献，如荣毅仁、包玉刚等爱国商人，党和国家在社会主义革命建设事业中始终保护他们的利益，你丁坚如此蔑视商人岂不是违背党的基本路线？不顺应历史潮流开历史倒车，你只有死路一条。历史发展经验已告知后人：无农不稳，无工不强，无商不富，我斗胆预言发展商品经济必将促进我国经济腾飞。”王亚林简直是天才演说家，一口气演说了这么多；他简直是神枪手，射向丁坚的子弹弹无虚发。

“死的不是我丁坚而是你王亚林这类人，等着吧，过不了几日会

有你们好看好受的。我现在再给你们最后一次悔改机会，看你们能否把握。”

“我们早盼着这天，大不了拼个你死我活，纵然我等惨遭不测，后继者会大有人在。”他仰天大笑。

“真行哪，你们五人居然形成五人团伙，这是非法组织，谁是头目？”丁坚桌子拍得“咚咚”响，茶杯与碗盖也摩擦得“叮当”响。

“我们成立的是五人互助组，即学习生活相互帮助提携，如果你硬性给我们戴帽子，那么我王亚林王某人是头目是组长，姓丁的，你岂奈我何？有阴谋尽管使劲耍，否则过期可惜。”王亚林根本不把丁坚放在眼里。

“今日本应是批判你们五人集团的日子，不想你们竟无理取闹扰乱正常会议秩序，你们都反了都逆天了。限你们五人自即日起一星期内各交一份深刻反省检讨到我这，否则校革委会上正式定性你们的罪名——散会都散会。”丁坚满头大汗口喷白沫，气急败坏地拍打着桌子，眼镜都宁可粉身碎骨地弃他而去。主席台上其他人似乎成了配角或木偶或忠实看客；台下则好像有意与丁坚过不去，丁坚变成名副其实的光杆司令，他逃命般挤出人群去搬救兵。

事态究竟如何发展，他们五人谁都说不清楚，至少可能是往后天各一方，步入人生真正的艰难旅途。

和郑老师、潘老师、王老师相比，同样犯“莫须有”之罪的他们算够幸运，因为三位老师在大会上被批斗，然后带纸高帽挂牌子被丁坚组织的造反派押着低头游街串巷，或是造反派认为三人罪行最深最重，即知识越多越反动的缘故而最后三人均被关进牛棚。

事后他们仅仅在大会上又被重复批斗了一次，之后学业未竟的仨男子汉被阴风永远吹离了校门。一年后他们确切听到朱丹、林珊突然被学校宣布当了那时的臭老九。丁坚不是在大会上再三发誓不让她们当教师？事实真出乎他们三人想象。是否短期内丁坚有什么重要把柄不幸落入她们之手？是不是她们乘人之危落井下石检举揭发了他们而戴罪立功？他们细想无过多过激言语，无不当行为，我们心事重重，她们如他们一样吗？还是不询问她们为好啊，于是三人带着疑惑怀着沉沉心情，同时默默分享着她们如愿以偿的快乐默默为她们祝福，祝福她们事业有成，再次在心底与她们默默道别，再次走出心底的校门，再度回到各自诞生之地。又谁知不久他们为了生计而先后东奔西走闯荡江湖，以致游戏人生，不料竟相互失去联系，十多年几乎彼此一直杳无音讯。

第三章
圆梦

一、再度喜相逢

公社书记主任天天忙，王亚林天天找天天扑空，因为这些头头脑脑几乎每日都下生产队，抓春耕生产、调解老百姓之间的纷争，如处理分家瓜葛盖房争端婚嫁矛盾水利纠纷等。于是两周日子赋闲在家，王亚林对全盘计划进行一而再再而三斟酌，鲁安除了辅导文文和武武，便与王亚林陪他父亲王老头喝几盅小酒、同他母亲拉家常唠嗑；此外他俩不是看旧报纸练毛笔字就是侃大山：王亚林侃外面世界之美丽精彩动人，侃他的总体规划宏伟蓝图，总之他对未来充满无限信心必胜信心；鲁安则感喟世态炎凉，进而对他的构思框架加以拓宽修补和完善，使工厂尽量与四周环境统一协调，一句话，鲁安亦很自信能胜任厂长顾问财务助理诸多职务。这种清闲乐趣的日子给他们与家人带来了几许高雅情调和一些悠长欢笑。

“爸，那张脏报纸上有你的名字王亚林呢。”文文紧抓报纸飞来箍住王亚林的腿，兴奋得小脸红扑扑的，“爸上报了，爸出名了，爸好了不起。”

“傻孩子，怎么认得这么多字？莫不是你认错瞎说？”他撇开鲁安一把拉着文文。

“认得，认得的，也会写，喏，我写给你看。”文文随手用铅笔在纸上歪歪斜斜涂鸦出“王文文”三个字，字体就像婴儿刚刚学步一歪一倒的，又似火柴棒错落拼搭的，写罢侧首冲他笑。他明白文文在向他证实她的本领，他当然要鼓励她，因为小孩子读书习字需要一定的鼓舞起动力作用。他读小学时成绩并不见佳，但经老师们一鼓一夸，他的成绩明显提高，小学毕业语文算术总分成绩全区第一。

“我们的文文字写得好，不过要好上加好，文文，是不？”

“爸，长大了我要写得像报纸上一样好。告诉爸，是鲁老师教的，他先教我学‘a、o、e……’，再教我用拼音读生字。真的，爷爷奶奶小弟妈妈的名字我都会拼会写，不信你试：wang wen wen……”

“咦，姐，你错了，不是鲁老师，是鲁叔叔安叔叔。”武武丢下玩具抓住鲁安一只手，文文也同时占据着鲁安另一只手。“是鲁老师，他教我拼音读字，当然是老师。”文文有理有据的。

“安叔叔没教我，不算老师只能是叔叔。”武武欲抢文文握着的那只手，既撒娇又撒谎。

“是老师，臭武武坏弟。”

“是叔叔，臭姐姐，呜呜——”武武哭了，却不见一滴水，干打雷干闪电。

“好着好着，莫要哭，我今朝安排一下，文文叫我鲁老师，武武喊我安叔叔，好不？”鲁安弄弄这个哄哄那个，才算平息俩小鬼的争执。

此时王亚林仿佛又看到了表妹林凤挂着小兜儿光出俩小腚，俩小手拘住舅妈颈子，偎在舅妈怀里撒娇逗人的情景……

不知何时文文一蹦一跳地把报纸捧到鲁安手心，指着“王亚林”三个字眉飞色舞:“鲁老师，你看这上面不是我爸的名字吗？”

王亚林醒了，冲过去一把抢过报纸:“在哪版？”

来不及一字一句细细考究，只知道文章的大意是，松鲁县红新公社古河大队的农民企业家王亚林为了活跃农村经济，带动大伙奔向致富路，积极准备投身家乡经济建设。

鲁安和王亚林顿时又惊又喜，惊的是他到家才几十天时间，没有任何一位公社大队领导知晓他此番回乡的雄心壮志，更未接受任何记者采访，为何消息竟这般灵通，居然一下子见报了，更为神奇的是还配有自己的一张照片；喜的是在社会上帮他们做了舆论宣导，给人们初步或深刻印象是：啊！贫穷的古河生产队终于走出了一位地地道道的农民企业家，贫困的古河生产队历史终将被改写，他是农民企业家王亚林，一位普通农民的儿子。“兵马未动粮草先行”，看来往后他只可进不许退——箭在弦上已无退却余地。感谢记者给了他另一种在农村从未体验过的鼓励，同时也给了他一种前所未有的压力。记者是谁？对他了解好深好透，好像他一言一行都在记者掌握中。作者莫不是……待仔细读罢全文，他觉得他的眼睛欺骗了自己：怎么会是丁丹丽，一个13岁的毛孩？难道字典里三个字组成一个字“丁丹丽”？叫“丁丹丽”的肯定不止朱丹的丁丹丽一人，那么这个丁丹丽如果不是她会是谁？一位小记者通讯员？或许就是他们的小丹丽吧。

丹丽这孩子多聪慧，于此年龄写出的文章能在报上刊载，真是一代胜过一代，将来他们的文文能赶上她吗？行，一定行，他的宝贝女儿准可与小丹丽相比，不是吗？文文刚上学，居然能拼写认得那么多字！

“亚林，想啥？”鲁安仔细阅读了一遍文章，把报纸还给文文转向王亚林。

“啊，没……没事没想啥。”

“我知你所思所想，思丹丽想文文，是吗？”

“若丹丽在这多好，一块带着文文和武武，你也能腾出好多时间助我筹划大事；若德、丹丹、林珊亦于此，碰碰头岂不更好？唉，分别后未见林珊一次。”

“是啊，十年来我常常梦到我们几位好友，其中林珊梦到最多。但不知再过几日重去学校看她们，一天、两天，还是……”

“看谁呀，一天两天的？”跟了话音，门外走进三女一男四位不速之客，领头人又开口了，“你们要的人我全带来了。”

啊！想不到是陶德、朱丹、林珊和小丹丽，因为王亚林和鲁安压根料不到他们今天会登门相叙。唉，怎可能呢？十几年时间虽已逝去，但他们间那份经历过严峻考验、残酷洗礼的真挚情谊并不因时间漫长而消退，相反会永久长存万古长青，成熟得焕发出青春光彩和青春激情。如今，当年的挚友差不多全见着了，大家谁不思相聚畅叙！

是吗？首次邂逅朱丹，由于她一时激动过火，竟孩子般哭泣；林珊仍似当年，不容他和鲁安招呼即大大咧咧在方桌边霸占一方：“各位，我累得不能动弹，亚林，倒几杯水啊。”

“真乃稀客。”他惊喜得忙不迭声。

“想不到我们这会儿大驾光临吧，德德，安子？”林珊冲鲁安点头微笑。

“有点儿。你们咋来的？”鲁安兴奋得哼起《年轻的朋友来相会》，当即拿杯泡茶去。

“我自个儿来，像到家一样有热乎感。告诉你安子，我们四人飞来的。真笨，飞不了也会顺着以前走过的路走，真不记得就嘴甜些逢人即问，谁叫上天给我们每人一张嘴。”林珊抢过茶碗。

“林珊，你和当年的你相差无几，只是年轮增加。啊，不对，是年龄加码。”王亚林颇有感触。

“你说得对，林子。我教体育课天天锻炼，当然肌体抗衰老能力强些，浑身劲头足，就是你们仨男人中任一位未必有我强壮，未必能斗赢我。路上我问的人多，常把他们几位甩在身后，不信你问问他们三位，真要讲是我林大姐带他们来的。朱丹还欲分享此功劳。”林珊像迫击炮一样接连射出这么多，不容他和鲁安接话。

“明明是我领他们来的，林珊却硬挣功；我教语文，她欺我斯文以强降弱，我抗议，亚林，不给她茶喝。”

“都给，都累了好好歇息，莫再打嘴官司，此地无法官法庭陪审团，更无原告被告；下个节目喝水，休息后谈心。”真是当初的一群，他既开心又感叹。

朱丹瞅瞅文文和武武，又瞧瞧丹丽，发命令似的：“丽丽，前几日你老是闹着要见文文妹妹和武武弟弟，他们就是，不认得吧？”朱丹拉过文文和武武站在丹丽面前，“丽丽，带妹妹弟弟玩去，然后帮他们学习。”

“朱丹，这莫非是丹丽的功劳？”王亚林把报纸递给朱丹，连同他希望的眼神。

“我猜中你一定怀疑作者是不是丁丹丽，且一定会问我。”朱丹看都不看，把报纸搁一边，“可以肯定是我们丹丽的作品。丹丽是此报社的业余通讯员，那篇写得较出色的报道就是我帮着修改的，信乎？”显然朱丹以丹丽出众的文采为豪为荣为傲。

“我怎会怀疑我们朱丹对孩子的培养能力？！”王亚林无限感慨，

“不是母亲胜过母亲，不是女儿亲似女儿。”

“母亲—女儿，女儿—母亲”朱丹重复着这两种关系，语境中流露丝丝伤感，眼神里闪现缕缕忧伤。

陶德有同感接过话茬：“不是母亲的母亲，不是女儿的女儿。”

林珊似乎很不同意王亚林的见地，要不她挖苦他：“你有玲嫂和文、武武，就张口闭口母亲女儿的，好像全世界只有你过得幸福；我和丹丹仍旧孑然一身，可活得多逍遥自在，不像你一回家就婆子孩子的不消停，成天老人样唠唠叨叨。还有你陶德也跟着起哄。”

“林珊把大家当模拟对象比画着，陶德跟我一起吃粽子。”他谢谢陶德为他做伴。

“咱闹够疯足该言归正传了：现在我们要以王亚林同学为中心，跟着他协助他完成胸中大业。当初我们的愿望誓言不都差不多实现了吗？朱丹与我光荣地成为人民教师；陶德目前虽未被社会认识、认可、接受，可德在我们心目中的确已是农业科学家了；适逢振奋家乡经济，增加农民收入之际，鲁安正好因地制宜发挥你的潜能！亚林经商做大生意买卖，不管现在戴几顶金冠，我们就在古河生产队再赠给他一顶皇冠。”林珊快人快语，把他们的过去现在将来都做了总结规划。

“我虽帮不了什么大忙，但我一定和丹丽在报纸杂志上向社会给你做舆论宣传，让全社会及更多客户重新深入了解认识红新公社古河生产队的王亚林，让所有人感知他那颗炽热的心脏在充满激情地跳跃，感知他在为社会发光发热做贡献。”

“我教体育课出身，献计出策我没能耐，在你的工厂正式运转后，每逢星期日我会带上身子骨棒的学生帮你伐木搬树运成品，他们有的是气力。”

“我从事农业方面所谓的研究，对经商几乎一窍不通，不过我可以利用调研机会打听行情，为你提供决策依据。”

“除了辅导好文文和武武学习文化基础知识，我将竭尽全力当好顾问角色；如需要可同时兼内政外交活动。”

……

未及聆听完这些朴实无华的肺腑之言，王亚林早已控制不了自己，感情的闸门经不起幸福泪水猛烈撞击，已完全支离破碎。他的视线朦胧了，他所用的只能是以颤抖之声以一句话表达他此时此刻此地的心境：“深深谢谢众位挚友对我王亚林的鼎力相助，他日成功时定与诸君平享业绩。”

“朱丹，我有一事不明。”鲁安突然问了一句题外话。

“安子，亚林不提我知道你也要问。”朱丹靠近陶德，明亮的双眸诉说了一切，“是这样的，一月前我和陶德领着丹丽拜访了古河生产队，造访了那座天然宝库。只因时间仓促，加上林珊家访，故未曾一道看望王伯伯王伯母和亚林小家四口。回校后我动员丽丽给她亚林伯伯鼓鼓气，丽丽当晚赶了这篇稿子，不想一投即中，权当呐喊助威做铺垫；事业辉煌之日咱们可别忘了开业第一功臣丹丽呀。”

“这个当然。”他们齐刷刷向丹丽投过钦佩的目光。

“无论我们计划得多周密，我看还得首先同生产队，再与大队，最后和公社通个气交换意见，任何企业的生存发展都离不开当地党委政府的支持帮助。‘时间就是生命，效率就是今天。’亚林，你父亲是生产队长，他赞同你办厂，生产队你没必要去；你最好现在就去一趟大队部探探大队那头的意思；明早到公社把你的构思设想汇报给公社书记等领导，力争他们最大支持。亚林，天色不早了，我们四人得赶回去，否则天黑下来你非得挽留我们不可；林珊，我们坐公社客车回校。”临走时朱丹给了王亚林非常中肯的建议。

陶德、朱丹、丁丹丽与林珊走了，王亚林没有说一句挽留话，他知道明日是星期一，朱丹和林珊要上课，丽丽更不可落下功课。作为挚友，一是一二是二，从来无须客套含蓄。陶德非常欣赏他的性格。

二、舌战宗富贵

对父母玲玲说明情况，王亚林与鲁安兴冲冲地赶往大队部。晚霞浮荡在他们身前涤荡着他们心胸，他感到周身金光闪耀；斜阳在他们心头荡漾，吐出万缕光芒，将他们置身于辉煌世界。这光芒将他们伟岸的身躯投影于广阔大地，他仿佛看到自己多年苦心经营的工厂慢慢变幻作一座金碧辉煌的宫殿，他——这座宫殿的缔造者被推为至高无上的尊主。

不觉间他们已游弋于大队部大院内，大队部就是古河大队当年农业学大寨革委会总部旧址，不必迈入大门即可见外墙面用红涂料以大排笔刷写的“工业学大庆，农业学大寨”“紧跟领袖华主席，深揭猛批‘四人帮’”“大干快上促生产……”等标语，这字样如今却有几处字残缺不全剥落不堪。王亚林的父母、现在古河大队书记苏谷忠和大队长宗富贵即当年的大队书记大队长，同是大寨这个革命堡垒里的闯将。在记忆中，他那时年龄不大，没有同大人们一起成年与大自然奋战在土地第一线，尽管如此，但他由零碎参与生产队的劳动能感知生活之艰难劳作之辛苦。他好像又见到整个大寨各条战线上龙腾虎跃的壮观景象，他仿佛又看到苏谷忠他们在烈日下暴雨中指挥千军万马英勇奋战，他似乎又欣赏到他父母带领大伙勇往直前。改革开放伊始，他们古河大队大寨精神看似淡薄了：大寨总部撤销了，许多得力干将得力成员归位于各自出发点，他母亲即属其中之一，她悄无声息回到古河生产队，却同样为社会主义新中国奉献青春。党的十一届三中全会精神的春天光临古河生产队时，他们才得以自由拾掇着自家的几亩薄田地。

但凡卓有远见者都能审时度势，把握时代前进的脉搏。苏谷忠就是这样的人。在他的倡导下，许多有志知识青年斗志昂扬云集于古河大队，他们热情洋溢加入或协助苏谷忠创办的新中国成立后在全县有史以来的第一所私立初级中学，他们的宗旨是寓教于乐寓教于政，使教育更好地为社会主义祖国建设事业服务。然而这些知识青年毕竟未受过高等师范院校或中等师范学校的系统教育与实践，教学水平欠缺教学经验不足，加之师资力量薄弱、教育经费严重吃紧、教学设施不配套、软硬件设施制约等一系列主客观因素影响，使这所学校连续几届升学率甚低乃至挂零，终于学校在社会各界舆论压力下中途夭折。据说最后一批满怀壮志的学子因学校解散而扼腕顿足，他们写下了“苦途慕投奔，艰辛歇校门。良师同情甚，迎我如贵宾”的感谢诗句，道出了他们的忧郁与悲伤，写出了他们与年轻教师短暂相处结下的友情。

人去楼空，然莘莘学子留下了他们载入古河大队史册的另一种业绩，他们同样为后来者留下了一份真挚奉献。那一簇簇鲜花笑红了脸；那一圈圈草坪绿得发亮；那一排排冬青树已有人高，株株昂首挺立；那整排翠柏傲视人生，假使夏天傍晚雨过天晴，一道彩虹横挂长空时，安详于此的一切该是另一番什么样的情景呢！还有校园外的那几亩自留地，不知收获了多少果实、不知孕育了几多收成……虽然榜上无名但脚下有路，这路不是他们以踏实坚定的脚踩出来的？不是他们以勤劳的双手创造出来的？对！差点遗忘了他们另外的功绩，那就是所有房舍都是他们全力协同石木工匠装修翻新的。大队长宗富贵家几间房屋补修装饰得最好最舒适，无怪乎他偶尔在众人前提及那些吃苦耐劳刻苦学习的有志青年学子时大加夸赞他们。

彩霞已隐没金光已收敛，王亚林仍觉得这花草树木多迷人俊秀挺拔，这房舍是雄伟工程，好像他是创造这一切劳动成果的辛劳者之一。

王亚林正入神想着时，楼上突然传来一阵招呼他们的声音：“这不是王亚林王老板？今朝这时不知哪阵仙风把你吹到我这破屋漏锅寒舍；那不是鲁安吗？怎么也闲着出来走走，真是难得。”跟着话音，一位老者已打楼上手扶楼梯移至他们眼前。

这不是大队长宗富贵？在王亚林入学后，偶尔随父亲或母亲到大队部学习中央文件精神或汇报生产队生产生活情况，或同下放学生义务宣传演出时，他就知道苏谷忠伯伯和宗富贵伯伯他们许多大队部里的人。今天他怎不认得大队长？在他记忆里宗大队长经常穿一套补丁补补丁的灰色中山装，偏高个头瘦瘦的，相貌有些怕人：凸起的前额，浓黑的眉毛，高高的颧骨，一双眼睛陷入可怕的两个深洼里，尖尖的鼻子与下颌，长而薄的嘴唇，拉碴的胡茬。宗大队长说话尤其是喊人时，声音尖尖的刺耳，社员们都说他集合群众无须广播筒。而眼前的宗大队长与彼时的宗大队长简直判若两人：高档名牌西装穿在微微臃肿的躯体上，面部肌肉丰满得与颧骨额头一般平，两颗眼珠神气地浮到井口游来游去，鼻子嘴唇同样肥厚。不管谈论什么，他都慢条斯理，始终保持着长者或领导风范姿态。

王亚林和鲁安立即迎上：“啊！宗队长，您眼力真好，远远地一下就认出了我们晚辈。”

“啧啧，这就见外了。喊什么队长，要叫就称呼宗叔叔或宗伯伯吧。”宗富贵目光移至王亚林身上，“伢子呀，怪不得我们长辈这么不经老。唉，人都老了，我还记得当初你父亲有时牵着你到大队部，到原先农业学大寨总部来玩，那时你还是一个娃娃呢，到处欢蹦乱跳，挺招人喜欢，简直就是个精灵鬼儿。有件事我至今记忆犹新，那是你母亲带你来的一回，你说我让你朝苏伯伯要糖果吃——其实我并未叫你那样做——你哄过苏伯伯又用同样法子哄我，结果我们俩大人都被你哄着。自那时起我们都管你叫糖果精，不想转眼间当年的糖果精已

是大老板了。还有鲁安，快顾问助理了，伢子，你说我们能不老吗？”

“宗伯伯，您老老当益壮，就像夕阳晚霞一样更加绚丽夺目，发出更多光和热。”他们赶忙扶着宗富贵。

“人老了，光顾唠叨，来来来。”他左右一手拉一个慢慢上楼去。

进门处是一块“恭喜发财”的红色踏垫，踏垫右边放着一块进门前换鞋的棕色长方体鞋柜。他们一踏进门，即被眼前陈列的家具惊呆了，在现时的古河生产队，这不是现代化的现代化、不是小康的小康生活：不同形状不同色调的瓷砖铺地板，显出强烈的立体感；四壁刷着乳胶漆，再抹上一层腻子粉；壁灯五颜六色，天花板下挂着一盏巨型彩灯；大门靠近中间左侧，进门右侧摆放着五组沙发；沙发边精致的小柜子上安装了一部款式新颖的脉冲电话机；沙发前搁置一款大小适宜的椭圆形茶色大理石茶几，上面摆有烟灰缸、打火机等；右墙角处卡着一只三层三脚架，下层空间较大，上中下三层分别放着茶叶茶杯开水瓶；正前方倚壁的方桌上架起一台“长虹”彩色电视机；电视机旁连着高级组合音响，左侧墙角搁着一台“扬子”冰箱，向右依次是“华生”落地电扇和折叠大餐桌……这一切的一切王亚林真感到惊诧，就是古河大队他这样的大款家，虽然盖起了两层楼房，但里面摆设着实没有宗大队长家豪华气派——根本谈不上豪华气派：他家电视机是一台“熊猫”黑白老式电视机；电灯是“40W，220V”白炽灯泡，且经常发生短路断路等故障，且电灯有一天无一天照明，他父母却宁可点煤油灯也不愿查修，这仅仅是客厅是摆设，不知内室相差多远……他真的感到自愧不已。

如此看着寻思着，脚已踩在踏垫上，王亚林忙拽住鲁安：“换鞋。”

宗富贵却一把将他们带进门，冲他们摆摆手：“地板砖又不是不拖，再说稀客难得来一趟；你们这些财神贵人登门，我家简直蓬荜生辉，以往这时总要亮电灯，今日却不一样，必须亮彩灯，你们说是不？”

看得出宗富贵有些感慨激动，“小鲁，伢子，几十年光阴眨眼已过，我们都变了：你们都年富力强，正当大显身手再展宏图时，千万不可错失再造人生良机，古人云‘过了这村没这店’，说的就是这个道理；我呢？已日薄西山黄土齐颈，要不了几年我就作古，我只悔一辈子行将这么白白走匆匆走，我恨自己一生庸庸碌碌无所作为。没有别的企图，我仅希望古河生产队的有志青年从此莫跟我的脚步跌撞而行，我坚信古河生产队每位年轻人都能像亚林一样自强不息写自传，改写古河生产队历史……”

王亚林发觉宗富贵已进入了话剧演员角色，似乎他与鲁安不复存在。

“宗伯伯莫难过，最好多朝好处回想；再说既然您意识到古河生产队将大有发展前途，将可能奔驰在康庄大道上，将成为咱红新公社以至全县生产队经济繁荣的火车头，我们应同高兴同欢乐才是，再说我们两代人间根本不存在代沟，不存在意见不一情况，宗伯伯，您说呢？”人上了年纪，有多多憾事，他充分理解他们。

“终究是见过大世面的人，能理解老人宽慰长辈，我还有啥好说呢。来喝口茶，有瓜片红茶等，我不晓得你们的口味，你们就随便挑随意品尝，千万莫客气。”宗富贵说完，肥厚的双唇仍不自主地蠕动着，嘴里像吃了一块糖一颗蜜枣；双眼眯成一条缝，似欣赏名画古董什么的。

“宗伯，我在家喝到的只有粗茶水，没想到在您家开了眼界享了口福，还知道不少名茶。”鲁安帮王亚林和宗富贵各泡了杯瓜片茶。

“鲁安，这算什么，往后还会有更好的茶叶。”宗富贵伸出右手拇指与食指慢慢揭起茶碗盖，轻轻品了一口，复扣上碗盖；其他三指扬起，且一指高一指。王亚林说不准宗富贵这姿势是复古还是怀旧，总

之他觉得宗富贵已完全蜕变了，首先是物质充裕，其次是物质生活的享受导致精神生活状况变化。

“宗伯伯，我在外很少喝这些高档茶，经常喝白开水，就是咖啡汽水等饮料也极少用，看来宗伯伯比我们……”

不知为何他试图暗示宗富贵，不料宗富贵笑眯眯的，一拍他肩头，那言语亲热得真叫他没法形容。

“外面与我们内地的生活习惯大不相同，饮白开水是我们这块大多数人的习性，你在外还保持着家乡的习惯，说明你王亚林没忘家乡的草木、泥土、亲戚、朋友，难得！我说大凡有出息有作为的人都这样。再说你是大忙人，哪有时间煮咖啡弄杯好饮料喝，这才是真正的企业家创业者，否则只会贪图享受成不了气候。”

开始王亚林注意听着，慢慢地他觉得宗富贵喋喋不休已无一点基层干部形象，酷似一位平凡得不能再平凡的农村老太婆，于是他不得不“嗯嗯”应着，因为他几乎没听清宗富贵在说什么故事——这故事或许是他宗富贵功劳簿上的一枝一叶。鲁安现在心情如何？他想他们彼此彼此。

不知何时，隆隆震耳的枪炮声被零星的枪声代替，渐渐地，一切声音平息了。

片刻宁静中，王亚林清醒了，他努力思索着，他知道必须做什么，因为他清楚这宁静极其短暂，宁静之后即将可能是飞机的轰鸣声、导弹的呼啸声。

“宗伯伯，请。”王亚林递给宗富贵一支“渡江”香烟。

鲁安擦亮打火机：“宗伯伯，请点烟。”

宗富贵狠命吸了两大口，烟卷迅速燃过几厘米。待两股烟雾喷罢，他左手在空中画出一个大圆弧：“伢子小鲁啊，你们称我宗伯伯长宗伯伯短，何必那么认真严肃，像有许多正事似的，不妨直说。”

“宗伯伯，您料事如神，真不愧为农民的老干部，只需我们一个眼神一句话，您即能准确无误揣测我们心里话。我多年流浪在外，像您这样的好干部见得少之又少。”

“宗伯伯，我直说啊，我们的亚林就是想……”

“小鲁，我替你们说了吧。你们想利用我们古河生产队天然优势与自然资源创办木材加工厂。”宗富贵拿起茶几上一张报纸直抵我们眼底，“喏，‘兵马未动粮草先行’，有人早在社会上为你们摇旗呐喊助威，为你们大肆渲染大加宣传，所以你们此时就是不提起我也知道此事，更何况你们现在提也得提，不提也得提。”

“宗伯伯，这正是我本次回家的一个愿望，也是最重要的目的。我想实现愿望达到目的，单靠鲁安和其他同学老友多方援助不行，必须获得当地政府领导强有力的支持，因此我恳请大队部领导做坚强后盾。”王亚林觉得自己非常诚恳。

“前些时候，当我和苏书记看到报上这篇稿子时，既惊又喜，惊的是古河大队这件开天辟地的大事我们竟然毫无察觉，喜的是古河大队终于有了自己的工厂，赋闲劳力也终于不用四处游荡。我和苏书记非常重视，立即磋商此事，苏书记当即表示支持王亚林兴办企业，并且要把厂子办得红红火火像个样子。但你们来得真不巧，苏书记下午已去公社开会了，会议很重要，估计得一两天才能回来；我的意见你们已知晓，建议你们最好找苏书记商谈商谈，力争得到他的最大支持。”

“宗伯伯，苏书记出差，大队的一切事务不都得由您最后拍板定夺？今朝您总不能让我和亚林空空而归吧，宗队长？”听宗富贵口气，鲁安有些坐立不安，急得他把心底最后的话都掏出来。

“鲁安，宗伯伯还有话说，你就……”王亚林碰碰鲁安，提示他弄清宗富贵的意图再说不迟，同时以期待的目光看着宗富贵。

“小鲁，你讲的不无道理，我刚说过我也和苏书记一样，会全力支持你们回家乡创业，因为木材加工厂上马可解决我们古河大队红新公社部分富余劳力就业，能提高相关百姓的经济与生活水平，同时也对当地政府财政税收的增长起一定的作用。一句话，厂子泽被后世，我能有啥可说？我能有异议吗？我能不支持你们吗？”

看不出宗富贵对办厂持什么反对意见——他对加工厂蛮感兴趣——王亚林即刻抓住宗富贵连提的三个设问：“那么宗伯伯，您既然支持我们，想必您胸中早已定好了方案，能否道来让我们洗耳恭听，同时您能多给我们提提参考意见与利弊相关因素，让我们在形势不利状况下做好思想准备，不至于使感情禁不起打击，就是说凡事都得做最坏打算。我父母常说您过去经常教导青年群众要‘一颗红心两手准备’。”

“伢子，我刚刚不是讲过会大力支持你们吗？”宗富贵的表情由刚才激动的神态换成一副笑容可掬状，“喏，伢子，你在家待得时间短，许多实际问题都未解决，你了解不？现在结合工厂所需外部环境我给你们分析一下。

“有见识就是与众不同，亚林把厂址设于吃水河附近这个位置，我觉得最合适最理想，但这只是条件之一符合办厂要求。其实还存在好多未达或不利因素，这些因素在我看来都是短板：其一，加工厂必须用电，而“220V”电压估计满足不了大型电锯或其他用电器需要；其二，即使电力跟上节奏，那成品必须外销，否则办厂何用？这就必有一条像样的公路服务于运输业；其三，机器要时刻正常运转，操作人员得具备一定程度的知识水平与操作技能，包括对机器保养与维修的实际本领；其四，自开工日起，建厂需大量砖瓦木，成套性能良好的机械设备及前期投资，此条件满足方可保证首步工作顺利通过并开始进行下步工作。这四点对工厂而言缺一不可，因为这些要素决定工厂能否生存发展。

“以上谈及的是加工厂所需必要条件，下面我说说古河大队红新公社的实际概况。我们古河大队供电状况鲁安你是知道的，伢子回家也有些时日，能了解到一些情况吧，就是‘220V’照明电压社员们都不能每日正常用电。记得去年双抢季节，好几个晚上社员们点着马灯在晒场用牛拉石磙脱粒；去年大年三十晚两度断电，闹得好多社员怨声载道，说今年是在黑地里过日子；最明显的是偌大古河生产队竟然连一个电动碾米厂都没有，自古至今，我们古河人只拥有一台柴油发电碾米机，生产队边缘社员只好到其他队去碾米。所以电力严重不足是古河生产队发展一大疾病一只拦路虎。

“从报上我看到了‘要想富先修路’的有关新闻报道。公路就是城镇的血液与经脉，只有所有血液循环经脉畅通无阻，人的生理机能才能正常发挥，肌体才会强壮有力。而我们古河大队有几条像样公路？就是最好的一条经过大队部门前约300米长的路段也只能同时容纳一辆‘手扶拖拉机’和一辆‘热托’（四轮车由此改装而成）并排行驶，‘解放牌’汽车根本进不了古河生产队。工厂一旦正常运转，所生产的大量成品应该由八吨汽车运往外府外县，这时拖拉机的力量显得很小很小。由于客观条件限制，大批成品不能及时调运销售造成仓库大量积压，对我们的经济效益非常不利，造成资金周转困难，形成巨大的坏影响，进而发展到恶性循环。这是第二只拦路虎。

“古河生产队在我们祖祖辈辈人眼里有一个共识，那就是一个‘穷’字。在‘穷’的逼迫下，有多少学龄儿童能入学堂读书识字？你们不也是到30里开外的红新初中上的中学？那时我们古河大队仅一所小学，红新公社仅一所初中。时至今日你们那个年代的同龄人都已长大成人，试问他们中几人有机器操作技能？这个问题我想无须我再多说，你们也应明白。

“建厂和购进配套机械设备，打一下算盘需投资多少？只能以‘万元’为单位计算。伢子你有钱，是大老板，是我们古河生产队古河大

队红新公社首富，可凭你拥有的资本能否维持这一系列大额开支？或许这最后也是最最关键因素我考虑欠周，不过我觉得年轻人办事有时难免头脑发热，一时想不到许多，作为长辈我认为我应该而且有义务提醒你们。”

“宗伯伯，真心感谢您对我们晚辈这么关爱。”不知是否为宗富贵一番道白或一系列剖析所感动，王亚林心底竟有种别样感觉。

“伢子，因为这是关系到我们古河生产队红新公社的大事，我们长辈高兴，能不担心能不为你们晚辈着想提个醒吗？”宗富贵丢下手指间的一小截香烟，也给他们一人一根“渡江”烟。

一时间三杆烟枪又放出“生命之光”。在这明亮的光点中，烟圈的粉尘从一个人的鼻口里喷出来，被另一人由鼻孔吸入。

“刚刚宗伯伯分析得极是。”王亚林对宗富贵的见解做了补充，“结合个人看法，我认为：第一，资金问题，这是我个人的事，我会以滚雪球方式规模由小到大，也就是在滚动中前行，在此基础上逐步扩大生产规模；自有资金万一不足时，我将从银行借款缓决资金压力。第二，电力问题好解决，我以加工厂名义自己出资从公社变压器单独下线到加工厂，或工厂买一台大功率发电机；至于水泥电线杆与电线，你们不必担心不必考虑。第三，关于人员技能问题，我因为早有建厂构想，所以在回家前花了很长时间学习过有关机器使用维修保养等方面的理论知识，并亲身到相关企业实践了近三个月，这样在自家厂子里我估计能指导职工操作；要么在工厂正常运转后，我挑选人员到高等院校进修，到相关工厂学习，我欲通过这两种途径提高职工的工作水平和文化素质。第四，修公路问题，考虑到公路距工厂必须尽可能近，这块资金我掏。”

“不成，伢子。”宗富贵忽然来劲了，“我理解你的心情，可这条路由你拓修于情于理说不过去，还是过段时日等上面批了经费再修不迟，你就不必浪费钱财了。”

王亚林亦激动了:“为了事业，为着社员，这点腰包算啥，等上面拨经费太迟太迟。我记得好多年前有次回家时，听到大伙议论水利费已交了多年，在干旱季节却不见公社大队半滴水，真是一群草包干部一堆寄生虫。这不，我几日前从小亚生产队刚回来就听玲讲大队干部当天上午已挨家挨户硬要社员立即交清水利费，说是好提前修筑电灌站、清理渠道水沟，更主要好向上级汇报工作。我若是这样不断变着法子要着花招对职工凭空许诺开空头支票，整个工厂不被我王某人葬送掉才怪！宗伯伯，你说那些人不是一群草包寄生虫？上交款哪去了？”因情绪过分冲动，他痛斥得气喘吁吁心率猛增。

王亚林刚怒斥完，宗富贵已阴沉着脸，他觉得那脸像秤砣一样特别重:“伢子，王老板，你还有什么要对我说？”

“不，没有，我想差不多说完了……”

还未及王亚林讲罢，宗富贵突然抓起茶杯往茶几上用力一磕，接着狠命一拍茶几，幸好是大理石制作的，杯子是景德镇上乘陶瓷，否则他担心弄脏了这光滑地面。宗富贵粗暴地打断王亚林的话:“伢子，你尽胡扯八拉，谁是草包谁是寄生虫？我、苏书记、你父母，还是其他大队干部？在那个年代，不是我们大队干部和生产队干部的正确领导，我们古河大队还能学大庆大寨吗？改革开放了，我们干部不还是照样为全大队社员没日没夜服务？什么粮棉油定购任务、扫盲任务等全压在我们大队生产队两级干部身上，我们都成儿子孙子了，可你王大老板居然说我等是草包寄生虫，叫我们多伤心痛肝疼肺。我们多大年纪你才几岁，哪配在这对我们评头论足，还不自己称量自己。伢子，你辱骂我们便是对你父母大逆不道。我那老兄弟两口子如果在这，准会被你这不肖子孙气倒。你、你、你们快回吧，我没法也不想再待见你们。”

宗富贵气得浑身颤抖，他肥厚的嘴唇像寒风中的树叶哆哆嗦嗦。王亚林估计宗老头身上气出了满身鸡皮疙瘩，怪谁？他自作多情自作自受，自己说的都是事实，难道不是吗？这个社会好多人只听假话谎话而听不得半句警言真语！

王亚林并没因为宗富贵的咆哮而匆匆离退，相反他还是原地不动，静静盯着他以待事情发展变化。

鲁安见局面僵持了几分钟未被打破，便充当和事佬：“宗伯伯，您老莫见怪亚林，他的脾气您不清楚我了解，简直是炎日的暴风雨和雷闪，一下即完一响即没一闪即了。年轻人脾气火暴，更何况他此次专为办厂回家，又为此事一连忙碌奔波数日，再者他所言水利费一事的确如此，所以他忍不住对您老发泄几句，请您谅解。怎么说呢？我们青年人好冲动，才一时对不住宗伯伯您，请您多多海涵。”鲁安继而转向他，“亚林，还不快向宗伯伯赔不是。”

若以往在别人面前，王亚林决不会迁就宗老头，因鲁安是他的挚友，也是他的患难之交，他永远不可能在别人眼里让鲁安下不了台而让人瞧不起，更何况是面对宗富贵这号人；而最主要的是他看不惯像宗富贵这样的“地方父母官”这样的老人这样的两面人。同样都在一个大队部工作，他宗富贵的月收入不比其他许多人高多少，可为什么他家的家具装潢却如此令人费解。他只好走上前不亢不卑说了句：“宗伯伯，对不住，请原谅。”便拉了鲁安即刻回转。

下得楼来，他只觉得刚喝进的茶水特别苦涩，像喝了一味苦药；那根宗富贵的“渡江”烟使他感到一阵莫名的不安，好像横在他眼前的是一条波涛翻滚混浊不堪的大江大河，而欲横渡此江河，势比登天。

下得楼来，他觉得野外空气特清鲜，他胸怀尤为博大。宗家华灯初照，苍穹下的几颗碎星削尖了脑瓜拼力遥望着这深邃的宇宙，但二者已形成鲜明对比。

王亚林和鲁安悠悠游荡于恬畅之夜，徘徊于路上寻找归途。他们不糊涂，他们的神经没错乱，他们的感觉异乎清晰，他们为这深深意境所感染。他的思想曾几度杂乱无章，而在这巨幅画卷里再度被净化了，一切的忧伤烦恼均抛之于脑后，此时他不想再与任何人发生口角。他微笑着与星星交谈，星星一眨眼一眨眼好像活跃的音符，弹奏着他心灵的乐曲；墙角底和路边草丛里的蛐蛐也为他谱写了新的乐章，抚平了他心灵的伤痕；和着他心灵的乐曲，伴着舒畅的晚风，怒放的鲜花把一股股芳香送到他鼻底，这幽香在他心脏的房室间穿梭。

三、拜访苏谷忠

次日清晨王亚林刚起床，忽闻阵阵喜鹊鸣叫声，恰似给他注了一针兴奋剂。

在王亚林的建议下，父亲王祖良同意陶德、鲁安与他们一同拜访苏谷忠。不多时他们一行四人很快赶到苏谷忠家，在距苏家七八十步之处，他一眼即认出苏谷忠正在房屋左侧一块自留地浇水。

当他们走近老书记时，老人发现了他们；无须他们问好，老人主动招呼他们："王队长王老弟，怪不得我一眨眼喜鹊就在我家屋前树上叫个不停，原来是老弟带着王老板、农技员和鲁老师光临寒舍了。"

苏谷忠仍旧是书记，只是由年富力强的中青年书记羽化成阅历丰富经验十足的老书记；苏谷忠依然是当年的苏伯伯，只是沧桑岁月染白了黑发、刻满了皱纹、消瘦了躯体、熟透了人生。

进了苏家大门，王亚林觉得这里的一切与宗府有着天壤之别，只能称苏宅，只能算普通庄户人居家住房：住房面积大小适中，堂屋卧室一律泥土地面；堂屋两排摆放十来条长木凳，既供人坐，又可搭架晒稻谷小麦荞麦等农作物；中间一张四方餐桌；靠堂屋后墙是一木制

阁儿，上面摆有茶碗、篾开水瓶、粗茶叶及水烟筒与自制烟草。

未及欣赏完，四碗热腾腾的茶水已端在他们手里；未及他们请示，老书记已打开话匣：“王老弟，你不说我都晓得你们的来意，不就是想开发我们那片未开垦的原始树林吗？即便你老弟不来，只要伢子一行提及此事，我都举双手赞同；至于选址、电力、公路、设备、工人及技术员等问题，我完全尊重伢子他们的决策，不会随心所欲干涉他们的自由发挥和自主经营，他们只需遵纪守法按合同等相关法律法规办事即可。”接着苏谷忠用力拉着王亚林，“伢子，后期万一你有资金需求，我会出面找县上惠民银行帮你解决，我有一位多年故交在这家银行里做行长，想必他会卖我几分老面子，这是后话，当然最好不要出现资金紧缺情况。伢子，你懂老家伙我为啥这般支持你王一鸣吗？其中原因你知我知你父亲知，此间就不一一列举。老头子就一个愿望，你要全力尽心带好大家帮他们致富，他们实在困难。”

苏谷忠一席肺腑之言，使他们心头热乎乎的，正如茶碗上头腾起的热气；虽是一碗粗茶，王亚林却感觉香气四溢，甜润可口，回味无穷；虽然他早有饿意，但他们辞却老人家早饭，因为此时他们的精神食粮已裹满腹，他们将大踏步向前行。

“立于大山之巅，站在大局高度，即使你宗富贵不支持甚至反对我们即将兴起的事业，但苏谷忠老书记鼓励扶持我们，更有广大父老兄弟姊妹的欢呼声做坚强后盾，我们何愁事业不成！因此万事俱备，只欠东风，那就是把兴厂一事向公社领导汇报。”有了苏谷忠的表态，王亚林心里底气十足，颇有牛气冲天之感，意欲独自前往公社报告此事。王祖良不放心怕他意气用事，决定与他同行；陶德与鲁安担心他人生地不熟，可能面面挨墙处处碰壁，于是他们丢开手头事，与他前往公社拜会相关领导。

四、针锋相对

红新公社政府所在地位于红新公社正东、松鲁县东北。红新公社地处丘陵地带，农业人口占比超过95%，农业生产是公社第一产业，以稻谷小麦为主营粮食作物，油菜、芝麻、花生、棉花等为经济作物，养猪、养鸡鸭为副业；而古河生产队与众不同，那就是多了一处天然宝库——百年林木资源。

在公社接待室，王亚林他们被告知山场林木是集体资产，属国家资源，而开发林木必须先得向分管矿产资源的公社领导汇报。当得知此领导竟然是他们的生死老对头革委会副主任丁坚时，他们简直都被气晕了：如此重要岗位如此神圣职责，政府怎能赋予丁坚这号下三烂之流！难道公社其他任何人都不能胜任此项工作？

人在屋檐下不得不低头，没办法他们一行只好找到丁坚办公室。说是办公室其实挺寒碜：一间大约20平方米的屋，水泥地面；屋内靠后位置摆放一张条桌和一把靠椅，算是办公桌办公椅，桌上搁着一部手摇电话机；办公桌对面放置一条会客或接待社员时使用的长木椅。

此时只有丁坚一人在办公室，当他们的目光同丁坚的目光相碰的瞬间，王亚林能感觉出所有人都非常诧异尴尬。前几日他和丁坚已交过火，在别人看来怎么都是他不对，是否今日找上门赔不是？王亚林在家乡发展企业，给大伙提供就业机会，改变他们的生活状况，增加公社财税收入，因此无论从什么角度看，他都是百分之百的对；尽管丁坚在台子上，他王亚林也决不会低声下气求他。

此时倒是王祖良看得开想得远，他主动招呼丁坚："丁副主任，在忙啊，我们向你汇报亚林他们……"

不待王祖良言毕，丁坚打断了他。不愧是职场能人，更不愧是官场高手。丁坚不但不生老人的气，而且笑容可掬的，一副亲民态昭然

于脸上:“王伯伯，您刚到我办公室，我就知道您是为亚林、陶德、鲁安他们在古河生产队办厂之事而来。您老请坐，先喝口水解解渴。”三言两语欲打发了老人。

“亚林，你的想法、你的理想、你的抱负，其实我早已知晓，这很好。”丁坚转向王亚林，满脸真诚，“我为社员工作，你帮社员致富，我们的目标一致，只是工作性质不同岗位各异而已，说到底至少我会全力支持你的工作。亚林啊，不瞒你说我对你们经商真的是一窍不通，不过有一点你我皆清楚，就是必须合规合法做生意，即先办个营业执照之类的证件本本，你办了吗？”

“陶德、鲁安，还有朱丹和林珊，你们同亚林的关系比我和亚林好百倍千倍，说难听些你们五人是死党。你们紧跟亚林从事伟大的事业，然朱丹与林珊有本职工作，如果她们支持不到位，就请多多包涵她俩。这是我对你们四人的要求，算是我的期望。

“亚林，刚刚我突然想到两点：一是征地与办证问题，即使我现在往上报，也得一级报一级，一级批一级，最后报到县土地管理部门、林业部门与市场管理委员会即市管会，证件不知猴年马月才能到手，所以我提醒你要有延时开工的思想准备；二是企业姓社姓资问题即路线问题，这是最重要的，亚林，你们可明白？……”

在场的其他人不明白，王亚林心里可无比清楚:“我无单位无岗无编制，纯粹的一个自由职业者。在外经营的企业和即将在古河生产队创办的企业哪有国企的身影，分明都是私营企业，我就是企业主，即为丁坚嘴里的私营企业，换言之我的企业在丁坚眼里全都姓资姓私，全都‘公然违背社会主义革命路线’，这不是暗示不准我在自家门口创业带大家致富吗？我本人事小，可大伙富裕事大。我读懂其潜台词是虽然管不了你王亚林在外胡作非为，但在本社本队我得牢牢控制住你。你丁坚欲盖弥彰遮遮掩掩的算啥本领，真英雄站出来跟我面对面对着干。”

这样一通推理，王亚林不禁怒从心头起火由胆边生。他一个箭步上前，抓起办公桌上的茶碗狠狠摔在水泥板上，瓷碗砸碎、茶叶茶水四溅湿了一大片：“姓丁的，前些日子你到我家，我态度不好是我不对，我理应向你赔礼道歉，可兴办企业利己利民利国家，是我们公社大队生产队全体社员的大事，你怎能以一己之私报复我、报复古河生产队古河大队红新公社、报复全社社员？在红新初中你把我们几个尤其是陶德与鲁安害苦了，我们对你不计前嫌，我只图继续诚实做人努力做事，以绵薄之力尽最大可能造福当地。如果你还觉得不够对付我对付我们，那么使出你最阴险毒辣的招数来伤害我们，不过我警告你奉劝你，收收心别做你的春秋美梦，因为你永远无法阻止历史前进的步伐与经济发展的车轮。”

此时的丁坚被激怒了，他猛地弹起直拍办公桌，酱紫色面孔正对王亚林胜利的脸：“姓王的，不要给脸不要脸，给我听好了：‘不管是谁的企业，只要沾着姓资姓私的边，只要公然违背社会主义革命路线，就是天王老子说情，老子我都不买他的账都不上报。’就是你王亚林多兜着几个臭钱都不例外。”

王祖良、陶德和鲁安哪见过这般阵势，惊得在旁静静不吱声，任由王亚林和丁坚文争武斗。王亚林知道平静之后是风暴。

“丁副主任，你在台子上，你是官我们是民，世上哪有民斗得过官？只有官压迫民，所以我们不与你争斗，只想给你看一样东西，保管你心满意足。”鲁安说罢静静掏出一张丁坚下的“圣旨”即介绍信甩给丁坚，“丁大人，你该不会忘记丁横、于竖两位同志两位经商的个体户同志吧？”

“丁横、于竖……”丁坚盯着介绍信，反复咀嚼着回味着，“我知道这两人，怎么啦，碍着你们啦？”

“没碍着我们，倒是碍着你丁副主任向上发展了。”见状王亚林立即接过话，“我创办企业姓什么并不重要，关键是你丁副主任要跟谁姓，想走哪条路线？”

“我是中共党员，走的是社会主义革命道路。你王亚林眼瞎？”

“亚林没瞎，你丁坚瞎了。”陶德一把抢过介绍信，“你丁坚光明正大支持丁横、于竖经商搞私营，我们亚林从事高尚事业，你却百般阻拦。你以不同的面孔和嘴脸对付性质相似的事，你居心何在？丁横、于竖是你什么亲朋好友，你到底得了他们多少好处？”陶德一梭子弹弹无虚发。

王祖良恍然大悟，他颤巍巍怒指丁坚，声音有些哽咽：“丁坚丁副主任，你每回到我家枉费我每次看重你对你满腔热忱。你负义你不是人，你是畜生。丁坚，不管你支持亚林也好阻止亚林也罢，我都不计较。今日事到此为止，我们哪也不去，现在就回家，不过三日内你必须给我们一个明确答复，要不我们把你出具的介绍信交公社革委会，公社管不了这事我们再交县革委会。”

“我现在就答复你们，我丁坚不同意。你们有本事告我去，实话告诉你们，时过境迁今非昔比，那介绍信已不起任何作用，我不用负任何责任。”

王祖良尽管没见过大世面，没有王亚林丰富的人生经历，但他的胸怀是那么宽大，他是那么具有远见，他极力劝说他们，把他们带回古河生产队，否则他们与丁坚的新仇旧恨交汇，很可能斗得两败俱伤，贻误王亚林的大计，延误部分社员致富，阻碍当地经济发展。

五、红新论战

事情就是如此巧，机会就是那么青睐创业者。他们到家刚喘口气，还未及思考接下来的路怎么走，公社书记黄新建骑了一辆半新半旧的上海永久牌载重自行车急匆匆地赶到王祖良家门口。对于这位公社一把手王亚林和他今天才首次相见：黄书记不到60岁光景，中等偏高身躯，一身灰色旧中山装与一双旧得不能再旧的棕色皮鞋；他短而浓的头发黑白相间有些凌乱，想必是自行车快速行进时为山风所撩；整日操劳使得他面部填充了好多皱纹，人稍显疲乏却掩饰不住一对炯炯有神的眼睛，可以肯定这是一双无须老花镜呵护的眼睛。不难想到黄书记说话干脆办事利落，具有军人作风气质。

果然，人刚进门还未落座，黄书记即开门见山对王亚林说："王亚林，你回家创业是我们红新公社的第一大创举，我在此谨代表红新公社全体社员对你表示最诚挚的最衷心的感谢！"说罢正欲对王亚林深深鞠躬。

王亚林和他父亲惊慌得急忙扶住黄新建："黄书记，您言重了，我不过是做了我该做的事。不瞒您我家的经济状况的确比其他家庭稍微好些，这您也看见，但我不能丢下大伙不管，就是我富裕后一定要带动大伙共同发家致富，这既是我自初中起的人生最大愿望，又是我贯彻落实'让一部分人先富起来，带动大家一起致富'政策的初衷，更是我的责任，所以此事不值一提。"

"我的观点也是'不管白猫黑猫，能捉老鼠就是好猫'，同样只要能发展经济、只要社员经济现状有所好转，不管你的企业姓社姓资还是属私营，我黄老头在大是大非面前必定永远站在你身后鼎力支援你，因此在来这之前，我已责成相关人员全力收集所需前期材料，准备随时上报到相关部门，力争相关证明文件早日到手，好让你尽早开工，不过此前我已口头同这些相关部门主要领导汇报过亚林你的情况，与之沟通后均取得他们一致同意，就是说你们可以在文到之日前破土动工，算是破例特事特办。"

听着黄书记至诚之语，王亚林已热血沸腾，纵有千言万语万语千言也难以言表。社会大变革之初，别人碰都不敢碰的，唯独黄新建敢说敢碰——黄书记不就是立于改革浪尖的开创者！

“黄书记，承蒙你对亚林这群晚辈关爱，你是伢子的贵人，是古河生产队的贵人，就请帮他们的厂子给个名吧。”王祖良很是欣慰，他对晚辈所有关怀倾注于此——他所有的期望不久即成现实。

“是啊，还是王伯伯考虑周详。请黄书记您给个名，帮我们鼓鼓士气长长脸，让我们说话有底气工作有干劲。”陶德和鲁安紧随其后。

“谢谢各位，我就献丑啊，该企业就叫‘古河木材加工贸易有限责任公司’，你们正式对外营业之日，我必定亲自到场祝贺。你们不必挽留我，我现在就回公社同几位班子成员开会研究，以红头文件正式把你们的事确定好并同时上报税务部门、市管会、矿产资源部门等相关部门。”好像黄书记早已胸中有丘壑。

有了当地最高政府最最强力度支持，此事可以说是板凳钉钉跑不了。大家满心欢喜：老人乐开了花，紧锁的皱纹尽情舒展，每条皱纹里好似充满着无数艰辛和希望；王亚林呆呆地一动不动，好像获得了意外横财；陶德和鲁安如同一对久别重逢的发小，时而相视而笑，时而捶胸顿足，时而低头不语；亚林的母亲和玲玲忙前忙后不亦乐乎，好像家里贵客相访；文文、武武这只燕子和喜鹊，唱着儿歌一会儿飞进屋一会儿飞到门外；队里左邻右舍郑大叔项大婶、黄哥佘嫂、姜大伯贺大妈陈传立华彩等从四周拢来凑热闹。

……

红新公社最高级别最大会议室里，书记黄新建主持召开一次高级别的临时会议，与会者分别是：书记黄新建、副书记何柱玉，革委会主任余希进、副主任丁坚、副主任李立春。

“今天匆匆召集同志们开一个非常重要的临时紧急短会，议题是红新公社古河大队古河生产队社员农民企业家王亚林预想合理开发自然资源，在古河生产队筹建‘古河木材加工贸易有限责任公司’，请同志们包括我自己务必客观公正、不带任何个人感情色彩充分发表各自的意见，就从何副书记开始吧。”

“这件事我已听说过，只不过没有正式摆上桌面而已。理论上王亚林创办的‘古河木材加工贸易有限责任公司’不在全民所有制国企之列，王亚林办公司有违政策，我不赞同他开公司；但客观上我们公社贫下中农尤其是贫农社员多，他们生活实在贫苦，他们迫切需要改变生活现状。现实给我们的教训是必须有一个或多个具有较强组织能力与一定经济实力的致富能手或经济领路人带着贫农社员走致富之路，能带动多少社员就是多少社员，贫农社员哪怕只减少一人或者走致富路的社员即便只增加一人都是好事，而王亚林此举正好顺民意得民心，从这个意义上讲我支持王亚林。总之，从历史变革的发展趋势看，我倾向于王亚林。这仅是我个人观点。”可能是年龄偏大的缘故，副书记何柱玉思考问题挺全面，他能从事物发展的正反两方面分析问题，从而得出较合理适中的答案。

革委会主任余希进：“虽然我不是土生土长的红新公社人，虽然我在红新公社只工作了一年，虽然王亚林我闻所未闻见所未见，但我知道兴办一家企业，既能解决部分社员就业，提高他们的生活水平与生活质量，又可增加一些财税收入，更重要的是这些就业社员也是参加社会主义建设，没有为姓‘社’姓‘资’姓‘私’做事之说，所以不管这条路走多远，我都不遗余力支持王亚林。”余希进于一年前从县城某机关副局级领导调任红新公社革委会主任。余希进毕业于松鲁县师范学校，是班级高才生，有一定的理论水平；中等身材的他来自农村，参加过农村各季节农忙活，被晒得几许黝黑，但他熟悉各种农活，了解社员的生活状况。

“丁副主任，谈谈你的见解。”丁坚有些心猿意马，心境看似不全在会议室，黄书记见状提醒左顾右盼的丁坚。

“非常明显，王亚林的‘古河木材加工贸易有限责任公司’绝非国营企业，属典型的私营企业，他就是私营企业主，社员进厂就是佃户给地主做长工帮地主养家赚钱，就是工人替资本家打工让资本家获取廉价劳动力和剩余价值，这公然违背社会主义政策，所以无论何时何地，我丁坚都表示坚决反对，因为王亚林办公司是一个极其严重极为严肃的革命路线问题，他王亚林就是一个不折不扣的走资派。”

“王亚林走资也好姓社亦罢，我不在乎也不感兴趣，但我认为他不应在我们红新公社出风头抢人气，因此我个人表示反对王亚林在古河生产队经商办企业。”副主任李立春不知是眼瞅丁坚势单力薄而有意力挺丁坚，还是压根看不上这即将兴起的企业而站在丁坚一边。

“同志们都诚恳地谈了各自对王亚林同志投资兴业的看法和意见，下面我来说说我的感想，即政治与群众路线的关系、政治与政策服务的关系。我们国家是中国共产党领导下的、以工农联盟为基础的多党联合执政的社会主义国家，党无论何时何地都把密切联系群众作为执政法宝；一旦脱离群众，党的伟大事业则无从说起。眼下我们党可能对密切联系群众政策执行有所偏离，那就是广大群众、广大老百姓、广大社员生活一直十分清贫，怨言我们不免时有闻之。我们党员干部历来素知群众的眼睛是雪亮的，这说明我们服务群众的工作远不到位，我们的政策达不到我党的初衷。王亚林同志具有在外拼闯的干劲经验与实力。经过多方面思考，我认为他完全能够实现或满足部分社员的心愿，我个人表示支持王亚林。”黄书记不及喝口水，满怀激情希望表达了他自我批评的赤胆忠心，“综上所述，依据民主集中制原则，我们支持王亚林。”

“黄书记，我觉得你和何副书记、余主任有些偏激，结论下得为时过早。王亚林兴办企业犯了原则性错误，完全可以上纲上线。”

“丁副主任，此言差矣，‘具体问题具体分析’是马克思主义灵魂和基本原则。目前我们的现状、我们农村的现状到底怎样，想必在座的同志们心里都有一杆秤。虽然我余希进比较年轻，没有各位老同志见多识广的人生经验和生活阅历，但我总认为我们所有党员干部都必须一分为二地看问题，切切不可走王明路线照搬硬抄他人之作。”听得出看得见余希进言谈举止充满正气。

“余主任，我们现在不是空谈理论舌战的时候，我们看重的是现实，我们生活在红色政权下、沐浴在温暖春风里……”副主任李立春欲帮衬丁坚而驳斥余希进，语境未了却被黄新建当头一棒喝断。

“李副主任，既然你提及现实，那么我们就来理理现实。现实是什么，现实就是红新公社社员生活贫困，现实就是我们党员干部工作失职；现实就是社员迫切希望提高生活水平生活质量过好日子，现实就是我们必须为社员切实做什么；现实就是我们中不乏同志戴有色眼镜看人，他们表面上高举反对姓‘资’姓‘修’姓‘私’旗帜，而背地里私开介绍信，此事我早有耳闻，在此就不点名这些同志，希望他们好好自我反省；现实就是我们红新公社全体党员干部和广大人民群众一定要手牵手心连心，全力支持王亚林同志创办的红新公社第一家民营企业、乡镇企业！……‘不管白猫黑猫，能捉老鼠就是好猫’‘让一部分人先富起来，带动大家一起致富’。同志们无须再言，事情就此定夺！该上报的材料即刻上报各职能部门条线部门！”

有了公社副书记、革委会主任及公社一把手等领导做更坚强后盾，王亚林全家及古河生产队男女老少上上下下无不笑逐颜开，因为古河生产队划时代时刻即将到来，古河生产队即将揭开发展史上新的一页，古河生产队即将开辟新纪元。

六、开工前的社员大会

王祖良虽然年事渐高，但作为老生产队长，说话至今仍有一定分量，不消多时已召集了全生产队大部分劳力到王亚林家堂屋共同分享这喜悦信息。

没好点心食品待见大伙，林美和玲玲早就端上炒熟的花生、葵花籽、红薯条等，泡好一壶一碗热气腾腾、香气扑鼻的粗茶水，摆放一包“春秋”牌香烟。他们全家恭候今晚所有来客。

王祖良异乎激动，没等大家坐稳即发布消息:“各位邻里、各位老革命新战友，今夜我请你们来就是告诉大伙一个激动人心的好消息，经公社领导研究同意我们家伢子……”

“老哥莫过于激动，你歇着就是，好事让我替你说，谁让咱是真正隔壁邻居，谁叫咱比他们早晓得喜讯！”隔壁邻居郑林玉走到王祖良身旁接过话茬，他知道他王老兄有高血压病史，怕老兄激动血压上升引发危险，“喜讯就是伢子、咱们的伢子要在咱古河生产队办木材加工厂，具体厂名叫……叫什么来着，名字太长咱没文化一时说不上口。让我好好默默，兴许能记起。啊，记着了，像是‘古河木材加工贸易有限责任公司’吧，名字还是公社黄书记取的。”

“还说王叔好激动，你也差不了多少，激动得忘事。”王亚林家另一邻居黄喜日打趣郑林玉，“郑叔，我都忍不住要代你说。”

“小屁孩莫笑话我们老辈，许你王叔激动就不许你郑叔我高兴啊。”

王祖良已缓过神:“是喜乐事，你喜我喜大家喜，你乐我乐大伙乐。”

见郑林玉、黄喜日他们斗了半时嘴，王亚林家对门姜家延提示在座的街坊邻里:“咱说也说了笑都笑了乐是乐了，该说正事了，王老弟、伢子，你们准备什么时间开工？各工期准备工作做齐没有？”

“姜伯伯，择日不如撞日，实说我不信看日子那套。我想如果条件许可，就辛苦你们明朝准备一天，后日正式动工建办公房和车间，不知您意下如何？”

“全听你安排，我们所有人都没得说的。伢子，有句话咱说在先，你懂咱都是穷人，要钱拿不出，要力有的是。”姜家延告诫众人，“这样吧，除出钱外，只要伢子要什么，只要大伙有，都一准先供给他，包括劳力工具牲畜等；退一万步就是各家有事都要留着做，先帮伢子盖房建厂，大伙说好不好？”

“姜老哥，你少说了一句话，我得补一句。”郑林玉接着说，“这既是给伢子盖房建厂，更是为我们大伙自己盖房建厂，你们说是不是？”

“错了说错了，是少一句。十年难逢双八月，我也和王老弟、林玉老弟一样，身不由己地激动哪兴奋哪。”姜家延笑呵呵的。

“不管咋说，你们都对。我和伢子代表全家代表咱古河生产队父老兄弟谢谢你们！”面对众人如此慷慨，王祖良和王亚林激动不已。

“各位邻里，我姜家延今日托大，建议你们后日早晨扛着各家的锄头、铁锹、斧头、拉锯、推刨、折尺、墨斗、砍刀、弯刀、花车、板车、石磙和耕牛等工具 8 点整准时赶到开工场地，中不？”

“中，我们都听你的，你在咱古河生产队最年长。”郑林玉代表众人作答。

“王老头父子都谢过咱了，我还有两句丑话要说。”姜家延提醒大伙，“你们中有木匠、石匠、铁匠等手艺高的匠人，还有打杂的，都身强力壮，所以做事时莫偷懒，切切把事做好，这是第一句；第二句是你们事做好了可是没工钱，行不？”

“行行，还是那句话，我们都听你的，你在咱古河生产队最年长；再说我们大伙也都是为自己盖房建厂呀，不是吗？”郑林玉继续代表众人作答。

……

七、打井与搭建办公房

五月的早晨，横山脚下不冷不热温度适宜，只需披着单衣即可穿行于林间。远望去，几缕朝霞透过其他丛林斜射进茂密杉树林，和着林间腾起的薄薄雾气，一派云蒸霞蔚景象，恰似人间仙境。

八时许，古河生产队每家每户劳力带着各自的工具、牲畜浩浩荡荡准时准点蹚过吃水河、赶到横山脚下选定的办公房址，社员们如此诚实守信，无一户迟到落伍。平常只要王祖良老队长广播筒一响，众社员无任何理由立刻集合到位；只要老队长哨子吹起，社员们没任何借口即可整装待发，不是吗？好像诚实守信与遵纪守法是他们与生俱来的优秀品质和人格写照。这令王亚林无比欣慰：社员群众热爱古河生产队热爱小家庭，渴望改变他们目前生活现状；众乡亲对他经营的企业、从事的事业投入极大的关注与热忱，充分表达了他们脱贫致富的强烈愿望。对此王亚林信心百倍，自觉能领众人走好这条路，安全走出这条子午谷。

开工了，首先是搭建办公用房。

房址是王亚林亲自选的，距厂部不足100米，位于一处土丘上，占地面积约200平方米。说是土丘，其实并非沙坡，上面爬满了青草，巧的是土丘内一棵树都没有，周边零星点缀着几棵树，此处正适合盖房做屋。

王祖良走出人群站在土丘中央，对众人深深鞠躬：“各位老兄弟、老嫂弟妹、大侄子们，承蒙你们对伢子对我们全家不嫌弃，丢下各家事来帮我们，大恩不言谢，往后用得上我们父子的事，不管是哪家我们都倾力倾心相助。啊，今朝午饭是在山上吃还是在我家吃，要不要中途稍些干粮茶水过中？”那个年代，老辈们都拼命建设，山间田野河道地头都是他们经常性的工作场地和餐厅饭桌，乃至特忙时干粮就是主食。

“这哪是你们一家子的事，是我们全生产队的大事，你就甭客气；至于每顿饭食，我看还是老套套在山上吃，省时省事。我姜老汉替大伙作答。”

“我们都在这里吃好了，免得回去麻烦玲子她们母女。”众人齐呼。

……

“谢谢众家长辈关爱，我这里就不勉强了。”王亚林朝众乡亲深鞠三躬，他知道他的眼睑阻止了自己奔腾滚烫的热泪。

“伢子弟，今日动工你那位农民科学家和鲁老师咋没露面啊？”紧隔壁的黄喜日问王亚林。他同王亚林年龄相仿，几乎每回放学到家，他就缠着王亚林教他识字读书，当然王亚林非常慷慨，亦非常乐意教他，他俩自小成为好朋友——不及陶德、鲁安、朱丹、林珊的好朋友，因此一见面王亚林叫他“日哥哥”，他喊王亚林“伢子弟”。

“是这样的，农民科学家陶德赶时节正在家里实验室栽培蔬菜和‘迟熟’等农作物，这‘迟熟’你们都知道是一种成熟季节较晚的水稻；鲁安老师呢正教文文、武武学习知识，所以他俩未参与现场动工，往后会有他们的用场。”王亚林赶紧向黄喜日释疑。

“姜伯伯，正挖屋基时我突发奇想，不知您意下如何？”黄喜日停住锄头征询姜家延。

“啥子奇想，黄奀？快说出来我们大家帮你评评，在理我姜老头第一个看好你支持你；没理你就回家挑你的大粪去。”

“伢子弟的厂子刚开头，后面要用好多钱，我就想方设法为他省钱。大伙瞅瞅这土坡，不易积水且朝阳，是吧，所以就从土坡做文章……”黄喜日看了看众人，抓耳挠腮了一阵子，“不收藏法子，伢子，你们大伙知道我的法子准高兴得尖叫，就是这几间房舍一块土砖青砖都不用，一律用树木制作即木建，也就是全木屋，这叫就地取材。

枝叶和无用木材，咱也得用好不浪费，带回家作柴烧也是好的，伯伯叔叔大娘婶子你们觉得怎样？”

“好是好，可你就没事了。”不想姜家延与郑林玉同时问黄喜日，“你成了大闲人。”

“我是闲人，本来我是高技术石匠，木制屋我算歇业了，好了你们木匠。不过以后运木材拉木料一定能有我的用场，别忘了我还是一名拖拉机能手呢。这些日子虽然没我多大事，可我会做一个很好的勤杂工啊。”记得那年红新公社根据农业生产需要给每个生产队配备一辆手扶拖拉机，生产队就得确定一位青年后生当驾驶员，当时驾驶手扶拖拉机或开热托或骑着自行车都相当荣耀，堪比应征入伍光荣；那年古河生产队有两名驾驶员候选人，黄喜日是其中之一，另一位是陈传立，生产队大会上两人经过抓阄，黄喜日有幸成为手扶拖拉机的主人。

“也是啊，这不就累着了郑林玉咱们的郑大木匠师傅！”姜家延从盖房建厂用钱到节省开支、从砖瓦屋到木制屋逐一进行了分析，觉得重担压在郑林玉等木匠肩头，毕竟郑林玉只比自己小两岁，也是上了年纪的老人，不觉担心起郑林玉。古河生产队由几十年前的二十几户发展到现在的 45 户，有王余郑姜黄朱张陈等姓氏，属典型的大杂姓生产队，社员们并不因为姓氏不一而各自为政各怀九九，相反他们乡里乡亲和睦相处，关系融洽得似一家人，因为他们信奉“远亲不如近邻”的格言。在“双抢”“秋收”等农忙季节，他们都是彼此关照彼此帮助，决不让一人掉队落伍。

“没事，人是累不死的，只有病死的人。别瞅我一把年纪，真要做起事来，也是下山猛虎；再说我其他生产队还有四五个徒弟，个个顶小老虎，做事利索，赶明日我把他们都喊来。”

“我姜老汉再做一回大。为加快进度缩短工期，有必要进行分工：黄喜日负责带人铲平土坡、压结土层、打牢屋基，打稳打扎柱桩，‘万丈高楼平地起，千年古树靠根撑’哪；郑老汉负责率徒弟刨圆桩木、搭建木屋框架、打磨安装木板；我当一次妇女队长，做好百分之百的后勤保障工作。再就是饮用水问题，如果有山泉更好，没有那咱们黄师傅的生意来了，为啥？打井呗，这不是石匠的买卖吗？黄奀，这生意买卖你划算，水源就是河，离办公房这么近，另外我瞅这土质不那么结，其实就是挺松，一口井花不了多长时间、费不了多大力就能挖好，岂不是便宜了你，黄奀！”

“托您的福，两日内我把工地这事做完做好，再给大家找到干净可口的饮用水——大不了我就亲自带人挖井，三至五日负责打好一口上等井，且离办公房不远不近。”

“那我郑老汉也向老姜头老王头和伢子表态，不出十日五间办公房必定造好，前提是期间大伙要全力支持我帮助我配合我。”

工地上，黄喜日带领的一队男女六人正挥汗如雨相继锄草铲土填土压土。由于办公房地面全是土层，为防止草根破土发芽，他们想法斩草除根；为了不浪费土源，他们把高处铲出的土填于低处；为着办公房地基牢固地面一展平，他们以耕牛拉石磙碾压铲平的土坡。不远处的二队清一色男劳力十几人卸去外套正奋力伐树，高大粗壮的树根发达扎根较深，本着全力节省和充分利用林业资源，每棵树他们刨去深土，齐大树根部用斧头费力砍伐，同时把树根全部挖起运回家晒干当柴烧。清贫归清贫，山民待人真诚乐于助人，而且性格开朗。一队二队社员对唱前不久王亚林教会他们的那首小亚生产队的情歌：“哥住东头妹住西，两地咫尺隔万里；旭日东升哥起床，夕阳西下妹停机；阿哥买花妹纺纱，阿妹织布哥穿衣；妹打柴来哥来捆，哥挑柴来妹蒸锅；阿妹此生不嫁人，唯有阿哥把妹娶；阿哥莫负痴情妹，阿妹誓为阿哥妻。”之后便是花车推着、板车拉着满车的树根树丫树叶往回赶，山路上尘土飞扬，如同社员们欢快的心情；花车车轴与车喉的摩擦声此起彼伏抑扬顿挫，有如跳动的音符。

此情此景激起王亚林无限遐想，他仿佛眼见公司员工正于林间加班加点开采树木，在加工厂里赶制客户预订的床、桌椅、板凳等各种生活用品和其他各类木制工艺品。

次日，第二拨人的郑林玉和他的五个徒弟加十来个男劳力正光着臂膀奋战在他们的阵地上。他们搭起架子，有人刮树皮、有人锯树、有人打制木板、有人组合办公桌椅与床及橱柜等……刮树皮属粗活无技术含量，主要是作业者要有足够的力气和持久的耐力，只需一般劳力即可完成；锯树无须多高技术水平，只要拉锯的两人配合好，沿着墨线均匀用力来回拉锯便能完成此项工作，因此最好的劳动组合是一个木匠加一个劳力；技术含量与精确度较高的木制品主要有桌子椅子床橱柜门窗等。依据不同木制品的需要，首先必须准确弹好墨线，其次务必精确沿墨线锯削、刨平、打榫眼、留榫头等，最后把完工的木制品配件完美插拼组合制作一件木制品，所以此项工作一定得经验十足的木工师傅完成。匠人工人们汗流浃背，木工场面热火朝天，他们学着第一批人齐唱小亚生产队的山歌："青青绿草肥又美，我赶牛羊把草喂；牛呀羊呀快快长，膘肥肉满把钱兑；买来烟酒孝阿爹，买来梳妆敬俺娘；弟兄姊妹莫怨我，来年购物情相赠。"

如同昨日，王亚林感慨万千激动万分。他似乎看到郑林玉他们不是在建造办公房，而是在建筑自家的高楼大厦；他似乎看到古河生产队所有社员正奔跑在康庄大道上。

当郑林玉和黄喜日他们奋战在工地时，王亚林也没偷着闲。他把家里堂屋腾出来做临时教室培训场所，找左邻右舍借了好些条桌、椅子、凳子。他排除一切干扰亲自倾心倾力授课，因为他舍不得白白浪费宝贵时光。此次回家他从公司带回一台半新半旧的彩色电视机、录像机和五盒关于木材加工成各种木制成品过程的录像带。为增强培训效果提高授课质量，他把古河生产队四十来户分作三批培训，每批男女人数各半，培训期五天，即每天带他们反复观看一盒流程相同的录像带，同时挤出时间让他们消化提问，他反复给他们解答释疑，当然前提是他必须能作答会解释，他做到了。回家前他抽空多次完整地看过这五盒录像带，不懂之处多方打听求教，因此他打的是有备之仗，完全能圆满答复他所有的学员。他把培训内容分作两大块：一块是学习如何把整棵树放在设备架上送入机体刨皮打光，怎样按木工师傅弹好的墨线把刨光的整段圆木或整块木板置于平板裁割机上裁剪打磨出木制成品配件，怎么把木制配件组装成成品；另一块是设备维护，学习机器何时加水冷却、何时加何种燃油，学习机器发生不同故障时应分别采取何种方法排除故障确保机器正常工作。尽管是纸上谈兵，但每期学过，社员们都非常高兴，因为他们或多或少了解懂得一些木材加工方面的理论知识与操作技能。他也非常舒心，因为他确信自己的付出、他给他们的培训对以后的实际工作多少能起一定作用。这期间的星期日，陶德、鲁安、朱丹和林珊都做过他的学员，对培训内容方式方法等方面提出了各自的见解想法。

自开工日起至第11天早晨，两项工程已完成——水井提前六日全部完工，且能正常提供饮用水，井水清澈甘甜，无须烧沸即可饮用，更兼生津解渴祛火与洗涤五脏六腑效果。从选址挖井，到打井壁，到井水过滤，到接井沿等一系列简单而复杂工序，黄喜日他们这支工程队可谓夜以继日不辞辛劳地硬拼抢干，提前按质按量完成饮水工程，可亲可敬可佩！另一项工程是办公房竣工，远望去全木制办公房偎依在群山怀抱里、掩映在苍松翠绿中，活生生的童话世界里白雪公主的宫殿。可以说搭建纯木屋较土屋费时费工费力，且技术含量高。桩柱要打牢靠；搭建架构要坚固结实；榫卯结构要完美牢固组合；每块木板要无缝隙嵌入两棵桩柱间——所有两棵桩柱间的木板形如一块大木

板；木地板要如履水泥板，人走在上面不能有一点点晃动感，板块间衔接得不能看出任何间隙，总之每间办公房的木地板看上去就是一块木板；最后程序是在木地板上、木墙内外多番均匀涂抹桐油，防止虫蛀及风吹雨淋日晒侵蚀。不难想到郑林玉带领的工程队比黄喜日的工程队更辛苦、劳动强度更高、工作更顽强。王亚林似乎看见郑林玉他们十来人正赤膊上阵日夜挥斧、弹墨、拉锯、推刨、抡锤、打桩等织造的另一幅热火朝天的美景，他真正沉醉了。

八、献国宝护国宝

15日后的一个晴朗清晨，古河生产队社员不分男女老少不约而同携带工具齐聚吃水河附近的成片树林边。此处正是木材加工厂厂址，厂址南边不远处是厂办公房，此时又是一个激动人心时刻。

从树林外看，棵棵杉树高大挺拔，足足四五丈高。从林间看，杉叶葱郁茂盛，无论外面日光多强怎么照射，都很少有光线透进里面；然株株树高处以外，只要是人够得着的位置几乎都没有一根断枝枯丫，自地面起至一人高的树干大多无枝丫，地面也不见有几颗杉树果或几片杉树叶，为啥？古河人勤劳啊！一旦见着枯叶断枝、地面有坠落的杉树果，他们一准捎回这些柴火之物。如是允许砍伐这棵棵大树，他们一定舍不得，因为他们深知砍掉一棵大树轻而易举，而一株树苗长成如此的参天大树谈何容易。同时他们还认为一棵大树岁岁旧貌换新颜、年年结果实，既能美化环境绿化山川，又可源源不断获取不竭燃材料。可见古河人从古至今都饱含朴素的经济学原理，他们还是朴实的环保主义者。

入得林间，社员们有的抱着树干朝树顶仰望，有的在捡拾刚刚掉落的树叶树果，有的手持细枝条在沙粒较厚的地面努力搜寻各种各样食用菌，如三九菇、绿面菇等。这会儿他们多数人一会儿发呆犯傻一会儿大笑不止，发呆犯傻的是多年来他们怎么没一人想到成立木材加工厂外销木制品，大笑不止的是他们激动高兴啊，终于有人而且是他们眼瞅着长大的伢子带着他们向土地向矿产资源合情合理地索取他们应有的财富。

“伢子呀，木材加工厂啥样子？老婆子我出生到现在只听过从没见过，赶紧让郑林玉他们这些大木匠师傅和黄喜日一班石匠师傅把厂子做好，我老婆子有生之年能见厂子生产木业东西是万幸的万幸；能瞧着大伙过上好日子我心里舒坦踏实，叫我就回老家我都乐意呢。”王亚林记得小时候姜伯伯和他儿子经常外出用板车拉料子，一去需好多天方回家，其间他就到姜伯家和贺大妈做伴。他操持这等大事贺大妈自然万分高兴，她的心情不觉溢于言表。

“贺妈，不知道伢子的厂房是土建还是木建，我只想这回伢子不要剥去我参与建厂的权力。说实话我黄夭早就想伢子领我们打拼走健康大道还是康建大道啊！”

“像是康庄大道啊！不是吗？我们岁数大的人和他姜老头贺老太一样，巴望着厂子早建好、木材早加工出卖、社员早发家致富，我们比你们年轻人更着急，只因我们老的过一天算一日，因为老天留给我们的时日不会很久，但我坚信这天不会太迟。”这是郑林玉老人无可奈何却充满信心的声音。

“大伙放心，只要大家劲往一处使、心往一处想，我想这一天不日即到。我姜老汉完全有信心，不知你们有无姜老汉一样的想法？”

“您老有此念想，咱晚辈更有把握建好咱的加工厂——咱的大家；有您老做领头羊，咱一定能做出全世界最好的木制品；有您这头老黄牛开路，咱没有迈不过的坎、蹚不过的河、翻不过的山、扛不起的担。总之，伢子说出了路的方向，姜老伯，您就跟着伢子、鲁安他们带着二妹我们这么多社员使劲朝前冲拼命往前闯。”余英柳是黄喜日的堂客，她感叹长辈们的雄心壮志，胸中不禁涌起滚滚激流。她读书读到小学五年级毕业，所以言谈举止相对有条不紊得体大方，在娘家余英柳排行老二，所以在家在外好多人都管她叫“二妹”。

“既如此，大伙就沿着伢子、郑老头、黄奀和我昨日用石灰印出的线挖掘打墙基，线里的树木全部伐光，树枝树叶杉树球等你们拉回家作柴烧，树干留着建厂用。黄奀带人挖地脚打地基，老郑领人伐树赶制工厂所需用具材料，项老太、贺老太、黄大侄媳妇，你们负责插好挂好安全生产警示牌，我继续做我的妇女队长干好后勤保障服务工作，另外咱们工厂实行半土半木建制，黄奀不愁无事做。有一句非常重要的话我必须说大伙也必须做到，就是你们在做事时一定要理解吃进吃透牌子上的警示语，一定得注意个人安全与别人安全。”

“我家老头子都豁出去了，说啥咱真不能给他丢脸，更不可给伢子丢人，为啥？咱丢不起人啊！大伙说是不？”

“贺大嫂，你替自己替姜大哥替伢子争气争脸争人，咱更不能含糊，说啥咱得为伢子为老郑为自己争人争脸争气。黄家侄媳妇，我老婆子说的在理不？”项娟凤老人满脸严肃。

“项婶，有您和郑叔、贺妈和姜伯这些长辈做榜样，我们后辈无任何理由任何条件拖后腿，都必须跟着众位前辈排除万难闯拼到底。”余英柳跟着表态似的说出知心话。

“众家大伯大妈、大叔大婶、大哥大嫂、弟弟弟妹们，让我们顺着伢子说的路毫不犹豫地朝前走，跟着姜伯他们长辈拼命干，好年头一定有——咱开工啊！”建厂房黄喜日的石匠手艺派上用场，他的手扶拖拉机也将同时发挥更大更多的作用，他当然倍感兴奋，像领导在动员并带领全体职工从事某项极其重要极为严肃的政治工作。

在东边向阳处，距离昨天姜家延、郑林玉、黄喜日和王亚林用石灰圈定的厂址大约50米开外的几株高大挺拔的大树下，贺大妈、项大婶及二妹余英柳她们十来位妇女劳力正歇息唠嗑。

独独这五棵树立于厂部杉树林外，好像自成独立王国，因为它们周围近距离范围内几乎无其他像样的树木，尽是些矮小灌木丛，这也难怪：它们高大叶繁，吸收了充足阳光和空气中的二氧化碳养分进行光合作用，合成维持自身新陈代谢所必须能量而占尽天时优势，同时发达的根系汲取了大量的地表水分又尽占地利优势。这五棵树围成一圈，均属落叶乔木，最高一株高约6丈，树干最大直径60厘米许；最矮一棵也不下5丈光景，其树干直径亦不小于50厘米。树冠呈伞状，全身披满绿叶，可谓枝繁叶茂：羽状复叶长达12—25厘米，叶柄长1.5—3厘米；分杈低，树丫多，侧枝粗壮；树皮淡褐色，粗糙有纵裂槽纹。

这不是杉树、松树，更不是泡桐树、杨树、柳树，会是什么样的树？虽然余英柳读书读到小学五年级毕业，算是队里的小秀才，但作为晚辈的她，没出过远门见识外面的光景，所以尽管她思索半天，自然不知此树为何物。她急切讨教贺大妈和项大婶她们长辈：“大妈大婶，您老听得多，我们头顶这几棵树叫什么树啊？”

“侄媳妇，项婶我比你多活几十个年头，可我也不晓得这是什么树。我们每回打柴时哪里留心这，我想老嫂嫂没准晓得这。”

“余家二妹子，莫听你项婶瞎搅和。你们年轻年少都不知，我老婆子咋晓得？黄家侄媳妇，你去那边把郑林玉、亚林、你男人和我家老头子招呼来，看看他们识得不。”贺老太和项老太如出一辙，不过她对此事现在看起来挺感兴趣。

先是郑林玉被推举第一个鉴定此树，因为他是手艺过硬的木匠。郑老头先站着观察了一阵；后绕树转了两圈，手在树干树丫上比画着、在树叶上摩挲着；又良久仰望着这参天大树，却不能给出答案：“老木

匠无能，没法作答，还是你老哥试试。”

“你是行家，连你都道不出，我姜老汉更是无能。要不伢子你瞅瞅看，你是见过大世界的人，年轻头脑清晰反应快，我估摸你行。”

“我兄弟王亚林肯定知道，我黄喜日敢担保这。”

从这棵树的外观、树叶树杈树干等整体特征及他们这里的树木生长环境分析，加之王亚林在外面的所见所闻及对名贵树木一些对比研究，他初步断定这应该是黄花梨树，但有一个大大的问号在测试他，那就是黄花梨树属豆科植物，在我国的原产地是海南岛，而他们古河生产队离海南岛少说也有 1500 里行程，且交通极其不便，黄花梨树怎么会现身这穷乡僻壤，且一待就是数十年以至百年之久时光都无人发现，即便有人发现也无人探究。推理来思考去，唯一合情合理的解释即是很久以前，候鸟吃了黄花梨树的果实，在北迁途中曾歇脚于他们古河生产队这片山林，其粪便作为黄花梨树种子的载体，于是这片山林成为黄花梨树幼苗成长的温床。

“如果我推断无误，这五棵树应该是黄花梨树。黄花梨树能够在我们这里长成参天大树实属罕见，简直是奇迹。”对此王亚林非常激动，这哪是简单的五棵树？这分明是国宝活宝啊！面对观众他情不自禁开始了他精彩的演讲，“黄花梨树学名即正规名字或大名叫降香黄檀，在我国原产于海南岛，故黄花梨树别名叫海南黄花梨、海南黄檀，属豆科植物。黄花梨树属落叶乔木，树高可达 10—25 米，树干最粗超过 1.9 米，树冠广伞状形，分杈低树丫多侧枝粗；树皮褐色或淡褐色，粗糙有纵裂纹；羽状复叶长达 12—25 厘米，叶柄最长有 3 厘米。黄花梨树的生长年平均温度一般在 20 摄氏度以上 25 摄氏度以下，对雨水量要求不高，在陡坡山脊岩石裸露干旱瘦瘠地等均可生长，也就是说黄花梨树对它的生长环境条件要求不严不苛刻。黄花梨树木色金黄温润，心材红褐色或深褐色，有角质感；黄花梨树木性极其稳定，一年四季都不变形开裂弯曲，同时有一定韧性，可制作各种形状不一的家具。黄花梨树比较轻，其纹理清晰非常美丽；最特别最好奇的是木纹中常有很多木疖，木疖很平整不开裂，呈现出狐狸头老人头及老人头发毛等纹理，美丽可人，就是常说的‘鬼脸儿’。黄花梨树也是一味中药材料，有‘降香’味，香味浓且清幽温雅，其制作的红木家具非常珍贵，因此黄花梨木与紫檀木、鸡翅木、铁力木并称中国古代四大名木，是国家二级保护植物。琼州海峡横在海南岛和广东省中间，可以说海南岛离我们远隔万水千山，我推测一定是数百年前鸟类自海南岛北迁途中，机缘巧合通过其粪便把黄花梨树的种子撒播在我们古河生产队土地里山林间，才孕育出这些国宝。”古河生产队这个名不见经传、在中国地图上无从找到之地竟然有五棵国宝树，这在古河生产队、古河大队、红新公社乃至整个松鲁县人民都意想不到；作为古河生产队一员，他能不激动、能不一鼓作气痛快演讲！

“亚林，今日前我只知道你是大老板是活菩萨，现在我才知道你不仅有好多好多的发财知识，还有好多地……地图知识、树木知识等，总之一肚子文罗，所以打今日起，二妹我和我家冤家喜日必须对你王亚林重新看待好好看待，是不？”

“是啊！我们一辈子都没出过门，什么都不懂都不晓得，白活了七八十，还是伢子、黄龚、二妹你们好哇，你们年轻，以后什么都能行。古河的路从今往后是你们的，你们一定能走出一条宽阔路；古河的天从今往后也是你们的，同样你们能让这片天空更亮更蓝。老郑啊，从今往后生产队里的一切大小事全凭伢子、黄龚他们做主，我们老的当当下手，帮他们年轻人拾掇拾掇柴火。”姜家延无比感慨。

“说的是啊，我早有这想法。做下手你老哥还是我的头头，因为跟你一起我心里有底啊！老姜，莫忘了伢子他爹王老汉，我想拉他入伙，你说呢？”

“在理，可不晓得王老头咋想。”

“各位长辈、伢子哥，我有个想法，不晓得能不能说，因为我不管在娘家还是在婆家，从来没走出过咱红新公社，生怕说错话惹大伙不高兴。”亚林家屋背后的陈家弟媳华彩小心翼翼表明她的心态。

在王亚林印象中，华彩见得不多，但从长辈言语中得知她善言谈，并且有时性子非常直率，想说即说想做即做，一句话，人诚实丝毫无害人之心。

“华彩妹，有啥心里话不妨直说，因为在场的可以说都是一大家子人。”

“既然伢子哥表态了，我就照直说。”华彩稍稍顿了下，“我们大伙都难了一生穷了一辈，眼下上天可怜我们全古河生产队人，给了我们五棵宝贝树，我想我们生产队 45 户人家根做根、干做干、丫做丫、叶做叶平分了这些宝贝，就是现时发不了财，留给子孙们发财也值呀，不晓得你们咋个想。”

“华彩妹子，伢子哥我先简单给你说说有关土地山场确权知识，就是土地山场的所有权是归国家政府的；我们目前种田种地开山垦荒是在使用土地山场，这是使用权，所有权与使用权是分开的是不同的。估计你也知道国家政府无偿把这片山林让给我们古河生产队使用，即除加工厂正常运营后依法所缴纳税款外不交其他任何费用，我这么一说，华彩妹妹你认为我们古河生产队社员能不能、该不该私分这本属红新公社的五棵黄花梨树？再说上头知道我们私分了国宝，必定严肃严厉处分每个参与分宝人，你说划算不，华彩妹子？”王亚林对华彩为人有些了解，先不直截了当拒绝她的要求，而是给她讲解了必要的相关知识后再把问题还给她让她作答。

“伢子哥，听你那么一说，还真是这个理。你也晓得我是明事理的人，既然是这个理，那我刚刚说的话大伙就当没听进。一句话，这宝贝分不得。”

“这就对了，华彩，我们要懂得知恩图报、懂得感恩，‘吃水不忘挖井人’。我们生产队得了公社那么多好处，我们就得感谢大队感激公社，所以咱再穷再苦再累这树都分不得，大伙瞧见不见理？”

“好样的，老伴，我原想你会护着华彩；老伴，现在我为你叫好。”姜家延竖起了拇指，“伢子，你怎么对待这事？”

“姜伯伯，我是这样想我们也必须这样做，我这就坐喜日的拖拉机到公社向黄书记、余主任他们汇报去，另外请大伙千万莫动这五棵树一根一枝一叶。”王亚林不放心，他请姜家延专职保护好这些宝物。

“伢子，你和我想一块儿了，放心去吧，这儿有我；黄奀，赶紧载伢子去公社。”

“好嘞，我就知道这回我没有业歇，过后我的事多着哩。大伙放心，现在我就‘换六挡’安全载伢子去，办完事我再‘换六挡’带伢子安全回。”

和前不久黄书记专为王亚林主持召开的一次临时重要会议一样，黄书记和余主任在红新公社最高级别最大会议室里接待了王亚林和黄喜日。

王亚林把此番发现黄花梨树的具体过程与处置办法对黄书记和余主任做了详细汇报，黄喜日也做了客观补充。

“王亚林，你做得非常对，处理非常得当，你和社员们保护了国宝拯救了国宝；如果换作他人，我不敢肯定这些国宝会完好无损，说不定他们早已私分国宝或损毁国宝，那将是公社的损失、政府的损失和国家的损失。在此我代表公社党委与公社革委会向你和古河生产队全体社员表示衷心感谢与崇高敬意。”看得出黄书记因王亚林他们保护了国宝显得多么激动自豪。

“王亚林，红新公社决定把你的事迹作为典型教材在全县范围内宣

传报道，所以你的一言一行将对你后来的一切事业包括木材加工产品推销产生深远影响，这也是公社党委革委会对你的肯定鼓励褒奖。”

“王亚林，鉴于你的表现，我将和余主任一起会同税务部门、市管会、矿产资源部门等部门协商沟通，看能否减免你们公司头三年一切税费，这算是对你的奖励。虽然我们的愿望是好的，但要看结果。”

……

“黄奀，我们公司还没开业就听说公社给了奖励，是啥子奖？说给老叔听听。”几日后郑林玉在工地乐滋滋地问黄喜日。

“其实我也没看到一件奖品，就听伢子说政府可能会减免我们公司头三年所有税费，就是不要公司交钱给国家，具体的钱好像有营业税，还有、还有……总之好多名目，我说不上口，我都不知道啥意思，反正伢子懂，这些尽是他告诉我的。”

“哈，明白晓得，政府不要我们公司应该上缴的钱，要公司把这钱作周转金用于生产，大伙说好不？”姜家延满脸喜悦。

“好，太好了，共产党好啊！国家好啊！社会主义好啊！政府好啊！我们一定要保护好五棵树！”在场做事的每位社员心花怒放，“心中有念头，日子有奔头，生活有盼头。”

“既如此，大伙莫偷懒，加紧干吧，争取工程保质保量提前完工，提前生产提前卖货提前收入，才对得起伢子，对得起社员，对得起公社干部。”说罢姜家延抡起了锄头。

天公作美，两月里未下中到大雨，即便下雨也是细雨蒙蒙。全生产队社员经过近个把月时间奋战，占地约 3000 平方米——16 间民房（每间宽 4 米、深 45 米）大的木材加工厂赫然出现在这片丛林里。加工用房与办公用房、五棵黄花梨树构成直角三角形，黄花梨树在直角顶点，加工用房与办公用房分别在斜边两端，其中黄花梨树与办公用房距离最近。

九、光顾惠民银行

生活用水、厂地用水与办公用房、加工用房都解决了，装载机、横向链式运输机、皮带运输机、削片机、倾角螺旋运输机、木片筛选机、木片皮带运输机、斗式提升机、带式螺旋进料机等主要机械设备，毛经理将差人从他所在的城市运往古河生产队。为购买质量较好的12匹马力柴油机、380V与220V发电机，朱丹专门请假同陶德和王亚林父亲王祖良外出采购，估计正在运输途中。毛经理是王亚林的得力助手；朱丹、陶德年轻熟知路况，相对而言头脑灵活，重要的是会砍价；多年前古河大队每晚用柴油机自7点发电到11点，王祖良几乎是专职专业电工发电员，因为他懂些农用电原理，了解发电机电动机性能，是这方面的行家，所以王亚林一万个放心毛经理、朱丹、陶德和父亲王祖良。虽然前期这些基础设备投资挺大，但为了以后机器能正常工作、公司能正常经营运转，王亚林眉头都没皱一下，大笔一挥：买！

在办公室，王亚林把鲁安做好的支出明细表逐一仔细看了几遍，所列项目清楚明了：装载机、横向链式运输机、皮带运输机、削片机、倾角螺旋运输机、木片筛选机、木片皮带运输机、斗式提升机、带式螺旋进料机等机械设备购买成本共106.6万元整，搭建办公用房与加工用房四五十天里生活费共计4000元整，总计人民币刚好107万元整；本次他带回现金115万元整，所剩8万元。“要想富先修路”这道理他非常懂，从加工厂过河到大队机耕路有将近5里路程，这是一条仅能容拖拉机单行的小路，所有机械设备与发动机、电动机等都要从这条小路由黄喜日的手扶拖拉机绕道吃水河途经坛树大队、得山大队的小亚生产队辗转拉到公司，将来公司一旦投产正常运转，为满足用户需要，必将有成批产品输出外销，靠的就是大货车和一条像样的公路。这条路况王亚林比鲁安更清楚，所以无须鲁安匡算，他粗略估算

好好修理这5里路的耗费不下10万元：修路需整车山石，要山租和车力资；需大量砾石，要料石费车力资；需批量鹅卵石，要河床租和车力资……纵然万般节省，就算区区8万元刚够铺路之用，那流动资金、电费、燃料费、职工工资等将近需20万元，这块资金出在哪儿？王亚林不禁陷入深深沉思中。

“亚林，我明白你的心想。”鲁安的确想王亚林之所想，“你在为后期流动资金忧虑。”

“安子，既然你想到了，那么如果你是我，下一步路你该怎么走？”他把这道难题递给鲁安。

“非常简单，电告毛经理汇款。”鲁安不假思索。

“不，我这边资金再短缺，也不可抽调那边一分一厘；鲁安哪，你是不了解具体情况，根据我的规划，毛经理此时正投资一个比较重要的新项目，资金有些紧张，你说我能动用那边资金？”

“那边资金动不了，那我们只有借款解决问题，可10万元上哪借？问社员生产队大队借，数目太大，根本不可能；问信用社借，我们没熟人不好办事。”鲁安亦感到十分为难，他于思考中自言自语。

一个“借”提醒了王亚林。对，问县惠民银行借款去。

“安子，有路走，找苏谷忠苏伯伯县惠民银行故交帮忙去。事情不管办成与否，我们都得感谢苏伯伯。”王亚林异常高兴，“得先告知苏伯伯。”

“别忘了谢谢苏伯伯的老朋友。”鲁安补充着，“‘钱’不像其他东西，说借即可借到，所以我建议如能贷款则多借10万元，以备急用，所谓‘一难不做两易’。”

松鲁县人民路是目前全县最繁华最重要的主路，县委县政府、各科局级行政事业单位、通信单位与金融机构等单位几乎全位于人民路两边街面。而三层楼高的松鲁县惠民银行占据沿街七间店面，位于松鲁县人民中路 118 号黄金地段：面对县委会，左依县政府，右临供电局。只需进入人民路两头街口，一眼即可望见高举于楼顶的“松鲁县惠民银行”七个大字。王亚林知道惠民银行不同于传统的中行农行建行，是一家起步较晚的地方性国家银行，可以说是后起之秀，这样的金融格局在城市尤其是大城市多得很。这里所说不同于传统的中行农行建行，是指中行农行建行是全国性一盘棋的银行，而信用社和松鲁县惠民银行等是地方性的金融机构或银行。

这是一间摆放简陋狭小的行长室。净空不过 15 平方米，水泥地面；一张条形办公桌，桌上安放一部脉冲式电话机，摆放纸笔文件等办公用具；正面墙壁张贴毛主席华主席领袖像；后墙左边悬挂的牌子上用毛笔大概写着任务分解表，右边的三层柜子大约装满着文件与金融方面的书本。

这是一位穿着朴素慈祥的老行长。50 岁光景的脑袋已有几分秃顶，且悠悠透着亮，足见长期过度劳累的工作已是他生命生活中不可缺少的重要组成部分；微微黝黑的国字脸与敦厚的鼻梁托起一副老花镜，镜片里一双眼睛炯炯有神，发出道道慈祥之光；一块中山牌手表是他的计时器；中等偏高的身躯穿着一套七成新灰色中山装；脚底踩着一双黄色球鞋。这是典型的农民代表形象，不难猜想老行长走遍了整个松鲁县，为松鲁大地出过多少力，流过多少汗，扶持过多少客户；就是年过半百都坚守岗位，全心服务于当地百姓。

王亚林和鲁安正欲招呼老人时，老行长却先一步上前紧握着王亚林的手，做简要自我介绍：“王亚林老板，我姓杨，叫杨刘松，是松鲁县惠民银行的一名普通老兵，你们称我老杨或喊我杨叔好了。”他像对待自己的亲友一样热情接待每位顾客。

一番寒暄后，杨刘松开门见山：“亚林老板，在你们进入人民路前，我已接到你们古河大队谷忠老书记的电话，他把你们所有情况和

你们的来意都粗略告诉了我。我知道加工厂一旦正式上马正常运转，必须要有一定的或适量流动资金作周转保障，此前通过苏书记我对你已有所了解，而且是正面积极的了解，知道你是一位吃苦耐劳做实事的老板企业家，所以这20万信贷资金投放给你我放心，所以即使苏书记不出面不打招呼，冲你的人品人格这款我放。我行不论是存款业务还是贷款业务，童叟无欺男女不分，存取一样接待，尤其贷款业务，只要符合贷款条件，任何人都可贷款。”杨行长字字见真情，句句暖人心，王亚林打心眼里激动感动，可杨行长下面的话他好像有些茫然若失。

“亚林，有一个客观问题我必须事先对你说清。现在是6月底，既是季末又是半年末，按人民银行要求，我行6月30日日终信贷规模不得突破昨日余额，这意味着不管是谁这笔信贷资金可能暂时都不能发放，除非有客归还20万元贷款。”

鲁安急得不行了：“杨行长，我们急需这笔钱，请您想方设法无论如何帮我们渡过难关……”

虽然王亚林有几分失落感，但他担心鲁安过分着急说话不免有时口吃形成尴尬局面，于是他打断鲁安的话：“安子，不要急，不是‘急’就能解决问题，我们还是静听杨行长安排。”

“是啊，亚林说得对，小鲁莫急，容我想想是否有其他路子。”杨刘松边安慰鲁安边紧盯身后任务表，像要分析出最佳解决方案。

他们静等着，不到一根烟的时间杨刘松给出了答案：“王老板，现给你们大开绿灯，我即刻安排信贷部门余立章主任想办法压缩塘玛渔网厂、松鲁伞厂、河湾砖瓦厂和马墩料石厂共计25万信贷规模，然后由余主任带两名信贷员到你加工厂实地了解你们前期投资、厂建、借款用途等情况，再行放款。王老板，你知道我为何多放款5万？考虑到你起步阶段存在好多不确定因素，归根到底都是用钱来解决问题，为了避免你们少走或不走弯路、冤枉路，减少不必要的麻烦，把有限时间精力尽可能投入生产中，所以我必须这么做。我行限时服务，更禁止吃拿卡要，所以不会耽误你们用款，因为作为一名银行人员，我懂得资金时间使用价值的重要性；作为一名金融工作者，我深知时间就是金钱效益价值！”

“杨行长，这不是割别人之肉补自己之疮？我觉得有些欠妥，毕竟人家也要用钱，我看算了。”王亚林有些不忍心。

“王老板，你哪里知道，这四家企业都是县城关镇企业，经营得都很好，都是我行黄金客户，和我们关系很是融洽，再说区区 25 万元信贷资金对他们四家算小菜一碟。”可见杨刘松对这些客户非常满意，“王亚林，我们初打交道，我希望在我行发展同时，你们加工厂发展得更快走得更远，比我那四家客户更兴隆红火。必要时我将推荐他们及他们的客户使用你们的木制品，前提是你们的产品做工必须精致。”

前后一天时间，25 万元流动资金到账。杨刘松行长谋划得多周到细致，王亚林真想聘请他任公司资深顾问，可是这不可能。他深感杨行长不愧为苏伯伯眼中的效率专家，杨行长所带的团队肯定是令行禁止、言出必行，人人爱岗敬业、个个视行如家，不难解释作为后起之秀的松鲁县惠民银行，能在短短七八年时间内发展成松鲁县银行业中的佼佼者。该谢谢苏伯伯杨行长他们，拿什么谢又怎么谢？就以公司蒸蒸日上的业绩答谢他们吧！

十、修路风波与情怀

下个节目该修路了，该修一条可供两辆“解放”牌卡车并排畅行的公路了。王祖良自告奋勇任修路工程队队长，黄喜日和他的手扶拖拉机及石工队、余英柳、华彩及她们妇女队，还有生产队其他可用之

人都归王祖良调度。修理5里路看似小事，却是一项小有复杂的系统工程，必须有统一安排部署调度，方可完成任务。王祖良把这些社员分作三小队，一队队长郑林玉负责带领运输队上10人从凿山拉石头、从马湾河畔拉鹅卵石、从马墩料石厂拉砾石，驾驶员是王亚林家屋后陈家弟媳华彩的男人陈传立，即当年古河生产队两名驾驶员候选人之一。为确保工程进度，王亚林从小亚生产队借来了手扶拖拉机和驾驶员助阵。二队队长黄喜日负责一二十号人的石工队卸车填料、平整路况、压平碾平路面加宽加固打牢路基，这是整个工程的核心，因为这关系到整条公路质量的好坏，所以不但有专职队伍，即古河生产队所有石匠全力参与，而且增加了人手。三队队长余英柳带好妇女队只管做可口饭菜、泡香喷茶水送到工地为作业者充饥解渴。

这条路仅能供拖拉机单行，路面宽最多不过一丈；新修的路一定要能容纳两辆“解放”牌汽车并排行驶，则至少还需拓宽一丈半。这势必要废亩，古河生产队地貌属丘陵地带，水田旱地本来亩窄，粗略估算，至少废水田旱地近12亩（长2500米，宽5米，面积12500平方米，占地约18.7亩）。虽然沿路家家户户都有田地，但真的废亩哪家舍得。舍不得怎么办？舍不得就得一辈子甚至几代人只能憋着窝在山沟里忍受贫困折磨——舍不得就得舍得。“要想富先修路”，古河生产队社员天资聪明，都明这事理，只苦于无钱修路，现在机会来了，而且是大老板——他们心目中的能人王亚林带他们建厂办公司修致富路，他们能不高兴能不激动？全生产队老少爷们、老太姑娘们毫不吝啬踊跃捐田献地，人人好像捐出的是颗颗爱心，颗颗爱心串联起来形成强大合力，并燃起熊熊大火，让古河生产队沸腾起来。

这条“公路”弯弯曲曲，或游弋于水田间，或行走于旱地里，或穿行于两山之腋，转过山便望不到头。而路两侧田地几乎无一块呈规则的条形方状，尽显镰刀形弯刀状驼背形大肚状，随“公路”蜿蜒前行。不远处的大山舒展双臂，将“公路”这个满身灰尘的宠儿轻轻揽入宽宽怀抱。白天，机耕路灰尘扑扑，特别是雨过天晴后几日，当手扶拖拉机驶过或板车拖过时，恰巧山风漫来，铺天盖地的尘土飞扬，犹如一匹巨型灰布横亘着对面两人，两旁的农作物被厚薄不一的沙尘覆盖着；雨天，尤其大雨刚过，几乎不见完整路面：这儿一个浅水窟那儿一处深水坑，一条一条狭小的泥鳅埂艰难露出水面，此时如果手扶拖拉机或热托突然颠簸驶过，路面的水必定连续溅起老高的混浊水柱。

为尽可能加快施工速度，确保工程质量，王祖良不听劝阻，坚持到最累最危险的一队。他不仅全程随车，而且同陈传立这些年轻人一起把大块石头搬进车厢，又与石工队一道下石下填料，全然不顾自己年迈，好像自己回到年轻时代和苏谷忠、姜家延、郑林玉等一批同龄人参加农业学大寨式的热火朝天的劳作场面。

当拉到第六车石头时，无论怎么绕弯怎么回避，拖拉机的两后轮还是陷入一处深深的洼窟；任凭陈传立怎么减速提速、如何松紧左右转向把，也不管拖拉机两前轮把地面刨得沙土四溅，后轮几乎都是纹丝不动。现在唯一的办法是卸下全部或部分石头，拖拉机才能爬出土坑，才不影响另一台拖拉机往来运输。王祖良立刻打开车厢后挡板，在部分石头自行卸车后，和陈传立慢慢挪动一块大石，在大石临近自行下落之际，陈传立也基本耗尽了气力，他的手松了一下，石头失去平衡迅速下落，出于保护陈传立的本能，王祖良欲以膝盖撑住石块，可想而知他的右膝盖骨被重重地砸着。王祖良再坚强也扛不住重重一砸，尽管他痛得立刻倒地，脸色灰白，但没吱声。

陈传立见状吓蒙了，他只知道拼力移开石块，想扶起王祖良，但他个头瘦小，身强力壮的体形与他八辈子不着边，他显得好孤立无援。

正当此刻，老大队长宗富贵出现在他们身边，陈传立像见了救星：

“宗伯伯，我累得快不行了，麻烦您快帮我扶起王伯伯，王伯伯腿压伤了。”

“大侄子，你说你累坏了，可你瞧我是有力气的人吗？我七老八十的人都得有人扶；我扶他，谁扶我啊？你，还是王伢子？”宗富贵一副来者不善之势。

“你怎么能这么说话啊，宗队长？都乡里乡亲的，咱出门抬头不见低头见。”陈传立愤愤不平。

“陈传立，我多大你才几岁？还轮得到你教训我？你是不是想要我扶你老人家一把？没教养的。”宗富贵居高临下盛气凌人，边训斥边破口大骂陈传立。

“宗老头，你对我对伢子有气朝我出对我撒；陈传立没招惹你，你凭什么吼他骂他，你犯得着吗？”王祖良怒气冲冲，“传立，就是腿断我也不要他姓宗的扶，爬我都要爬回去。”

“王老头，要我扶，我才不那么贱；王伢子不是有戳天本事吗？让他搀扶你，我惹不起他。”宗富贵阴阳怪气，满脸横肉一颤一抖。

“姓宗的，该去哪你去哪，该干啥你干啥，不要在这碍手碍脚碍眼。”王祖良下了逐客令。

“我今日就是为着这条路而来，说白了来管你们修路。”

得知宗富贵专为修路而来，王祖良和陈传立立刻来劲了。在陈传立努力下，王祖良挣扎着颤巍巍站起：“愿听宗队长高见，请指示。”

“我就不客气了。不知你们父子通过什么手段打通关系，得到层层批准而取得山林使用权，你们打井做办公房建加工厂，我就不深究；至于修路据我所知你们没有取得大队同意，我看你们没有修路权吧。”宗富贵一脸冷笑。

“宗队长，你错了，我们父子行事向来光明磊落，不像有些人躲躲藏藏；我们父子从不越级从不逆天而行，我们做事循规蹈矩，不似某些人心术不正，想方设法阻止别人发展阻碍乡亲致富。我们办厂办公司按正规程序手续，从生产队报到大队再报到公社，最后公社上报到县相关科局级单位，大队书记苏谷忠、公社书记黄新建和公社革委会主任余希进可以作证，不信你找他们问去。我现在没气力动手，就烦请宗大人替我扇你自己几耳光，因为你胡言乱语屁话连篇，就该打。”王祖良针锋相对，“明着告诉你，今天你宗富贵胆敢阻止我修路，不只我不答应，你更无法向古河生产队所有社员交代，你就走不出这条路。”

“糟老头，你们人多，即使今天我阻拦不了你们，我敢保证公社革委会丁副主任一定能制止你们的违法行为，到时候你们一切辛苦劳动全白费，你们现在收手还来得及。”宗富贵欲端出丁坚压制王祖良。

“姓宗的，你不提丁坚我也不想说啥，你一提他我火冒三丈。丁坚设障碍，我当面骂他畜生，他能怎么样？公社大会上他公然反对亚林兴办企业，被黄书记训得熊包样。对了，你和丁坚什么关系来着？”提到丁坚，王祖良情绪激昂义愤填膺，感觉疼痛好多了，他突然记起了什么，“丁坚是你宗队长的乘龙快婿啊，怪不得他百般阻挠伢子，你这老不死的竟跟着起哄；怪不得公社有什么消息，你这该死的马上嗅到，原来你们翁婿穿着一条裤子一个鼻孔出气，真是狼狈之家。”

“死老头，你竟敢辱骂公社领导，真要造反？”一伤及靠山，宗富贵气急败坏，如同疯了般，“我要上告你们。”

“我俩联名如实上告，外带你的贤婿丁坚，行不，宗富贵？”王祖良以赢者口吻正告宗富贵，“我们是修生计路、民生路、幸福路，我们的修路工程谁都阻挠不了，伢子的富民计划谁都改变不了。”

“我女婿乃堂堂红新公社革委会副主任，怎可与你这老东西为伍，要丢丑现世你自个儿去，我和我女婿才不会像古河生产队所有社员一样上当受骗。这次我放过你，就算你们捡了大便宜。”

宗富贵吃了满杯闭门羹悻悻而去。王祖良和陈传立开心地笑了，笑得山更青、水更秀、天更蓝、人更爽。

一番交锋后，稍事休息王祖良反而觉得腿痛渐渐消失了。

“王伯伯，那讨厌鬼走了，我现在送您到大队部赤脚医生看看；您看7月天气挺热，不好好消炎包扎，伤处会发炎化脓，到时不好办，再说我们也不急这一时半刻，王伯伯您说是不？”陈传立很是急切，急切中透着诚恳。

“打了胜仗我就什么都好了，什么都不在乎；传立，你小子瞧我这腿也争气，现在能走路了。不如这车石头全卸这里先把这坑填平填好，不然拖拉机仍然会陷着。大侄子，你记着，今天这档事莫让你伢子哥晓得。”王祖良伸伸腿证实他说话不假，“抓紧卸吧，卸完我立马让黄喜日他们先修好这段路，好让后面的拖拉机热托正常开过，一句话，不能误工。”

修路期间，不仅王祖良被石头砸伤了腿，还有好多社员都挂了彩：筑路基打桩时铁锤砸烂了郑林玉扶木桩的右手拇指；黄喜日抡锤击碎大石块时，溅起的碎片惊险地从姜家延额头划过；抬石平田时石块落在黄喜日脚背上；切菜时由于心急，项娟凤老人的手指被切下一块；端茶送水时滚烫的开水烫伤了华彩的膝盖……

修路期间，不但人受伤了，而且许多社员家的工具牲畜也有不同程度的损毁损伤：余长全家板车内外胎数次被铁钉、石头棱角扎穿，板车把手被砸断；余育汪家的石磨在平整路面时震裂成三四块，这种石磨平路法就是四人想法用粗绳系着石磨四周，然后合力提起石磨同时放下石磨猛压路面；张生龙家的石磙完成压路任务在回家路上不慎坠入深塘里无法抬出；王亚林家的牛拉石磙被飞溅的碎石击掉一边牛角……

修路期间，不管人伤也好、牲畜伤也罢，还是家具损毁，各家都不曾问王亚林、向生产队索赔，都是事后独自到大队部药店做简单清洗包扎缝合，都是衣服磨烂了自己缝、车胎破了自己补、车把断了让木匠再制作、石磨碎了石磙丢了请石匠重打磨……

面对众多豁达的乡里乡亲，王亚林感动得一塌糊涂。没有什么能形容他此时此刻激动的心情，他只能将此情深藏于心底，如果要言于情表，那就是“此生我王伢子一定让古河生产队全体社员过上好日子”。

回首往事，王亚林小时候记忆里，生产队集体劳动场面你追我赶热火朝天，如今古河生产队沸腾了，修路场景更是锦上添花：父辈们为温饱劳作，他们这代人为致富修路，王亚林有丝丝成就感自豪感。不是说“人心齐泰山移”吗？真是那回事，炎炎夏日里，不长不短5里路的拓宽整修任务被古河生产队男女老少不分日夜不分晴雨苦战短短十余天圆满完成了。

十一、开业前的小插曲

各厂机械设备陆续运到了公司，王亚林随即要求随车的厂家技术员安装好各家设备，并对各岗位操作人员分批进行了全面系统的理论培训，在调试机械时技术员现场就具体上机操作全过程做了详细指导，即开机前需做好哪些准备工作，操作中要注意哪些事项、怎样排除机械故障，停机后如何处理下班后的各项事务。

“万事俱备只欠东风。”该他们大显身手展示能力的时候了，经过几番培训的社员该考试实战了。

开业前一天中午，王祖良、陶德、鲁安、玲和亚林围坐在桌子四周，起先大家都没作声，都只是彼此看着彼此，都只是激动地想着各自的心思、绘制着各自的小蓝图：王祖良长吁了口气，股股黄烟由他口里鼻孔里喷薄而出，开业前所有的准备工作都做好了，乡亲们的好日子不远了；陶德脸上开了花，自己的好兄弟老同学回家创业的愿望终于实现了，自己除了农业科研工作外，又终于能和知己并肩作战了；鲁安默默喝着香喷喷的粗茶水，想着在带好文文、武武学习的前提下帮自己的老同学做好账务处理管好财当好参谋；玲看着手表，丝丝浅笑流出嘴角，她寻思着在公司开业之际请丁坚到场，作为对亚林上次驱赶他的道歉；公司完全正常运营后，如何提高产品质量数量、怎样扩大销量、怎么增加职工福利、如何更好更多体现社会义务和责任等一系列实际问题是王亚林全盘思考的主题；旁边的文文、武武也都很安静，好像突然懂事多了，他俩在旁边静静仰望着他们，等着明天听机器隆隆声、看飞速转动的飞轮。

王祖良痛快喷出几大口黄烟后，重重打破安静局面："伢子，明日一定请黄书记参加公司开业仪式，请他给大伙说几句话，一是他老人家曾说过我们公司正式对外营业日他必定亲临现场，你们记得不？二是进一步警告某些人不要对我们想歪点子动花花肠子，我们走的是完完全全的正道，我们是带动全古河生产队哥兄姐弟老少爷们发家致富。"

"爹，革委会余主任与何副书记也必须请到，因为我知道余主任和黄书记一样完全支持我们，何副书记总体上倾向我们。"

"我完全赞同。其他领导要不要请，你自己拿主意，伢子。"王祖良肯定了王亚林。

陶德抢过王亚林的话："王伯，我猜着您说的其他领导是副主任丁坚和李立春他们两个……"

未及陶德表述完，鲁安抢得更快，表达得更为斩钉截铁："我的意见是万万不可邀他俩，免得大喜之日他们生事。"

"我同意安子。"王亚林不假思索。

“我不全认可安子。”玲玲突然半道杀出，“李立春可以不接不请，但丁坚副主任我认为必请。”

“为什么必请丁坚？”他们都云里雾里摸不着边际。

“原因很简单。”玲非常镇定，“其一，我家荣获‘五好家庭’称号丁副主任帮了忙；其二，亚林这次回来和丁副主任发生了一些不愉快，我想从中和解他俩；其三，我还知道上学期间，陶德与朱丹、鲁安与林珊以及亚林都与丁坚有矛盾，而且是很深的矛盾，所以借明天公司开业之机，你们六同学尽释前嫌从头开始。”

王亚林强压怒火冷冷回敬玲：“你知道当初在学校里他是怎么打压我们五人的吗？你知道他如何弄得我们五人四散飘零，有学不能上有家不能回？所以我们五人与丁坚的宿怨无解，所以这件事你不要掺和。”他一点面子都不给玲。

鲁安和陶德此时也不认玲玲这个嫂子了，他们终于忍耐不住，齐声怒吼玲：“张玲，上次我们几个和老爷子到公社去找丁坚求丁坚，他怎样待老爷子、亚林和我俩，你晓得吗？我们敢保证你若在场一定气晕，所以姓丁的明天到场，我鲁安要么教文文和武武学习要么回家睡觉，陶德回他的实验室，朱丹和林珊干脆免来。总之丁坚不能来。”

“妈，不要再让姓丁的大坏蛋来我家，文文、武武只要和鲁老师、陶叔叔、朱阿姨、林阿姨一起……”文文和武武不干了，两人对玲叫唤不停。

“思前想后，我也觉着接丁坚实为不妥。儿媳啊，不能因为丁坚一人而扫兴众人；再说自从上回在公社与丁坚闹翻了脸，我就对他很有看法。就依着大伙，大伙是我们的贴心人，他丁坚算我们什么人啊！”王祖良沉着脸看向玲。

“爹，既然你们大伙都那么说，我还有啥好说的。”玲玲显得很生气郁闷，可又无可奈何。

“九妹，公司明日开业是喜事，我不与你抬杠子。”王亚林气得直呼玲的小名，“历史归历史，已属过去，但我们不可忘却历史；现实是现实，属正在进行时，我们应把握现实放眼未来。就是说我们和丁坚的一切怨恨可能还未画上残缺的句号，但对他的老丈人宗富贵大队长我们还需以礼相待以诚相见，不管他领情与否。‘诚’与‘信’是我经商多年的人生提炼的精髓。”

十二、幸福时刻

公元 1981 年 7 月 7 日是古河生产队开天辟地的日子，是古河生产队划时代的日子，自这天起古河生产队迈入了崭新的发展史，因为几经周折“古河木材加工贸易有限责任公司”终于对外挂牌并正式开工营业。

往年 7 月的早晨阵阵热浪逼人，而有的年份此时很是燥热无比；今年却跟往年不同，即便是八九钟的光景，阳光好像格外柔和，没有热浪缠身燥热袭人的感觉。是否天公作美光临古河生产队千年盛宴！

古河生产队山川间、田野里、河道边，人们奔走相告，他们欢呼雀跃，纷纷诉说着一个又一个相同的传奇和奇迹。山川间，风吹树林沙沙响，树叶点头频频笑，它们在迎接天使；田野里，稻禾昂首挺立，它们拥挤着踮起脚尖，争相目睹即将到来的激动人心时刻；河道边，河水唱着欢歌一路前行，时而温文尔雅时而热情奔放，好像为千古盛宴摇旗呐喊擂鼓助威。

古河生产队像过年过节，家家户户大门两边都贴了大红对联和倒写的横联“福”字，上下对联“千家万户创幸福，日新月异谋发展”是王亚林所作；各家各户自发在门前小树上挂着红色绸缎和彩带，寓意是小树茁壮成长，人们的生活如火如荼。

公司门前是另一番境界。

公司大门左侧竖着的“古河木材加工贸易有限责任公司”牌匾披着一块大红绸缎子，单等仪式开始揭牌。因条件限制，牌匾不由广告商制作，是木工大师郑林玉自告奋勇制作的竖式牌匾，牌高 299 厘米宽 59 厘米，牌匾上公司名称是王亚林请苏谷忠老书记用排笔书写的。开业典礼是大事，前一天他想在公司正门前铺一段长 11 米、宽 2 米的红地毯迎候黄书记一行三人，一是本着尊敬领导有诚意，二是社员们觉得好事成双应选个吉利数，他们认定了“22”这个吉祥数字。黄书记尽力为他们节省开支，他建议公司正门口留段长 11 米、宽 2 米的平整路面，用红漆刷红此路面，如此大家的心愿都达到了。根据黄书记建议他们“铺”了一层地毯，感觉与真的地毯并无多大差别。开业虽是大事，但王亚林个人较低调，公司不备鲜花不飘彩带不扎彩球不请乐队更不放礼炮，一切从简：只准备了九千响饼子炮，门前摆好了四张临时漆红的铺着红灯芯绒布料的条桌，供公社大队领导发言用。大队部没有话筒，黄书记随身带到公司。

大约九时十分许，黄书记、何副书记、余主任乘坐一辆旧吉普车到了办公房前。

他们早候在办公室外。刚下车，黄书记先环视了四周，后一把攥紧王亚林：“王老板，不简单啊，短短两个月时间盖起了办公房，建造了厂房，修筑了公路，比我们政府部门办事效率高，我敢断言今后你的企业会越办越兴隆，效益越来越好。我们三人今天一来祝贺，二来取效率经，不管有无‘效率经’一词，我姑且这么说，何副书记、余主任，你们说是不？”黄书记一行满意度挺高。

“得益于黄书记你们鼎力相助，更得益于国家政府改革开放政策，否则一百个王亚林都成不了事。只是场面寒酸，有些对不住黄书记、何副书记和余主任。”

“亚林老板，你我都是实在人，节俭好，黄书记和我们都喜欢。”何副书记与余主任为王亚林打气叫好。

“亚林，公社只有这辆吉普车，车虽旧，但来时我亲自冲洗，现在车表面只能看出少量灰尘，算对得起你吧。”黄书记的幽默风趣感染了所有现场社员，黄书记并没当自己是父母官，而是咱百姓的亲人。

“伢子，庆典时间到了吧，莫误了正点，不然古河生产队父老乡亲会骂我，我黄老头交不了这个差事。”黄书记先是王老板再是亚林最后是伢子，王亚林读懂了黄书记，老书记真切期盼他美梦成真理想变现实！

无须推让无须客套，黄新建书记准点站在“主席台”上，“台下”两百多人不约而同喊“黄书记好，我们欢迎您；黄书记，您辛苦了……”场面像放电影，是苏书记导演的、王亚林导演的，还是王祖良导演的？都不是，是古河生产队社员临场发挥的，是他们自编自导的，他们发挥得如此淋漓尽致，他们都是天生的演员。王亚林百感交集，十几年前他经历了类似场景：校团委副书记丁坚端坐高高主席台，面对几百群众，然丁坚与群众不是同路人，台下充斥着骚动声、骂声与反对声——丁坚与群众离心离德；今日“台下”欢呼声一片，黄书记与百姓心连心，是百姓的亲人。对比多么强烈，反差多么无情，王亚林绝不能辜负黄书记一行和古河生产队所有亲人的期望。

“请古河生产队各位父老乡亲静一静，容我先说几句肺腑之言。”黄书记声音洪亮，握话筒的手有些发抖，那是激动的代言，“我的话很简短。你们知道王亚林为什么把‘古河木材加工贸易有限责任公司’开业日子定于 7 月 7 日？告诉大家，今天是 7 月 7 日，是高考起始日。乘改革开放的春风，王亚林要同大家一起高考，就像 1949 年 3 月毛主席率中共中央机关离开西柏坡进京赶考一样。毛主席和共产党通过了高考而且取得了优异成绩，所以我们红新人民公社全体社员全身心股切希望王亚林同志带领大家考出好成绩，考不好只能说明我们领导工作不到位，领导能力不行，不配担任红新人民公社书记主任职务，这既是对王亚林的鼓励，又是给王亚林的压力。总之我们对王亚林充满了必胜信心，因为我们完全信任他。”的确，黄新建信心十足，他干燥的眼角湿漉漉的，刻着皱纹的脸荡漾出激动的微笑，那是王者的笑、幸福的笑、全公社的笑，他似乎看到红新公社每家每户因脱贫致富而笑逐颜开，“何副书记，不能我一人唱独角戏，配角不可缺少你和余主任啊。”

“各位社员同志们，我今天参加开业仪式就是想说两句掏心窝子话。”何柱玉接着握紧话筒，他的手亦轻微抖动，声音亦丝丝颤抖，“我曾说过倾向王亚林同志，今天我仍然倾向支持王亚林同志，将来我一定支持王亚林同志，主要从思想观念上打破人们的传统理念和陈规旧俗到人们身体力行。是啊，余主任，配角也有你的份吧。”

“是的，我要唱好我的戏；是的，‘古河木材加工贸易有限责任公司’是一个新生婴儿，它的问世是古河生产队古河大队工农业生产的创举，是红新公社产业结构链的调整突破，更是红新公社的一面光辉旗帜，所以我们要呵护好这名婴儿，要保护好这面旗帜，因此作为全面主抓生产经济的主任，虽然我年轻，但我将会动用我的一切人脉网络，尽满力维护王亚林同志！”

不管是黄书记主持开业仪式致辞，还是何副书记发言、余主任表态，人群中掌声和寂静此消彼长：除了掌声就是寂静，不是寂静就是掌声，无一丝其他杂音杂响。

在寂静的空隙间，王亚林把话筒递给苏谷忠书记。

为开业庆典做准备工作，苏谷忠忙进忙出，样样亲自过问，声音都沙哑了：“一句话，整个古河生产队社员照样同甘共苦，我们都将同‘古河木材加工贸易有限责任公司’紧紧相连并捆绑在一起！”

此时此刻，王亚林多么激动幸福。他的一个远在城市的大龄客户告诉他，客户的大男孩至此历经了人生三次激动与幸福：第一次是1979年接到大学录取通知书时，男孩躲着放声痛哭，男孩觉得自己严寒酷暑刻苦攻读所付艰辛值得；第二次是答谢宴上放炮时，男孩泪流满面，他知道满屋亲朋好友对他及他全家不仅是祝贺，更主要的是对他充满了无限期待，因为在那个年代哪家能出个大学生，用土话说就是哪家积足了大善大德，其祖坟冒青烟；第三次是男孩跨入大学校门刹那间，男孩震撼了，他再次哭了，那是内心深处的哭，这哭于他是动力，他深感只有加倍努力学习，才能于大学毕业后更好报答那些亲朋好友以及回报社会。王亚林从辍学到外面艰苦打拼，到回乡奋力创业，不也是报答乡亲回报社会！自己和男孩的经历似有几分雷同，不是吗？现在男孩面前是一条幸福的求学路，自己面前是一条宽广的创业路。

王亚林正于无尽遐想时，耳边传来黄书记的招呼声：“王总，揭牌时刻到了，接下来你主持吧。”

他知道最最激动人心的时刻即将到来，他跨过“地毯”奔到“主席台”：“下面有请尊敬的黄新建黄书记和苏谷忠苏书记揭牌！”

“王亚林，今天不同往日，今朝场景不同于其他任何时候任何场面举行的仪式，好像还有揭牌人员，你俩说呢？”何副书记面对王亚林和余主任。

他真的蒙了：“公社大队两级书记揭牌不妥吗？”

余希进主任笑了：“今天揭牌必须四人，其多层寓意稍后你揣测去。这四人是黄书记苏书记、你和你父亲，两级书记一边，你们父子另一边，明白寓意吗，王老板？”

片刻他恍然大悟，于是声音提高了八成：“现在有请尊敬的黄新建黄书记和苏谷忠苏书记，有请尊敬古河生产队王祖良老队长，有请可亲可爱的王亚林四位同志同时上台揭牌！”

四双有力大手、四双红新公社古河大队古河生产队的擎天大手缓缓揭下这鲜艳的红绸缎。“古河木材加工贸易有限责任公司”14个深邃的黑体正楷字赫然展现在古河生产队所有人眼前，熔铸在全红新公社人心底。

“台上台下”的掌声欢呼声和着那久违的隆隆鞭炮声响彻大地声震九霄。众人的眼睛湿润了，视线模糊了，声音哑然了，手掌手指红了。这是迟来的祝福迟来的爱，祝福吧，尽情地祝福，祝福古河生产队这位业已睡醒的巨人和所有饱经沧桑、历尽苦难的古河人。

公司隆重而简短、庄严而活泼的开业典礼在振聋发聩的鞭炮声中圆满结束，接下来的工作交给车间主任郑林玉，由他带公社大队领导和其他亲朋好友进车间参观机械设备与即将正式启动的木材加工工序。

购进的装载机、横向链式运输机、皮带运输机、削片机、倾角螺旋运输机、木片筛选机、木片皮带运输机、斗式提升机、带式螺旋进料机等机械设备虽然在大中城市里只数中上等规模，但在闭塞的古河生产队可算得上是极品规模，因此古河生产队所有人视这些设备为宝贝，每台机器和牌匾一样披着大红绸缎。

郑林玉根据职工性别年龄已进行了合理的岗位分工：年轻力壮的男员工从事劳动强度大及相对繁重的体力活，女员工与年龄较大的男员工做轻体力活。如前者负责操作装载机、横向链式运输机、削片机、倾角螺旋运输机、带式螺旋进料机，确保树的主干部分进入装载机削皮打圆磨光滑，通过横向链式运输机把刨光打圆的树杆根据所需尺寸锯成整段树木，在削片机把每段树木锯成一块块木板，根据成品形状花纹纹路制作需要，把整段树木或裁好的木板送进带式螺旋进料机或倾角螺旋运输机进行再加工；后者保证皮带运输机、木片筛选机、木片皮带运输机、斗式提升机正常运作，把加工好的木制品材料通过木

片筛选机、斗式提升机分拣出来，最后通过皮带运输机与木片皮带运输机，把分拣好的组装材料输送到各合成车间，由木匠将材料组装合成销售成品。

在隆隆的炮声中，在弥漫着丝丝炮香味气息的空气中，在车间主任郑林玉一声“开工”的口号声中，身穿蓝色工作服的车间员工们早已蓄势待发，他们齐刷刷昂首阔步至各自岗位，轻轻掀起大红绸缎，镇定启动按钮开机。炮声刚过，在机器的轰鸣声中，他们从容送树木、扶稳刨光打圆的树干、摆正整段树木、叠好叠齐木板，分拣传输材料、组装合成成品等。他们组合得如此完美配合得如此默契，人人熟练程度不亚于多年工龄的老员工，好像一个工序流程对他们而言是轻而易举之事。

黄新建除了赞叹还是赞叹：“王亚林是名副其实的王一鸣、名副其实的企业家啊！”

何柱玉也止不住连连点头：“这是古河人民的福气啊！”

余希进使劲独自鼓掌：“古河生产队改天换地的日子到了！”

不知何时，王祖良站在黄新建他们跟前：“黄书记、何副书记、余主任，亚林哪有您说的能耐，惭愧啊。全托共产党的福，是共产党英明国家政策好，不然哪有今日的热闹场面和幸福喜气，我家伢子只不过开了个好头，好戏尚需大伙同台唱，更需黄书记、何副书记、余主任倾心相助啊！”

“老队长，你和伢子及众乡亲尽管放宽心，齐心协力朝前奔，我黄老头在此表态：当你们遇到真正解决不了的问题，我们三人以政府信誉担保帮你们排除一切实际困难。”

十三、次品事件

这天早晨，王亚林刚走进办公室还未落座，王祖良紧跟着火急火燎地撞入，气喘吁吁地告诉他：“伢子，大清早我接到河湾砖瓦厂刘厂长电话说我们的床有问题，人在床上挪动床便跟着吱吱作响，不管怎么弄都不管用；不到十分钟松鲁伞厂贺厂长电话告诉我公司的桌子三只脚长一只脚短，要垫块瓦片石子什么的桌子才稳。伢子，你要不要分别回个话查验？”

“不用，爹，我完全信刘厂长贺厂长。”王亚林果断拒绝了王祖良，“不然两位厂长不可能这么早找咱，我敢断定他们一准被员工找急了才这么做。换位思考我也会如此，你说呢，爹？”

“是这个理，接下来我们怎么做？你是公司当家人，你拿主意啊。”亚林是家主，老人自是拿不定主意。

“卖给他们多少张桌子和床？爹，你统个数。”

“刘厂长说 60 张工人床，贺厂长说 40 张条桌，总共 100 张。”

“各放一辆大卡车拉回所有床和桌子再行加工。”王亚林斩钉截铁。

“……？”王祖良惊呆了。

“不妥吗，爹？”

王祖良挠挠花白头发，半晌没理出一整句话：“就是、就是数、数目过多，来回得多、多少力资；再说不也没误人家事，有别的法子吗？”

“一点儿其他办法都没有。爹，做生意得守信，诚信是生意人的七寸。”他开导王祖良，“所以此事跑多少趟、花再多的钱、赔几多笑脸我都认，人若想走得远必须看得远。”

“伢子，去做你该做的事。”老人总算释然了。

王亚林知道两个问题主要出在榫卯两个构件不能完好组合，而且

床的榫头虽然穿在榫眼里，但榫眼里存在相当大的间隙；桌子脚短的榫眼位置显然偏高。都是分拣传输环节先出差错，组装合成环节后出问题。

机器轰隆声盖过其他任何声响，所以没有人觉察王亚林已进入车间巡视一切。

负责木片筛选机的操作员是华彩和玲玲，她们正低头窃窃私语，可以肯定在说些她俩共同关心或兴趣一致的话题，因为说到兴奋处时她们手舞足蹈，庆幸的是她们都只是一手舞一足蹈，另一只手总算在随意工作着，且连看都不看一眼，而其他员工都在认真操纵着他们的机器。

一切都明白了，问题的症结瞬间找到了。王亚林好像瞬间失去了理智，他不计一切后果猛然切断整个车间总电源。

王亚林真的失态了，声嘶力竭高喊："车间主任郑林玉何在？"他半点都感觉不出自己的声音现在堪比机器声。

全厂停电，郑林玉不知发生了什么，他跌跌撞撞地跑到王亚林跟前："王总，什么事？刚停电，我得赶紧找你父亲发电去。"

看着郑林玉满脸急切，他猛然回过神："郑叔，刚才我情绪一时失控，对不起。"

所有员工不知发生何事，都目不转睛地看着他和郑林玉。

"各位员工，没停电，是我关闭了总闸。"王亚林稍微调整了情绪，"是这样的，我要严肃告诉大家一个非常不好的消息……"

"王总，我明白了你刚才情绪失控的原因，可也犯不着拉闸停电哪，这不影响进度？"郑林玉激动地打断了王亚林的话。

"郑叔，郑主任，我必须以这种方式告诫每个人要多长点记性，以后不要再犯相同的或类似的错误；只要大家把我的话记牢记到心坎里板油上，误了这点工算什么！"

“到底出了什么事，王老板？”所有员工都停止手里的活，紧张聚在王亚林周围，他们个个迷惑不已。

“各位员工，我们公司的桌子和床出了问题：河湾砖瓦厂 60 张床和松鲁伞厂 40 张桌子要全部退回公司。”

所有员工都惊得张口结舌瞪大了双眼。

“100 是个不小的数目啊。次品现象允许存在，一件两件人家不会计较，可那是整整 100 件次品哪。各位员工，如果你们是两个厂的厂长，你们怎么想？你们的员工怎么看我们公司？你们现在是否能理解我断电停工之举，我苦闷哪激动哪。告诉你们，问题出在分拣组与组合组：分拣组的员工工作心不在焉粗枝大叶麻痹大意，我刚刚看到分拣组的员工一边说悄悄话一边闭着眼睛分拣，这样的员工这样的工作态度不把公司分拣掉才怪；组合组的员工组装完每件成品为什么不做全面检查？你们每日早上穿戴完毕不都是照照镜子，看看自己的头发乱不、脸脏不、衣服整齐不？你们这样的工作责任心不把公司组合完我看你们肯定不甘心。当然我不能因为床桌之事否认其他无关员工所做工作，更不可否认前期所有员工的辛苦努力，因为前期大家的工作都非常出色。

“郑主任，事故出于麻痹，麻痹害无边；效益源自责任，责任大于天。我们与所有客户打交道，看重的是彼此的诚信彼此的责任心。郑主任，出了这档事，总得给公司有交代给员工有说法，你是车间主任，你来处理。”

郑林玉满头大汗，背脊的汗水浸湿了粗布外衣。他虽然年过花甲，但从未遇见如此大的事故，更不谈处理。可现在老虎追着屁股咬，那就不得不跑；蚊子紧逐自己叮，那就逼得四处拍打。自己工作失职、职责范围内的事没做完美，自己就得勇敢担责。

“王总，我拿出几条处理意见供你参考。第一，由于我监督不力引发退货事件，请公司扣除我本月工资奖金；第二，立即拉回两厂所有次品，尽可能减少公司负面影响，尽可能挽回公司声誉损失，车力资与驾驶员的费用一律由我承担；第三，请公司扣除分拣组两同志和组合组四同志本月工资。以上三条请王总审批。”

“郑主任的三点意见我基本同意，但我附加一条：必须开除张玲玲。”

“王总，工资都扣了，除名是否过了头是否小题大做？我看除名就免了。”郑林玉面露不悦，他极力想维持自己的建议，又极力想缓解即将发生的家庭矛盾，“王总，张玲玲毕竟是你堂客，你这样做不利于家庭和睦，三思啊，伢子！”

“正因为张玲玲是我老婆是我家人，所以只有这样才能服众。”王亚林试图说服郑林玉。

“王亚林，要开除张玲玲，干脆你连我也开了。”郑林玉背对着王亚林。

“王哥，每回总是我惹玲姐说话，都是我不好；你不能开除玲姐，我下月工资做玲姐的扣款，好不，王哥王老板？”华彩简直哭着哀求。

其他员工纷纷为张玲玲向王亚林做解释保证工作。

王亚林的眼睛湿漉漉的，他的心感动得丝丝痛，但他绝不能松口，外面许多企业尤其是家族企业铁的事实血的教训告诫他，必须以制度以严格的纪律治理企业管理大“家”。

王亚林退了站到郑林玉面前，他们四目相视，他能读懂郑林玉。

“郑叔，您是我尊敬的叔，其中原因我以后抽空跟您细说。叔，您不是自打我这次回家就一直高举双手支持我吗？我想请叔一如既往支持伢子，好不，叔？”

是他的诚意他的执着打动了郑林玉？——郑林玉沉默不语。

“华彩妹，各位员工，我王伢子谢谢你们好意，我会妥善处理好家庭矛盾，你们放心好了。我这就合上电源，大家继续上班。”

没给张玲玲面子，让她下不了台，王亚林知道她很生气；车间其他所有员工经他一番劝说都没提反对意见，都按部就班作业，他知道他们都心服口服。玲玲怒气冲冲甩手而去，丢下句“看他王亚林能的”。

满以为回到家里迎接王亚林的是电闪雷鸣飞沙走石狂风暴雨，却不料风平浪静，偶尔掠过丝丝波纹。这不是玲的风格，他不禁感到惊讶好奇，忍不住搭讪玲：“九妹，咋的不气哇？日头西边出？”

半晌玲玲没好气回了句：“不是爹为你求情，我一准饶不了你。”连眼角都不瞧他一下。

“伢子，不给九妹台阶下是你不对，再怎么说是夫妻是一家人，扣扣钱不就结事了？九妹真不愧是咱老王家好儿媳，回家只是把详情说给我听，她一没骂你二没哭。我把她走与留两样结果的利害关系说给她听，她点头接受了我的劝解。换作我得跟你闹，这样的好女人哪里找？伢子，快给你堂客赔不是，家里没外人，丢不了你什么。”

王亚林按父亲王祖良的说法做了，玲就是不理他。

不知何时文文、武武齐蹦到他和九妹中间。

文文撒娇地箍紧他的腰：“我爸是世上最好的爸。”

武武不甘示弱，他跳起勾住玲的颈：“我妈才是世上最好的妈呢。”同时对文文挤挤眼，“姐姐是马屁精。”

文文对武武撇撇嘴：“你也是。”

十四、激情的中秋节

1983年中秋节。

秋高气爽，艳阳高照，桂花香味洒满整条人民路弥漫整个松鲁县城，呈现出一派祥和的节日气象。人民路上车水马龙：卡车、三轮车、自行车及行人礼让三分各走各的道，只是偶尔几辆吉普车或bus走走停停时，行人驻足看好奇；沿街日杂店、代销店、理发店、饭店等个体户营业厅里飘出录音机播放的港台大陆流行歌曲，如《万里长城永不倒》《回娘家》《小城故事》等人们耳熟能详的歌曲；国营百货大楼商品较之齐全，除了通俗歌曲，还扎彩带飘彩球。

塘玛渔网厂郭厂长、松鲁伞厂贺厂长、河湾砖瓦厂刘厂长、马墩料石厂齐厂长和古河木材加工贸易有限责任公司的王亚林五人相约于中秋节感谢松鲁县惠民银行杨刘松行长历年对他们五家企业的大力支持，说感谢其实是请杨行长在个体户勤奋饭店吃顿便饭，五家交流经验时请杨行长给他们提出更多的合理化建议。

勤奋饭店是一家沿街个体商户，厨房加餐厅面积不足60平方米，饭厅摆放四张方桌稍显拥挤。饭店的食材简单普通，蔬菜及为数不多的鱼肉而已。

他们前脚刚进店门，杨刘松后脚即刻到。

……

他们五人斟满泸州老窖酒，举杯共敬杨刘松，贺厂长代表他们五人致敬酒词：“杨行长，五人中他们四位从事个体行业或集体行业，其工作热忱与勤奋我是无法比拟的；松鲁伞厂是国营单位，我挺懒散，但杨行长您没嫌弃我，在我流动资金极其短缺时帮我走出困境，而且对我提出许多中肯意见，使松鲁伞厂找到新的市场定位，黄布伞远销上海温州等大中城市，我无比感谢杨行长，在此我谨代表五位忠诚客户敬我们尊敬的杨行长。”

“在遵守金融法律法规、不违反国家产业政策前提下，吸收社会闲散资金，向企业与个体户及自然人投放信贷资金是银行应尽的社会责任，所以你们大可不必谢我，因为你们发展壮大的同时银行也在发展，你们与银行是鱼水关系。对你们该说的我前期都讲过，我只希望你们无论何时何地都要把‘诚信’置于经营首位。”

杨刘松谈及“诚信”时，王亚林异常感慨，他把去年下半年次品事件向杨行长、郭厂长、齐厂长做了简短汇报，尔后他对贺厂长、刘厂长深深鞠躬，端起两杯酒：“贺厂长，杨行长没有嫌弃你；你与刘厂长如同杨行长没嫌弃我，而且帮我扩大了销路拓展了销售市场，同时给我引荐了塘玛渔网厂郭厂长、马墩料石厂齐厂长，郭厂长齐厂长同样视我为知己，介绍了好多优质客户给我，如凿山水泥厂张厂长、鲁雪石灰厂邓厂长等。正是这么多商界知己朋友鼎力相助，古河木材加工贸易有限责任公司才从低谷跃上发展的新台阶，处处初现欣欣向荣景象，我王亚林终生铭记指引我、帮我振兴企业的各位兄弟长辈的恩情。我两口连饮四满杯。”酒有点辛辣味，但王亚林如同畅饮琼浆玉液；感激的泪珠最终滴入酒杯，溅起丝丝酒花，他却道是锦上添花，是人生的催化剂和调味剂——他满饮此幸福酒。

“亚林，是你的爽直打动了我和贺厂长，更是你的‘诚信’经营理念深深感化了我们，因此我俩觉得同你打交道‘值’。”刘厂长快人快语，字字点击要害句句切入主题。

在他们深刻剖析失败教训、热烈分享成功喜悦之际，杨刘松缓缓站起。

他们不敢怠慢赶忙起立。

杨刘松缓缓举起两杯酒：“这第一杯酒我敬各位企业家，是你们的发展壮大和对松鲁县惠民银行全力支持，加速了松鲁县惠民银行在短短七八年时间内发展成松鲁县银行业佼佼者的进程。这第二杯酒我单独敬王亚林，我佩服王亚林的勇气与诚信，值得你们四位借鉴。”言毕杨刘松连饮两满杯。

杨刘松好像语意未至淋漓尽致意境，他继续表达着激奋之情，“受你们启发，我建议你们五家成立一个信息交流或信息共享协会或联盟——大意是这样的，具体或更合适的名字与规则约定你们协商去，也就是说其中一人或几人得到比较有价值有意义的信息立即将此传导给其他会员，看看此信息有益于哪家或哪几家。一句话，你们走团队精诚协作之路，谋求共同进步共同发展。当然我也不会闲着，一旦有信息我会第一时间联系各位。今天是中秋节，各位不去孝敬老丈人丈母娘而专门陪糟老头我吃饭，杨老头发自心底深深感谢各位企业家。”

王亚林接过话茬：“杨叔，说谢谢的该是我们五人，因为您又给我们上了一堂意义深远的社会人生课，还有那即将成立的协会、联盟。另外您是伢子我最最尊敬的长者，是您让我认识了我生命里这么多贵人。”

经过几天酝酿协商，成立了以松鲁伞厂贺厂长为会长的“松鲁信息共享协会”。协会聘请杨刘松行长担任长期顾问，杨刘松表示只担任免费顾问，前提是闲暇且不影响其本职工作；河湾砖瓦厂刘厂长任协会副会长，塘玛渔网厂郭厂长、马墩料石厂齐厂长和王亚林任协会会员。协会制定了会规与工作流程，明确了各成员职责。

由于协会具有积极性、阳光性、民间性的性质，既客观原则又实际灵活，因此协会自成立起不到两个月的短短运作期间便吸收了一批企业和个人会员。在协会进一步引导和促进下，古河木材加工贸易有限责任公司不但弥补了一年前床、桌子事件引起的亏损，而且冲平了当时购买各种设备的垫付款，每月按时发放员工工资。所以只要公路上扬起灰尘，只要听到解放牌卡车、热托等马达声或鸣号声，古河生产队大人小孩无须猜测，一准知道是整车的木制品正源源不断地销往全省乃至全国各地。每月有了基本固定收入，虽然只有100元上下，但在那个低消费水平年代，这个数目已非常可观，几近天文数字，因此家家户户的日子红火了，人们的口袋充盈了、脸色红润了、说话声大气了，他们可以昂首挺胸阔步向前：“我们是骄傲的古河生产队人。”

十五、密定阴谋诡计

一个天阴沉沉的日子——公历1983年10月下旬某个周日。

丁坚办公室里乌烟瘴气，三颗脑袋喝着粗茶围坐在条桌三方一言不发，只静静腾云驾雾。

丁坚实在无法忍受死一般沉寂的气氛和令人窒息的局面，他怒气冲冲拨开烟瘴：“你们都坐半天了，怎么没一个吭声，你们知道王亚林这两年的经营状况吗？”

经营不就是做生意买卖赚钱？丁横精气神十足，他大声回答丁坚：“晓得，听说王亚林他们几个搞厂的老板组成一个什么协会、联盟的东西，这玩意儿挺能帮助人，王亚林从中得到好多好处，所以这几年他发大了，净赚了所有买机器的钱。”

于竖也来劲了，他为王亚林所谓的发财做了进一步或更清晰的剖析：“也就是说王亚林不光正常生产，正常发工资给工人，最主要的是他厂里那么多机械都是他自己的。”好像发财的是他于竖，助人为乐的也是他于竖，赚回机械设备款的同样是他于竖。

“既如此，你俩不眼红？你俩为何不进王亚林公司发家致富去？”丁坚阴沉着脸。

“哪那么容易！想进就进，说进就进。不犯红眼病是假话，我们都找过王亚林试图进公司做点事，可人家王亚林说目前只招古河生产队男女劳力。”丁横和于竖无可奈何地异口同声对丁坚诉苦。

“说明王亚林眼里根本没有你们这些外人，那你们对王亚林是感恩还是怀恨？你们到底做何打算？”

“丁副主任，说实话王亚林为我和于竖介绍过不少客户，正是通过他我们卖出了好多西服，并且他没问我们要一点好处费，所以从这点说我们真有点感谢他，至于进不进厂是另一码事，因为我做我的小生意，只是后来……”

丁坚粗暴地打断丁横：“‘并且他没问我们要一点好处费’，说得好哇！你究竟什么意思什么逻辑？难道我得了你们许多好处费，你记恨我？你会算账不，那介绍信带给你们多少利润？你若非我本家，我早对你不客气了。”

“这个我自然晓得，本家主任。我们粗略估算卖给红新公社各大队书记大队长会计、各生产队队长会计及小商贩的西服至少240套，收入很可以。不过话说回来，我们可没亏待你，本家主任。”丁横说得有些紧张兮兮的。

丁坚稍许平静了几分，他接着逼问于竖：“于竖，你对王亚林有何感想？”

“丁副主任，其实，怎么说呢？虽然王亚林确实帮过我们，但因为你我不会对他有什么好感；虽然他父亲曾经用那介绍信对付过你，但我也不会记恨他什么，可是……”于竖说得既平实又圆滑，对王亚林的评价可谓模棱两可。

“什么？可是个屁！你这是什么屁话！”丁坚暴跳如雷，他歇斯底里地怒视着于竖，“到底是我大还是他王亚林大？到底是我对你们好还是他王亚林对你们好？你们以后主要依靠的到底是我还是他王亚林？”

丁横、于竖当然不敢得罪红新公社丁坚丁大副主任。他们赶紧起立对丁坚连连点头作揖：“当然是你丁副主任大，是你丁副主任对我们好，你丁副主任是我们的长久的靠山靠背！”

丁坚才露出几丝笑意，好像他是最终得胜者。他撇撇嘴吩咐他俩：“既如此，你们坐下来，我们研究下步应对计划。”

三颗头腾云驾雾碰得茶杯咚咚响。

“本家主任，打蛇得打七寸，整人就整弱处。”丁横谄媚的同时显着愤怒惊恐之态，“王亚林他们骗走介绍信后，我恐慌到心底后悔到肠青，生怕日后介绍信惹祸连累本家主任。王亚林他们个个都不是好东西。”

“对，丁横和我想到一处，真不愧是丁家人。”丁坚大加赞赏丁横，“关键要摸清摸准王亚林的弱点。”

“最好是致命弱点。”于竖不甘落后，他见缝插针做补充。

“我与王亚林相处时间较长，我们合作过、友好过、较劲过，较劲成分居多。王亚林坚强果断，敢言敢做敢当。那时他最大弱点是有一颗无比仁慈之心，我即将在这颗仁慈心脏上插一把温柔的尖刀，这是一把既老又锋利的宝刀。”丁坚扬扬得意狂笑不止，笑得人心碎房顶塌。

丁横继续谄媚，字字句句向他人显示他和丁坚有着与众不同的特殊关系:“本家主任，孩子是父母心头肉。可能你不晓得，王亚林的女儿王文文是王亚林心头肉的心头肉，是王亚林小棉袄的小棉袄。这才是王亚林的致命弱点，本家主任，你该晓得做什么事了吧？”丁横满脸奸笑。

“我知道怎么安排。”丁坚竖起拇指好不得意。

于竖见状进一步添油加醋火上浇油:“老领导，还有一事估计你没听过。”于竖压低声音故作神秘，“一年前桌子和床的风波，任凭职工怎么求情，王亚林毫不客气把他老婆张玲玲开除了。王亚林真是铁石心肠，这么贤惠的女人他怎忍心开除？换作我非同王亚林闹翻不可，你说呢，丁副主任？”于竖说得眉飞色舞，由神秘进展为亢奋态，“丁副主任，现在我们都是同路人，要共同对付王亚林与他的同伙。既如此我不怕你骂我，我也准备好你骂我，不瞒你说，我多少晓得点点你对张玲玲有好感，张玲玲心里也一直有你。你记得前年王亚林公司开

业都请了哪些人，丁副主任？”

“黄书记、何副书记和余主任。”丁坚脱口而出，他怎能忘记作为红新公社革委会副主任、分管矿产资源的公社领导、古河大队长的女婿，竟不在被邀请之列，这对虚荣心极强的他而言就是人生极大耻辱，他怎可咽得下这口怨气恶气？他的脸色逐渐变作猪肝状。

“丁副主任，我为何敢说张玲玲心里也一直有你，借我一百个胆我都不敢妄说。听说前年你和小董为了‘五好家庭’上王亚林家，弄得你非常不开心，事后张玲玲数落了王亚林，还和他闹僵了好长时日；据确切消息，王亚林公司开业，张玲玲极力提出邀请你出席庆典，却遭到王亚林、陶德和鲁安一伙强烈反对，还有王亚林那老不死的爹王祖良。丁副主任，张玲玲多好的女人遭此不幸，这不是你的不幸吗？不也是打击你吗？不是你的新仇吗？”于竖层层剥笋分析得头头是道。

“我要再度整趴你王亚林、陶德、鲁安，外加老东西。”丁坚发疯似的拍桌子、打板凳、摔茶杯。

“本家主任，那就从张玲玲下手。”

“不可，既然王亚林经常和张玲玲闹事，说明张玲玲不是她的弱点。我们就先从王亚林仁慈的弱点打击他，就是我将那把宝刀插进王亚林的心脏；再从他致命的弱点击垮他，就是你们俩想方设法掳走王亚林的宝贝女儿，主要吓唬吓唬孩子，从精神上摧垮王亚林，如果有可能，或者说必要时敲敲王亚林竹杠，反正他有钱。我先行一步，你们紧随其后，对王亚林他们实行两面夹击，你们切记不可闹出人命，否则一切后果自负。”

“这个、不好吧，他王亚林毕竟和我俩无深仇大恨，何必呢，丁副主任？”丁横和于竖不禁心惊胆战，现在他们欲摆脱丁坚的淫威控制。

“有困难吗？王亚林和你俩无深仇大恨，可跟我却有着解不开的新仇旧恨。有我丁坚做你们坚强后盾，你们就放心放手大胆干，天塌下我支撑，发大水我土屯，烧大火我浇灭。”丁坚对丁横和于竖恩威并施，之后狂笑不已，他欲借他俩置王亚林一行于死地。

“本家主任，我一百个信你。”有了丁坚的保证，丁横信心十足精神百倍。

“丁副主任，你可要说话算数，确保我们平安无事啊，我还有老父老母在上。”于竖还有点放心不下，他希望丁坚进一步给他做人身安全保证。

十六、“宝刀”刺“心脏”

公司没有停止发展的步伐，如日中天：古河生产队通往外界唯一的公路依旧车水马龙，马达声、轰鸣声此起彼伏连成一片不绝于耳，解放牌汽车、热托手扶拖拉机、人力板车络绎不绝穿梭于公路；古河生产队形成了一套制度化规范化的运输体系，销往县外的货用解放牌汽车运，销往本县的货用热托拉，销往红新公社区域内的货用手扶拖拉机送，销往古河大队范围内的货用板车拖。

王亚林的思想没变，依旧是带动古河生产队向前走，依旧是领着人们奔往康庄大道，只是心底增加了尊老爱幼观念的比重，“老吾老以及人之老，幼吾幼以及人之幼”是伟大中华民族的传统美德，他要将此发扬到极致。公司以现有发展速度持续壮大五年后，他有能力首先兑现“老吾老以及人之老”，一是古河生产队只要是年满60周岁的老人，每人每月可一直享受公司补贴100元赡养费；二是逢年过节特别是重阳节，公司给每位老人送上节日祝福和丰盛礼物；三是公司至少承担每位老人病重及去世所有医药费的60%。其次兑现“幼吾幼以及人之幼”，一是但凡古河生产队小孩，自出生至6周岁，每个孩子家长每月能领取公司200元抚育费；二是公司给付古河生产队所有小孩小

学期间全部学费；三是古河生产队的年轻人只要考上大学或中专，公司奖励每人 1000 元或 500 元。

时下正是陈传立母亲病重之际，其实王亚林刚刚从母亲处得知老人患的是“隔食”。“隔食”是农村俗语，专业术语即“食道癌”，农村人当然不懂这些，他们只晓得患“隔食”人活不长久。虽然公司运作未满五年，公司“尊老爱幼”还未提上议事日程，但他决计以个人名义探望老人。

行至半路，遇见宗富贵蹲在路边一颗松柏下唉声叹气抽闷烟。尽管上次在大队部和他闹得不愉快，但出于礼节王亚林还是弯腰问候他，毕竟他是父亲的同龄人。

“宗伯伯，您有烦心事？说给伢子听听，说出来不就痛快了？兴许我能帮你解闷。”

“是吗，伢子？”宗富贵看似不信任，他慢腾腾站起，“说出来是舒坦些，可一时半会解决不了问题，恐怕伢子也犯难。”

“关联我，宗伯伯？说吧，伢子脚多大就穿多大尺码的靴；有多宽多长的路伢子就走多阔多远的路。”王亚林猜测宗富贵肯定有事才于此“屈尊”等他。

“说来惭愧，我们老辈都是骆驼苦命。这不，刚实行责任制不久，我们大队干部没多大多少事干，人人像歇业，个个闲出病，宗伯伯不例外也闲出病。”宗富贵一脸苦笑。

“赶紧看医生，宗伯伯，我这就送您上公社医院。”王亚林不想与他有一丝牵连。

“伢子，你不知道，医院也治不好我的病；只有你才能医好我。”宗富贵这才向王亚林交底道明他的目的，“我们老年人下线了，可心里还是热乎乎的，总想发发余热，继续替社员们多做点事。直说吧，伢子，听讲你家里忙，侄媳妇前两年就出厂回家忙家务孝敬公婆带孩子了，公司不就有个缺，你看我能填个空吗？”

“宗伯伯，我以为你手头紧，如果是这个原因愁出病，我今日能解你燃眉之急；可公司有规定，我不能为你坏规矩呀，宗伯伯，你真让我作难……”

“伢子，前几年你们到大队部我家找我，我没好脸色给你们看，让你受委屈了，都是我一时性子急脾气暴躁。你是走四方见多识广的人，就不要计较宗伯伯的过去，好不，伢子？”

“宗伯伯，你看我是小肚鸡肠之人？否则伢子安能做好城市里的企业、怎能做强做大古河木材加工贸易有限责任公司的业务！”

“说的是，怎么瞅伢子都是心胸开阔的老板，是老木头多想了。”宗富贵如释重任，“伢子，还有件事我一定得跟你赔不是，也是我一时糊涂啊。”

“哪有那么多道歉？”王亚林不解地盯着宗富贵。

“是这样的，前年为修路一事我和你父亲红过脸，当时陈传立在场；都是我好多管闲事，都是我不对……”

王亚林打断了宗富贵：“宗伯伯，不要说，这是你们上辈的恩怨上辈的事，我们晚辈不便也不想介入其中，更何况我父亲与陈传立从未对我提及过此事，你就当我毫不知情。此事到此为止，如何，宗伯伯？”

“那是再好不过。伢子，我的事呢？”宗富贵生怕王亚林不理他，赶忙钉钉覆脚。

“宗伯伯，你知道这有一定难度，并不是所有事我一人说了算数；待我回头同我父亲、姜家延姜伯伯、郑林玉郑叔叔他们商量是否有此可能，不管结果怎样我一定及时给你确切回复。你先回吧，我还要去看陈传立母亲，你知道看病人不能过了中午，不然会遭人白眼。”

……

事后王亚林才知道，前年父亲和陈传立因修路一事与宗富贵彻底闹僵了，他俩把这事分别告诉了姜家延、郑林玉、黄喜日、项娟凤、余英柳、华彩等人，同时叮嘱他们千万莫让他知晓，他俩怕他沉不住气会找宗富贵丁坚评理要说法而不利于修路工程的进展。他知道自己父亲“宰相肚里能撑船”。

数十年前宗富贵、苏谷忠与林美、王祖良同是古河大队社员、古河大队古河生产队基层干部、“农业学大寨”的“寨友”，如今宗富贵又是丁坚的岳父，最重要的是他还是他们五人同学的老丈人，虽然丁坚与他们五人有着水火不容的仇恨，但他不能因此迁怒宗富贵；此外一个重要原因是增强公司的凝聚力向心力亲和力。因此王亚林最终极力动之以情晓之以理说服姜家延、郑林玉、鲁安、黄喜日、陈传立和自己的父母等人接纳宗富贵，而最终他们根据宗富贵的身体状况等条件，勉强一致同意他进公司打杂，即开关门、打扫卫生、收拾废弃木料等琐事。

平凡的人平凡的事在平凡的日子中平凡度过。

转瞬间时间已到公历 1983 年 12 月 3 日，这是一个极为平凡的寒冬日。天阴沉沉，寒风怒号，气候干燥，空气中夹杂着几丝腥味苦涩味；沉闷混浊的空气，能见度很低，60 米外几乎看不清人，30 米左右即听不清大声说话声或叫喊声。

十时许王亚林正在办公室仔细翻阅上月鲁安做好的财务报表，不料父亲跌跌撞撞跑进来，神情紧张气喘吁吁告诉他:“伢子，不得了，宗富贵踩着一块冰摔倒了，人都爬不起来，不知摔坏身体哪块？”

王亚林刚好跨出门，姜家延、郑林玉和陈传立正携着——半拖着宗富贵朝这边挪来。一百五六十斤重的躯体让两老一少累得够呛。

“赶紧去大队部药店。”王祖良急得似乎六神无主，“都快到年关了，竟闹出这宗事。快走，伢子，愣什么神？都怪我们不好，让他进公司，不然不会出事，即使有事也摊不上我们。”

“爹，都啥时候了还讲这些，谁都不要怨。大队部诊所条件不好，直接到公社医院。”王亚林临时调整了几人的工作，“黄喜日开辆大卡车送宗富贵到公社医院，姜家延、陈传立陪护到医院，姜家延到财务室找鲁安先预支 500 元住院费医药费。”

“伢子，对不住啊，都是宗伯伯不慎惹事连累你，还劳累你动这人调那人；就连医院都给我住好的，还交那么多住院费医药费。有愧啊，我、我……”不知怎的宗富贵竟挤出几滴老泪。

“宗伯伯，为你治疗，我就是停产歇业也在所不惜，更何况只是动动人员出点钱，和你治病相比算什么。”王亚林被宗富贵的言行感动，“宗伯伯，快过年了，我们只盼你早日好起来，我只盼对你全家有个好的交代。”

姜家延、陈传立、黄喜日送走宗富贵，王亚林赶忙让他父亲立即去请苏谷忠书记到公司有事相商，因为他总隐隐约约感觉有事要发生；他正欲派华彩去宗富贵家报信，还是郑林玉老练，及时制止了王亚林：“伢子，不慌，必须在大约一个半小时后再安排华彩到宗家报信，因为等过了这个时段，估计公社医院那边应该有了结果，姜家延也应该告诉我们这个结果；另外你我都知道宗家老太婆是远近有名的泼妇刁蛮户，没有医院确切消息是很难对付她的。”

最终情况正如郑林玉所料，一小时三十六分钟后姜家延来电话告知郑林玉和王亚林：经医院全面仔细检查，诊断结果是宗富贵摔倒只是双腿膝盖皮外伤，因为他穿的厚厚棉衣棉裤起到极大的缓冲保护作用，因此消炎敷药打纱布在家休息即可，而无须住院治疗，至多派车接车送宗富贵到医院换两至三次药，伤口即痊愈。

这是一个令人意想不到的好消息，王亚林立即叫华彩去宗家送信。一袋烟工夫，宗富贵老伴宗家老太婆吴云佑踮着小脚牵着拐杖疾步点

到他面前。这是一位年近六旬妇人，高个头瓜子脸双凤眼，不难想象年轻时的她应该是方圆上十里内的大美人，否则作为年轻大队长的宗富贵怎可娶她。双凤眼盯得王亚林火辣辣的难受，突然她丢开拐杖一把抓紧他的双手:“好你这个臭伢子，修的什么破路，跌坏了我家老头子。”

“吴大妈，是平坦的水泥路，宗伯伯怕是不小心踩冰摔倒的。”王亚林任由吴云佑抓着，告诉她实情。

听到“不小心”三个字，吴云佑上劲了:“说什么不小心，尽是胡扯。我家老头子身子骨结实硬朗，怎么会摔着？”

“怎么不会摔着？我亲眼见着宗富贵滑倒，还是我和姜家延、陈传立扶起他的。”郑林玉眼瞅吴云佑架势，赶紧上前给王亚林解围。

“郑老头，即便老宗自个摔了，那也是为公家公事摔的，老宗的医药费住院费补品费咋办？”吴云佑再度紧盯王亚林，“小王老板，你说呢？”

“吴老太，伢子一下子给出 500 块，那至少可是咱公司一个职工五个月的工资，伢子出手够大方吧，你可别不信，是姜家延找财务领取的。喏，在场的人都可做证，是吧，华彩？”郑林玉让苏谷忠、王老头、华彩等人一一说给吴云佑听。

“就算我信你们说的，可厂子不是缺人吗？马上快过年了，外头催货紧，王亚林就不顾老宗愿与不愿硬是请他来做事，要是不接老宗就不会有事，说啥厂子起码得赔老宗 2000 块钱，这事算完，不然大伙都莫想过太平年。”吴云佑终于使出缠劲露出目的。

“宗家嫂，老天爷在瞧着咱，咱可不能说冤枉话，要不会遭天谴雷打。”王祖良实在不堪吴云佑蛮横无理，他霍地站在吴云佑面前，“你家老宗再三央求进厂，我家伢子心慈面软深明大义，二话不说立马做我们几个人的思想工作，老宗这才进厂做事领工资，怎么说是伢子请老宗进公司？难道好人不能做？难道我们大伙让宗老头进公司是错的是犯法的？世上哪有这样的歪理。”王祖良气得简直无法形容，但他使劲把王亚林往后推，他不想自己的儿子气盛出更大事。

吴云佑似乎得理不饶人，一个劲儿干号：“我家老宗是厂子工人，替厂做事住院王亚林不赔钱，人家陈传立娘老子病着，他王亚林大包小包地提东西看她，还出钱给她治病，这不明摆欺负人欺负我们宗家，不把我们当人待？可话说回来，老宗是老大队队长老大队干部，咱宗家也不是好欺负的。”

“哟呵，老太婆，你跟病人计较什么！”华彩向来都是敢说敢当敢为的，这下她可不干了，嘴巴更是不饶人，“亚林老板胸中揣着一颗菩萨心、手掌捧出一颗善良心、待人一颗赤诚心，他善待我们所有人，哪像你蛇蝎心肠，为了自家女儿为着自己找靠山，你和你家老宗头歹毒要挟丁坚，强行拆散他和人家老师以及他们的小孩，硬逼他娶了你女儿。我婆婆得‘隔食’了，你家宗老头也得‘隔食’了？我婆婆已见祖宗了，莫不是你也想你家宗老头早日见祖宗？你老婆子撒泼，我可不怕你，你什么做得出说得出，我就什么都做得出说得出……”

“华彩，你这个死丫头放的什么狗屁；你说我和老宗歹毒要挟丁坚，强行拆散他和人家老师以及他们小孩一家，硬逼他娶了我女儿，证据呢？”吴云佑这会儿果真撒起泼来，她放下拐杖赖在地上号啕不止，“你这臭娘们，今日若说不出个子丑寅卯证据来还我链儿清白还我们宗家清白，老娘我今日就到你家上吊，让你全家不得安宁，让你们全家过不了年。”

“吴老婆子，我华彩口稳本不想抖落你家事；可我今朝若不如你心愿，我家一准会出大事。既如此我今日就尊老一回，现在当着各家长辈数落数落你宗家那些丑闻破事吧。老太婆，这可是你逼我的呀，莫怪华彩我口风不紧啊。”华彩漫不经心。

“小妖精，啰嗦什么！有话快说有屁快放。”吴云佑大怒。

“得得得，我立刻给左邻右舍一一说来。”华彩劲头十足，“伢子哥毕业不到半年，丁坚工作了，你和宗富贵同时相中了丁坚，又同时四处察访得知丁坚喜欢朱同学。为了丁坚能成为你家上门女婿，你和宗富贵欲擒故纵。一个阴雨天下午，宗富贵以古河大队队长身份，以朱同学、林同学工作为诱饵，要朱同学、林同学到你家具体面谈她俩到古河大队古河小学任教事宜。正事倒没说多少，宗富贵却胡吹了一大通，凭嘴上功夫挽留住姑娘们吃晚饭；又拿教书做诱惑，他把她俩都灌醉了。是不是，老娘们？”华彩一边讲述一边质问吴云佑。

“我们宗家是喜欢丁坚不假，要不丁副主任怎成为我家女婿？宗大队长是有意帮朱丫头林丫头解决工作问题，为此还出了不少力。你小娘们不服气有意见说什么欲擒故纵的？老娘我不懂，你接着说书演戏给大伙给老娘边听边看，老娘急着听书说戏哩。”吴云佑见华彩说不出什么实质性话语，便催促呵斥华彩。

“莫急，好听的戏精彩的故事在后面。”华彩喝了口开水，一扬头继续戏说演绎宗家史，“刚刚我说过丁坚很喜欢他那个朱同学了，而此时朱同学已被宗富贵灌得酩酊大醉。在朱同学沉睡之际，按照你吴云佑、宗富贵与丁坚的事先约定，躲藏于你家的那只禽兽丁坚趁机睡了朱同学糟蹋了朱同学。可怜的一朵鲜花还没品尝到真爱就这样被你们几只畜生联合摧残了；可怜的丁坚，他受人摆布的噩梦即将开始。是这样吗，吴云佑？”

“你胡说，你放你的东风螺丝狗臭屁。”吴云佑气急败坏地跳起来怒骂华彩。

“不急不急，还没完呢。”华彩对吴云佑不理不睬，“丁坚睡了糟蹋了或者说强奸了朱同学，你两个老不死的不仅不安慰朱同学、深刻批评教育教训丁坚，反而仍旧以教书说事，数次威胁朱同学林同学对此事必须守口如瓶，可以说丁坚同你和宗富贵一起糟蹋了朱同学。丁坚糟蹋朱同学的事件发生了，你们三个人的目的都达到了。丁坚真心实意感激你俩，预计将来帮你们做点什么事；他盘算自己既已和朱同学生米煮成了熟饭，那朱同学还不好好跟自己过安稳日子。可是丁坚大错特错，他压根不曾想这是你俩给他设的套；他更不知道你俩会以此实事当筹码作把柄，威逼他娶宗家女儿宗长链做宗家上门女婿。丁坚呢，自然是一百个不乐意。你们呢，就旁敲侧击、暗着明着警告威胁丁坚，要把此糟蹋事件告发到丁坚单位，说给公社书记主任听，让他开除公职身败名裂。从贫苦中走出来的丁坚，能走到这一步已属不易，他怎肯背负强奸犯罪名、怎能舍弃来之不易的工作？他只有只能牺牲朱同学来成全自己成全你和宗富贵。于是在这场游戏中、在整个糟蹋事件中，你和宗富贵成为最后赢家，朱同学成了受害者，一年后丁坚成为宗家上门女婿变作你们的玩物。大伯大妈、叔叔婶婶，还有你吴云佑，故事好听不、家事有趣不？”

华彩小小的丫头片子打哪知道得如此之多？此时的吴云佑简直云里雾里的一头雾水：“华彩，你从哪里听说的？今日不说出来老娘一定要剥你的皮。”

“我说我说，我怕剥皮怕痛，不过我更怕说出来你听过会受不了会比我更痛。”华彩显出无可奈何及同情吴云佑神态，“既然你老人家执意要晓得这些事的来去，我也只好直说了。多年前生产队不是有意向选我家传立驾手扶拖拉机吗？你们都知道驾拖拉机既是一门手艺又是轻巧活，后来抓阄我家传立没当上手扶拖拉机驾驶员，尽管那样，咱们得感谢人家，于是在大前年也就是伢子哥开公司前一年，为了表示我们的谢意，传立请伢子哥他爹和生产队会计到我家做客，并请宗大队长作陪。估摸宗大队长高兴至极，这不喝多了，就把我刚才说的这些事全兜出来。通过宗大队长我还知道，在丁坚结婚前一点点，朱同

学给丁坚生了个女娃，过后不久，大概丁坚觉得对不起朱同学母女，便想方设法帮朱同学谋了份教书的正式职业，庆幸丁坚这畜牲总还有那么一小点一小点良心；为堵林同学的口，丁坚焦头烂额为林同学找了份相同职业，而且与朱同学在同一单位。吴大妈，华彩说的对不？王伯伯，有这事吗？”华彩此时笑嘻嘻地问过吴云佑问王祖良。

“啊，是有这档事，我老糊涂了，差点忘了这茬；宗家嫂，不信过会你回家问问你家老宗头。”王祖良想了半时才点点头。他觉得自己真的老了，老得连这么要紧的事这些重要的话几乎忘却。

“不对，全不是，根本没有这些事，全是你这个小狐狸精造谣生事。我家老宗不是这样的，我家女婿丁副主任更不会那样的无聊无皮无骨无耻。等丁副主任今晚回家我问他好了，等老宗伤好了我回头同他对质好了。现在不说丁副主任和老宗，我要的是就赔钱一事，王亚林得给我一个合理说法。”突然吴云佑疯了似的声嘶力竭大声喊叫，“不得了，大伙瞧见没？他们王家陈家合起伙来欺负我们宗家。华彩这嫁人的嫩寡妇，王亚林这王八羔子，我不想活了，我跟你们拼了。”吴云佑一手举拐杖欲打华彩、一手欲抓王亚林下体。

郑林玉抢步挡住吴云佑，拐杖重重落在他身上。他咬咬牙，按住拐杖：“宗家老嫂，你打住，你太不地道了，满嘴脏话骂人嫌不够还要打人，我老郑挨了你一拐也不寻思计较，你就不要再纠缠了，退一万步我替华彩伢子挨着。实话告诉你，医院说宗大队长只是腿上皮外伤，敷几回药换几回药就没事，不要住院，前后花不了几十块钱，余下四百七八十块钱姜家延全给了宗富贵；过会儿宗富贵就到家，不信你回家问他去。”

大概吴云佑觉得刚才那一拐着实不轻，也大概郑林玉传递的信息对她是一副安定剂，她才稍微收敛些：“老宗没多大事就千好万好，要有事我老命不要定跟你们没完；我女婿管你们这行，你们做好准备，等来年春，我和老头子让他关了你们的厂子，你们割麦插窝去，除非王亚林补全我 1600 块。”

苏谷忠早就按捺不住，他拍案而起：“吴云佑，你当公司是慈善机构是收容所？你青天白日敲诈勒索抢钱哪？你想钱想疯了？你再在这胡搅蛮缠，我立刻叫大队民兵营长陶红高带民兵把你关进黑屋；告诉你，你休想仗丁坚之势四处欺负人，若丁坚真的对王亚林不利而做出有损公司之事，你们全家与丁坚将无法向古河生产队全体社员交代，同样公社黄书记肯定不会放过丁坚及你们全家，你晓得不？看在我同宗富贵多年同事份上，我不追究你不计较你，你快回吧。”

公社黄书记是吴云佑心中的仙，大队苏书记也是吴云佑眼里的仙。有仙家庇护着公司，有仙人支撑着公司，她安能兴风作浪？她只有也只能骂骂咧咧地悻悻而回。

十七、绑架王文文

下午三时许，王亚林正在办公室继续翻阅上月鲁安做好的财务报表，不料父亲又跌跌撞撞跑进来。他神情特别紧张，上气不接下气：“伢子，不得了；不得了，伢子……”

王亚林也一惊：“爹，宗家又来闹事了？吴云佑又在公司作怪？上午不是完事了？”他赶忙递杯水给王老头，“爹，莫慌，慢慢说，到底啥事？”

王祖良喝了口水，心神好像稍定些：“伢子，出大事了。中午放学文文没回家，文文莫见了。”

“文文不见了？”王亚林惊得茶杯掉落溅湿一地，“赶紧找啊，找学校、找老师、找同学、找亲戚朋友。娘和玲玲都去找啊。”听罢他急得像热锅上的蚂蚁。

“找了都找了，我寻到小学，学校关门一把锁；你娘问遍了亲戚朋友，都没见文文；玲玲到了文文每位同学家，小孩都说离开学校后就没看着文文回家……”王祖良无可奈何，非常沮丧。

没等老人说完王亚林拔腿就跑。王祖良一把箍住他：“伢子，上哪？咱得商量个找的法子。”

“我去河边塘边堰坝下找找。”

“没用的，鲁安已沿吃水河，沙锅塘、叶荷塘、新老塘，项上堰、鲁下堰都找了，就是没见着文文一件衣物；事后你娘带着玲玲、鲁安于屋前屋后、山脚山腰山顶全找了，都没见孩子影，怕是文文真的出事了。我这才告诉你。”王祖良蹲在地上号啕大哭，王亚林也是泪流满面。

不知何时，全公司员工都齐刷刷聚集在王亚林跟前，他们齐声表示：“文文既是王家的孩子，又是我们大家伙的孩子，就是公司停业全员分文不发，我们不吃不喝不睡都要找回咱文文。”

就在此时陶德出现在众人眼里——他和王亚林扶起王祖良。

“大致情况我已了解，既然孩子暂时无法寻到，那我提三点建议请大家参考。”陶德和盘托出他的想法，“第一，现在才三点半时间还早，拜托大家再分头拼力找个把钟头，兴许能找着；第二，一小时后无论有无结果，大家都请返回，天气不好环境不好路况差，大家尽量避免闪失；第三，如果寻着孩子我和亚林迅速送孩子去医院做检查，若没寻着孩子我和亚林则迅速到红新公社派出所报案，同时报告黄书记文文失踪案。”

事情正如陶德所料，古河生产队男女老少历经一个多小时的漫山寻全屋找、河塘堰边跑，均不得人影，大伙只得原路返回；王亚林和陶德立马直奔红新公社派出所报案，报备文文的一寸黑白照片、文文走失的大致时间与穿着、寻找文文的全过程等相关材料信息。

第二日即公元 1983 年 12 月 4 日清早，这是一个星期日的早上。

丁坚正和丁横于竖同在他办公室赶早“加班”工作。

“你们掳走王亚林女儿时是否有人看见或者是否碰到其他人？孩子当时和现在的状况如何？”

“本家主任，昨日雾有些浓没得人瞧着。孩子起初反应强烈，可她哪里经得住我俩用力捏拿，加上我俩连哄带吓，她哪敢出半点声响；孩子自昨日中午到现在蜷缩在墙角的床上不吃不喝，呆呆地傻傻地瞅人看物，也不晓得她昨晚睡没。”丁横既向丁坚表功，又向丁坚诉苦，“任凭我和于竖现在怎么费口舌，她就是不理我们。”

“估计孩子被我们凶神恶煞相貌吓坏了，所以就傻了呆了；照我看还是你丁主任劝她行，因为你斯斯文文不带杀气，孩子自然不怕你。”于竖为两人开脱时不忘溜须拍马。

“于竖，你是不是脑子进水灌坏了？榆木脑袋，我去过王亚林家多次，王文文不认得我？我劝她岂不彻底暴露了我自己？现在我们是同一壕沟里的战友，我暴露了不等于你俩也露了？好在她不认识你俩，因此只有你俩劝导她安慰她才最为妥当，不能让孩子吓出病，孩子万一有个三长两短我们都得死，可明白？”丁坚气得用力拍打于竖。

“于竖粗枝大叶，还是我去吧，我尽量温柔随和，谁让我和你是本家。”丁横突然记着什么，他转回头，“本家主任，外头风声松紧如何？”

“风声紧着，王亚林昨天下午已向派出所报案了。”丁坚警告丁横于竖，“你俩听着，孩子如还不听话不言语，你俩就原路将她悄悄送回至掳走之地；记着，你们一定记得保密再保密，否则谁都保护不了你们。”丁坚对两人再三叮嘱，唯恐暴露自己。

岂可因私废公！次日即 12 月 4 日，王亚林以“古河木材加工贸易有限责任公司”总经理身份和职务责成所有员工即日按时复工，而且必须保质保量完成客户订单任务。

在公安机关介入调查寻访文文的同时，王亚林也一刻不闲地明察暗访，找寻文文失踪的蛛丝马迹。

临近午餐时分，王亚林听见办公室外郑林玉、项娟凤老两口的争吵声，而且吵声异常激烈。平常两人为孙子孙女的事小吵小闹胜似家常便饭，他以为这顿家常便饭升级至国宾国宴，立即跑出来充当和事佬。

王亚林未及言语，郑林玉一手抓着他，一手怒气冲冲地指了项娟凤:“伢子，给老汉评评理。”

他真的不知道这次他们之间发生了什么闹得如此之凶。还是老套套：和解劝架说笑话。

“郑叔项婶，有啥想不开说不清？如果真的想不开说不清分，郑叔跟我和张玲玲过，项婶随我父母生活，这理评得公平公正吧。”

“伢子，我们今日不是为我家小孩的事吵嘴，是为文文走失争吵。”

王亚林很惊奇:“叔婶，您知晓文文下落？真是谢谢您，您是我王家大恩人。”

“唉，伢子，大概这疯婆子知道一点眉目，可她就是不告诉我们这条线索，让大伙白忙乎，你说气人不气人，你说我该不该骂她——我真想替大伙打她出出气。”郑林玉连拉带推把项娟凤推上前，“把你看见的听到的统统如实说给伢子。”

项娟凤颤巍巍对着王亚林，她含着泪花。在他看来她那泪花深处混浊的珍珠如清澈泉水里的两颗明珠。

项娟凤老人坐定片刻后，她向王亚林道出昨天中午她隐隐约约所见所闻的一切:“昨日中午做中饭前，我在鲁下堰洗萝卜白菜，远地望见一个男人抱住一个小女孩，女孩挣扎着拼力大声喊叫，我含含糊糊听着了几句连不在一起的话，大意是说：‘我告诉我爸爸说你们两个生人不让我上学不让我回家，要带我去一个有糖有肉吃的好地方去。’另一个男的好像应该对女孩说了些吓唬话，因为我马上就望不见女孩挣扎听不到女孩叫喊声。怪就怪我当时没在意，怪就怪我昨日下午没跟大伙说，我以为是哪家女子不好好念书大人在教训孩子。既是大人训斥孩子，可为什么女孩说生人？这不对头啊。昨日全队人找文文时我咋没想到这茬，害文文受苦，我真是老糊涂真该死，伢子……”

“尽说废话，拣紧要的说。”郑林玉愤怒地打断项娟凤，“再扯废话老子撕烂你的臭嘴。”

“夜间老郑唉声叹气又跟我说起这事，我陡然一个激灵。”项娟凤泣不成声，“那两个人身模子突然让我记起伢子前些年帮他们卖过衣服，女孩喊叫声让我断定她就是我们的好文文。文文要是……我就去死。我和老头子现在就去那个方向，看看文文在不在那里，求大慈大悲观世音菩萨保佑我那受苦孩儿。”郑林玉跟着项娟凤双手虔诚合于胸口，口中念念有词“菩萨保佑”。

“婶叔，谢谢您给了我这个重要信息，这两人我认识，而且知道他们住处，我这就找他们去，这两个狼心狗肺东西肯定受丁坚威胁指使，做出猪狗畜生不如之事。”

下午丁横、于竖终于被“请”到王亚林的办公室。

王亚林一没迎接二没让座三没寒暄四没端茶送水，而是端坐着冷冰冰审视着他俩。办公室里的空气凝固了，气氛紧张得令人窒息，如密不透气的封闭系统；一切如临大敌：在场的姜家延、黄喜日与余英柳、陈传立与华彩、郑林玉与项娟凤、陶德与鲁安都不待见他们，没人正眼瞅他们一眼，都把他们视作阶级敌人。

现场架势让丁横、于竖毛骨悚然，他们站不是坐不是、进不能出不能，陷于困窘境地。

“丁横、于竖，我前年曾给你俩介绍过不少业务，今天我要和你们

做一单大生意。”王亚林厉声呵斥并警告他俩，“这笔生意你们最好不要推辞，否则对你们害处无边，因为这对你们的人生道路至关重要。”

“到底、到底啥子事，王老板？”王亚林注意到他俩腿抖身颤，好像站立不稳。

“我问你们，我女儿可是你俩弄丢的？什么时候？”王亚林火冒三丈直击要害，“你们受制于丁坚？受其指使？”

“不、不是的，都不是的，这都不关我们的事……”丁横、于竖极力辩解。

“你们两个贼子狗东西，昨日中饭前，我在鲁下堰洗菜时望见你俩吼文文吓唬文文，嘀咕半天把文文骗走了。”项娟凤跳上前狠狠送给丁横、于竖每人两巴掌，“老娘亲眼所见，你俩还狡辩！你们辩呀。伢子菩萨心肠，他帮了你们那么多，可你俩还骗他害他！幸好老天开眼，刚刚我和老郑在你们昨日骗走文文的地方找回了文文，可是咱们的好孩子被你们吓呆了吓傻了，到现在一直没回过神。你两个天杀的，看老娘拿刀剁了你两个乌龟王八蛋。”项娟凤转身欲操刀去。

“老婆子，我警告你，不可鲁莽冲动，莫坏伢子的大事。”郑林玉抱住项娟凤，不让她朝厨房跑。

证据确凿，再多辩解均无济于事，丁横、于竖“扑通”跪倒在地：“王老板，都是我们的错，我们是畜生，我们猪狗不如，我们千不该骗您万不该接走您的女儿。您大仁大德大发慈悲饶恕我们吧，我们就是今生为您赴汤蹈火、来生给您做牛做马都报答不了您的大恩大德……”他俩边辩解边抽打自己。

“住口，你们不是‘接’，是‘绑架’，你们已经犯法了。站起来说话，我们无权审问你们，我只要得到你们一句真话，了解事件真相。”王亚林喝断他俩，“这就是我说的一单大生意买卖，谁指使你们的？”

“没、没人指派我们。”丁横、于竖面面相觑极力掩饰。

“掩护吧，好生掩护你们的主子吧。”陶德怒不可遏，“我肯定地告诉你们，没有靠山无人指派，借你俩一百个胆子你们都不敢绑架文文。说出主谋你们就是从犯，包庇主谋你们就是主犯；知道主犯从犯的区别吗？举例说明：同宗案件，主犯坐五年牢，从犯坐三年或两年牢，认罪态度好、积极检举同案其他作案者的从犯，其罪行可能更轻，孰轻孰重，你们掂量着办。”

“丁横、于竖，我提醒你们，一旦这个案子的主谋被你们包庇好，他必定和你们撇得干干净净，他不可能给你们提供任何保护；一旦主谋被你们供出来，他的罪将更重，他更保护不了你们，同时你们检举揭发有功，将会得到政府宽大处理，两条路你们任选。”鲁安进一步阐明丁横、于竖与王亚林做“大买卖”的重要性必要性。

“只要我们少坐牢或不坐牢，你说怎么办我们就怎么做，王老板，请您给我们指条明路啊！”可能丁横、于竖已经意识到问题的严重性紧迫性，他俩近乎哀求。

“非常简单，你们把绑架文文的前因后果详细写出来，然后落款签字注明日期，这样所有的问题都会得到解决，你们都会有一个比较满意的结果，问题就这么简单。”

“王老板，还要我们签名？日后他会整死我俩。”他俩迟疑并茫然四顾，惊恐遭丁坚的打击报复。

“怎么可能？他本人都是‘泥菩萨过河自身难保’，还谈何整人？你们放一百个心好了。”

“看来只有这么办才逸事啊。”丁横、于竖无可奈何地相视苦笑。苦笑中他们似乎远远望见人生的一丝亮光。

“这才是活菩萨王亚林王老板指给你们的唯一出路，快写检举揭发材料。”陶德、鲁安启发并催促他们。

通过文文失踪事件，王亚林想玲玲心灵深受创伤的同时，一定能

够得到某些启迪：一是彻底认清了丁坚的丑恶嘴脸，他家评上“五好家庭”丁坚常到他家看望父母小孩是假，垂涎玲玲的美色是真；二是更好地相夫教子尊老爱幼，发扬中华民族传统美德；三是勇于和一切不利于公司发展的言行斗争到底，继续保持勤俭持家的好作风——勤是摇钱树，俭是聚宝盆。

十八、作茧自缚

红新公社黄新建书记抽着“春秋”牌香烟在办公室里来回踱动。老书记心烦啊，在他的诚挚关爱下，古河木材加工贸易有限责任公司如旭日东升正一步一路走来，至少解决了古河生产队赋闲劳力就业，至少增加了古河生产队年人均收入，至少给古河生产队古河大队红新公社所有人增光添彩。可公司正处于昂首阔步向前发展的关键时刻，却赶上丁坚指使丁横、于竖绑架小孩的刑事案件，而且主谋丁坚是公社领导班子成员之一，小孩是创业明星企业家王亚林的女儿王文文，这一切都是黄新建的闹心事，一是对下属监督管控不力，二是对公社龙头企业拳头产品关注不够。

此时此刻红新公社副主任丁坚正站在黄新建办公桌边。案发后几日他忐忑不安，现在自己曾担心无比的事终于曝光了，他反而一点忐忑之心都没有，因为他心里异常清楚自己该何去何从，自己的一切随着囚车的到来彻底玩完了，一切都没有了，一切都释然了，一切都得放下，一切都随风飘散。

“丁坚，招呼你来见我，就是同你告个别。”黄新建开门见山，“丁坚，难道你没有洞察到大力兴办乡镇企业发展乡镇企业是大势所趋、是全国经济政策、是全国一盘棋？王亚林是红新公社一面旗帜，前年我专门召开过一次关于王亚林创办古河木材加工贸易有限责任公司的临时会议，当时你与李副主任都反对，我明着暗着都警示你提醒你，可你就是不听、就是一意孤行、就是我行我素、就是阳奉阴违，我痛心哪。丁坚，今年是严打年，你已经踩红线闯红灯越雷池了，即使是县委书记县长、省委书记省长都救不了你；丁坚，你的堕落也是我监督管理下属不力，我失职失察，愧对百姓愧对党，我将向上级党组织申请处分。丁坚，楼下警车里坐着丁横于竖，说过话你也要坐上去，走之前你一定要向你岳父全家作别，同样告别红新初级中学朱老师母女。”

载着丁坚、丁横于竖的警车停在古河大队部院子中央，丁坚戴着手铐，由两名狱警带下警车。宗富贵、吴云佑和他们的独生女儿宗长链已等候在一楼楼梯前：宗富贵满面尘灰毫无表情，吴云佑阴云密布一言不语，宗长链浑身颤抖哭成泪人。宗长链五行缺“金”，宗富贵希望女儿和“金”永远连在一起，给女儿取名“宗长链”；吴云佑期盼女儿嫁个“金银”皆全的男人，丁坚是她最合适人选，而且是鼎鼎有名、堂堂正正的红新人民公社革委会副主任，吴云佑极力怂恿宗富贵，两人使尽浑身解数把女儿嫁给了丁坚，期望女儿幸福绵绵长，期望自己依树好乘凉。

当丁坚首先挪向宗富贵夫妇时，宗富贵对丁坚摆手摇头，示意他只要跟女儿告别就一切足矣。

宗长链紧拥丁坚而泣，丁坚亦泪眼汪汪。说没有夫妻情感那是假的，起先丁坚极度反感自己的婚姻生活与所处的生活环境，他讨厌自己被他人利用，怎奈为宗富贵、吴云佑所胁迫控制，只好忍气吞声续写自己的余生；是宗长链温柔体贴极尽妻子的义务本分逐渐感化了丁坚，是宗长链融入他心底，让他感觉到家庭生活的点点亮光和家的温暖，他渐渐走进宗家门槛，体验一点小家的温馨和所谓大家庭的幸福，现在这点温暖温馨与幸福因他过分自信而自毁前程都不复存在。

“丁坚，感谢你这么些年一直对爹娘和我的关照，不说爹娘，这恩情我今生难以回报；丁坚，我们一起过了上十年的日子，我却没能给你添过一男半女，我对不住你，宗家对不起丁家；丁坚，你安心去吧，我等你回来，不管多久我都等，一直等——今生我是你的女人，来生我还是你的女人，生生死死我宗长链都是你丁坚的女人。”

宗长链泪流满面，丁坚心如刀剜。丁坚艰难地取出脏兮兮的手巾拭去宗长链的泪雨，又艰难地掏出皱巴巴的一张纸递到宗长链手心：“长链，这是我临上车前写好的离婚协议书，我已签好字，你签过字送到公社，这婚我们算离了。你不必等我，就当我不存在，忘记我永远忘了我，碰到合适的爱护你的男人嫁了，好好过你的后半生，长链。”丁坚转身即走，头也不回上了警车。

警车一声长鸣呼啸而去，宗长链撕心裂肺肝肠寸断。

在古河大队部，丁坚对宗富贵夫妇怀着幸灾乐祸与解脱的心情：幸灾乐祸的是自己如今倒下了，宗家夫妇再无靠山可依；解脱的是再也不受制于宗富贵和吴云佑。而对宗长链则有一份难以割舍的情怀。

在红新初级中学，丁坚对朱丹与丹丽则心怀终生内疚。自己虽是迫于无奈抛弃了朱丹和丹丽，但有很多很多机会去看望帮助这对母女，可自己没有做到；整整十年，自己尽到一天为人夫为人父的职责义务？别说一天，半天都没有，唯恐自己遭宗富贵夫妇威吓，唯恐那段不光彩历史断送自己的政治前途，于是索性断绝与朱丹母女的一切往来，同时在心底彻底抹去她们的身影。今天如果能见上朱丹母女一面，极可能是人生最后一面。

朱丹紧牵丹丽，面色惨白地出现在戴手铐的丁坚面前。她想不到竟然在如此境况下见丁坚最后一面，她把丹丽握得紧紧的抓得牢牢的，深恐丹丽离去，丹丽已是她精神世界里绝对不可缺失的重中之重。她一辈子痛恨丁坚，是他玷污了她洁白之身，是他把她永远钉在无法抹去屈辱史的冰冷铁柱上，是他无情抛弃了她们母女，是他让丹丽成为孤儿，这些都是痛彻五脏六腑的痛，她永远不可能原谅他。

一名警察递上一个旧本本：“朱老师，丁坚给你的，请收下。”

朱丹不知所措，茫然接过此物。

“丹丹，我丁坚对不住你们母女，我丁坚亏欠你们母女的实在太多太多，今生永远还不清；不求来世，我留给你们的仅此存折，是我历尽十几年的家当积蓄，大概一万多块，存在红新公社信用社；丹丹，请让我以徐志摩《再别康桥》里的诗句作为我们的告别语吧，‘轻轻的我走了，正如我轻轻的来；我轻轻的招手，作别西天的云彩……’”

“去你的，丁坚，要知今日何必当初！不要玷污徐志摩，不要玷污《再别康桥》。”朱丹拼力把存折和信扔出去，牵着丹丽转身大踏步离去。

进得房间，丹丽解开大衣扣，不解地拉住朱丹，又不解地盯着朱丹：“丹姨，这位满脸胡须的叔叔是谁？他为什么送你存折？你又为什么生那么大的气？能告诉丹丽吗，姨？”

“孩子，有件事我想隐瞒你一辈子，不过现在你已懂事了，正好你林姨在场，现在告诉你也无妨。”朱丹坐在椅子上，她紧搂丹丽，抚摸着那张小脸，“丽丽，刚才你说的满脸胡须的叔叔其实就是你亲爸，我就是你亲妈，至于‘他为什么送我存折、我为什么生那么大气’，那是后事，妈会如实给你述说那段历史。”

“那人真是我爸？他犯法了？”丹丽万分惊奇。

“他确实是你爸，你爸已身犯大法，必须蹲大牢，妈不骗你。”

“我要我爸，我要问他为什么犯法。”丹丽欲挣脱朱丹。

“丽丽，听着，他虽是你爸，但不是你爸；他虽然活着，但已经死了。”朱丹喝住丹丽，把她抱得更紧，“虽然你没有爸爸，可你有妈妈呀，妈妈一定会倾其所有好好培养你，把你培养成德才兼备的社会有用人才。”

“林姨，告诉丹丽这是真的吗？”丹丽哭得两眼红肿。

林珊抱住丹丽，忍不住滴滴落泪：“刚才那个叔叔确实是你亲爸。十几年前你爸垂涎你妈的美丽，便凶狠无耻地欺负了你妈，一年后便有了你；忽然有一天他良心发现觉得对不住你们娘俩，尤其是愧对你妈，于是他千方百计把你妈安排到红新初中任教。你爸欺负你妈的事林姨一清二楚，为着封我的嘴，更为你爸自己当官发财和他自己的前程，你爸费尽心机把我也安排进红新初中教书，和你妈做伴。”

肆虐的寒风呜咽，学校里的梧桐树已光秃秃的不剩一叶，各种鲜花凋谢得无影无踪，矮小的四季青孤苦伶仃无依无靠，任凭暴雨肆意践踏，任凭北风残酷蹂躏。

丁坚的头发乱作麻团。他双手下垂，两眼无神望着朱丹、丹丽远去，看着存折飘飘落地，望着一页信纸随风而去。他不知道冷暖饱饿，他不知道自己还苟活于人世，只有冰冷手铐碰撞声的刺激，他才慢慢意识到自己在苟延残喘。

十九、古河的春天

公历 1983 年 12 月下旬的一天，呼啸的北风卷起万重雪花，飘落在广袤大地上，村庄原野山川河道银装素裹，白茫茫的一片；地面滴水成冰，已是冰封大地，成片的冰块身负皑皑白雪，覆盖着河塘江湖。

次日古河木材加工贸易有限责任公司办公室作为会议室，临时会议由公社黄新建书记主持。

虽然室外阳光照耀，但寒气依旧逼人；室内虽然无任何取暖设备，人们却倍感暖意融融，在他们看来，春的脚步已迈进古河生产队，春的气息洋溢在办公室。

没有主席台，办公桌取而代之；没有扩音器，公司所有员工肃立在黄新建前静静聆听他的报告。

“各位父老乡亲，我黄新建今天站在这里，代表松鲁县红新人民公社向古河生产队各位社员、古河木材加工贸易有限责任公司全体员工磕头赔礼道歉。我没有管控好我的下属丁坚，导致绑架王文文案件发生，致使你们担惊受怕，致使政府蒙羞，我愧对你们……”言语未毕，不待大伙回味，黄新建深深跪在全员面前。

大家惊慌失措，不知所云；慌得王亚林和苏谷忠不顾一切挤出人群，搀起黄老书记。

“大伙请放心，王文文已送至条件最好的松鲁县人民医院住院做全身检查，公社医院安排专人全天候陪护文文，另外还特地请了一位地区心理医生给王文文做进一步诊断。在此我向各位保证，不日还你们一个更健康更可爱的王文文。”黄新建此刻无比激动，“从今日起我视王文文为我的亲孙女，在孩子出院那天，我一定亲自开吉普车接她高高兴兴回家过年。”

王亚林和王祖良一人紧握黄新建一只手。

“王老伯，黄书记都认王文文做孙女了，我想做王文文的干爸，不知您老意下如何？”公社主任余希进挤到黄新建和王亚林父亲身旁。

“黄书记，你接孙女时我接干女儿，到时知会我一声，可别一人偷着去啊。”

“余主任，你是怎么说话的，我帮你纠正一下错误。”黄新建笑着批评余希进，“你呀让我说什么好。‘余王’一家亲，‘余’‘王’本是一家；来红新公社工作有三四个年头，你却不知这些，说明你余主任不体察民情，严重脱离群众啊。所以我说：不要什么干女儿湿女儿的，就是你的女儿，如何？”

“黄书记，其实我早就了解这茬，只不过我想让你在此纠正我。”

“啊，明白！”黄新建站在木椅上挥舞双手，“各位老少爷们老太姑娘们，刚刚余主任给了黄老头一个表现机会，现在他还要送给大伙一份更好的礼物，我想那是过年礼，你们肯定人人喜欢。”“余主任，啥子礼物，说给大伙听听。”

“是这啊，本月中旬我去红新初中调研，适逢朱丹、林珊老师，她们告诉我学校下学期将更换所有学生课桌板凳。交通不便信息不通，朱老师林老师不好及时通知王亚林，便托我转告王亚林。综合考虑，我没告知王亚林，而是向黄书记做了详细汇报。我记得黄书记当即写信致函红新初级中学校长，请他们把这笔业务留给古河木材加工贸易有限责任公司做，所以乡亲们应该感谢你们的大媒人黄书记。”

“其实我只起到传话筒作用，朱老师林老师和余主任才是功臣。我之所以这样做，是因为我切盼公司发展社员富、社员好过我沾光。”黄新建对红新公社的发展充满必胜信心，“县委县政府大会上，我可以放心大胆高声说话，因为我有家底且底气足，所以我腰板挺直了！王亚林，今天我还要告诉你，自公历 1984 年 1 月 1 日起，你们公司该向国家缴纳各项税费了，而且必须全额缴足缴清，吃水不忘挖井人啊！亚林，我还要告诉你们，明年也就是 1984 年，我们红新人民公社、古河大队、古河生产队将改天换地，更名为红新乡人民政府、古河村民委员会、古河村民小组。”

红新人民公社的冰融化了，古河大队的雪消失了，古河生产队的花盛开了，古河木材加工贸易有限责任公司迎来了又一个明媚的春天。

后　记

我的这个故事在心里已酝酿了许久，总思之提笔抠出，可每每都为琐事所耽误而搁下了，以至钢笔尖都锈迹斑斑的。现在我越来越觉得自己简直不可原谅自己，有愧于那一支支正燃着的蜡烛，有愧于正逝去的岁月，于是这才铺平稿纸握紧业已生锈的钢笔，强迫自己借助这燃着的烛光踽踽独行，因为我深知那钢笔不会自动跳到我手上去自主描绘彩色画卷、洁白浮云，勾勒雄伟的峰峦叠嶂、峻轫的名山大川，咏叹汹涌澎湃的大江、放眼无际的海洋、一路欢歌的小溪、平静如镜的湖面，赞颂光明使者的蜡烛……我只有也只能自责。

也许是自幼年起我即受家庭影响，将来欲成为一名人民教师，然高招却未被安师大、安庆师院、阜阳师院等高等师范院校接收而进了安农大，心底自然认为是人生之憾。《教师法》颁布亦久矣，我不是教育工作者，对这些法度知之不多，但至少我有理由认为那里面肯定有众多维护教师合法权益的条条款款。众多教师的权益已得到很大程度的维护，我便与之一样欢欣鼓舞，如同自身受益其中。倘若有人说你

那么热爱教育事业即可改行为师，然我欲言我既热爱教育事业又挚爱自己的本职工作——鱼与熊掌焉可兼得！

我是在烛光里成长的。蜡烛燃烧了自己，我要折射出蜡烛的光芒！

本书在出版过程中，得益于我女儿王中玉的多番帮助，更得益于出版社有关老师的倾力指导，在此深表感谢！

由于水平有限，书中难免出现错误与不足，敬请读者谅解。

最后，谨以此书作为安徽宿松民丰村镇银行成立十周年的献礼，因为作为安徽宿松民丰村镇银行一员，我自始至此见证并陪伴它走过了十年风风雨雨的发展历程。睿智的中年员工和朝气蓬勃的青年员工构成了全行员工的总体，他们就是本书中的创业者，他们都是新时代的追梦人！

王浩林

2023 年 2 月